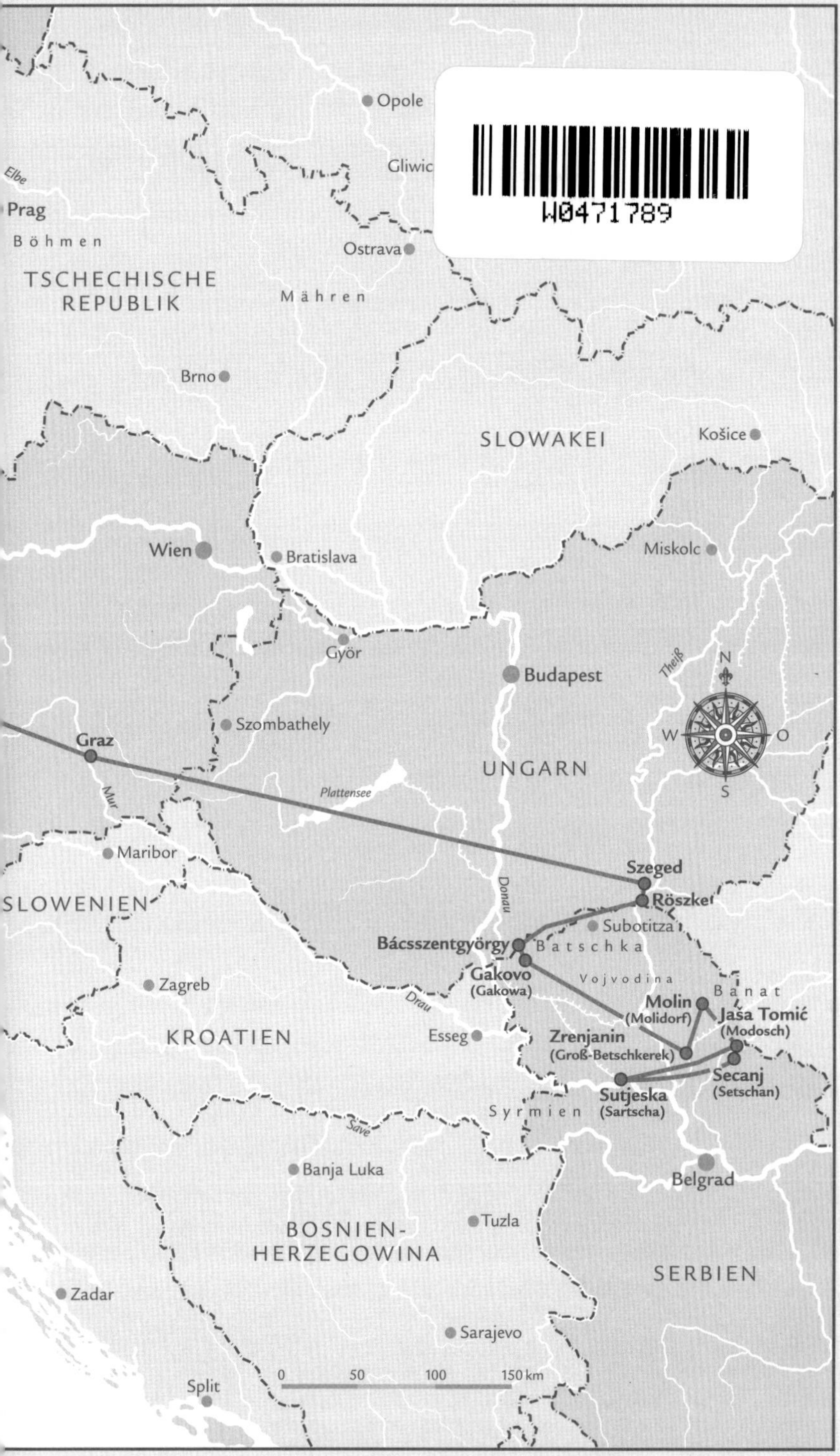
Opole
Gliwic
Elbe
Prag
Böhmen
Ostrava
TSCHECHISCHE REPUBLIK
Mähren
Brno
SLOWAKEI
Košice
Wien
Bratislava
Miskolc
Györ
Budapest
Theiß
N
W
O
S
Szombathely
Graz
UNGARN
Mur
Plattensee
Maribor
Szeged
Donau
Röszke
SLOWENIEN
Subotitza
Bácsszentgyörgy
Batschka
Gakovo
(Gakowa)
Vojvodina
Zagreb
Banat
Drau
Molin
(Molidorf)
Jaša Tomić
(Modosch)
KROATIEN
Esseg
Zrenjanin
(Groß-Betschkerek)
Secanj
(Setschan)
Sutjeska
(Sartscha)
Syrmien
Save
Belgrad
Banja Luka
Tuzla
BOSNIEN-HERZEGOWINA
SERBIEN
Zadar
Sarajevo
0
50
100
150 km
Split

Andreas Wunn

Mutters Flucht

Andreas Wunn

Mutters Flucht

Auf den Spuren einer verlorenen Heimat

Ullstein

Die Namen mancher der im Buch erwähnten Personen wurden zum Schutz der Privatsphäre geändert.

MIX
Papier aus verantwortungsvollen Quellen
FSC® C014496
www.fsc.org

ISBN 978-3-550-05036-7

Lektorat: Tanja Ruzicska
Abbildungen im Innenteil und auf Nachsatz: Andreas Wunn
Karte im Vorsatz: Peter Palm
Gesetzt aus der Berling
Satz: LVD GmbH, Berlin
Druck und Bindearbeiten: GGP Media GmbH, Pößneck

Für meine Urgroßmutter Maria Ziwei,
gestorben 1983

Für meine Großmutter Rosl Loch,
gestorben 1981

Für meinen Onkel Kurt Loch,
gestorben 2012

Und für meine Mutter Rosemarie Wunn

Mit Luiza und Noah

»Alles, was ich habe, trage ich bei mir.«
Herta Müller, *Atemschaukel*

»What's wrong with the world, Mama?«
The Black Eyed Peas, *Where Is The Love?*

Vorbemerkung

In diesem Buch habe ich vor allem die alten deutschen Ortsnamen für Dörfer und Städte verwendet und weniger die heutigen serbischen Bezeichnungen. Ich wollte diejenigen Ortsnamen benutzen, die auch meine Großeltern in ihrem Alltag gebrauchten. Mir gefällt der Gedanke, dass die Erinnerung an diese jahrhundertealten deutschen Namen nicht nur in den Köpfen und Herzen der noch lebenden Donauschwaben, sondern auch in diesem Buch am Leben gehalten wird. Um der aktuellen Namensgebung gerecht zu werden, habe ich jedoch bei jedem Ort mindestens ein Mal auch die heutige serbische Bezeichnung verwendet.

Inhalt

Vor der Reise

Und dann erzählte mir meine Mutter von dem Moment, als sie spürte, dass ihr Vater nicht mehr lebte.

Noch waren wir gar nicht losgefahren, noch brüteten wir über unseren Reiseplänen. Erst in einigen Wochen würden wir aufbrechen. Die Fahrt durch Deutschland, Österreich, Ungarn und Serbien bis in die Region Banat und in das Dorf mit dem Geburtshaus meiner Mutter würde viele Erinnerungen an die Oberfläche spülen, auch schmerzhafte. Doch jetzt, in diesem Moment, bei meiner Mutter auf der Couch, wollten wir eigentlich noch nicht über Gefühle, sondern über die wichtigsten Stationen unserer Reise sprechen. Wir wollten Routen aussuchen, Entfernungen in Autostunden umrechnen und Hotels auswählen.

Wie meistens, wenn die Sonnenstrahlen am Vormittag durch das Balkonfenster brachen, hatte meine Mutter den Rollladen ein Stück weit heruntergelassen. Eine löchrige Schattenkante zog sich über den Teppich. In diesem Reihenhaus, in einem Neubaugebiet bei Trier an der Mosel, bin ich aufgewachsen. Es ist vielleicht ein Stück Heimat – die ersten 19 Jahre meines Lebens habe ich fast ausschließlich hier verbracht. Doch weder in dieser Zeit noch danach habe ich mit meiner Mutter je über den Tod ihres Vaters gesprochen.

Doch jetzt, für mich ganz unvermittelt, erzählt sie davon. Und ich merke, wie schwer es ihr fällt. Nicht nur, weil die Erinnerungen wehtun. Sondern auch, weil sie nicht oft in ihrem Leben über ihren Vater gesprochen hat.

Sie erinnert sich an den Moment im Lager in Hof-Moschendorf in Bayern, das nach dem Krieg ein Durchgangslager für Heimatvertriebene war. Es muss in der ersten Hälfte des Jahres 1948 gewesen sein, sie war damals sechs Jahre alt. Am Fenster, im Gegenlicht, steht ihre junge Mutter mit einem Brief. Es sind schlechte Nachrichten. Der Brief in der Hand, der Blick aus dem Fenster, der zusammengeschnürte Hals, die unterdrückten Tränen der Mutter, die sich nichts anmerken lassen will. Aber das Kind merkt es halt doch.

Im Gegenlicht dieses Moments verschwimmen die Erinnerungen meiner Mutter an den Krieg, an die Flucht, an den Vater. Sie erinnert sich an ihre Träume von ihm und das stille Hoffen, dass er doch noch zurückkäme. Sie weiß zwar nicht mehr, wann und wie genau sie von der Mutter erfuhr, dass er ermordet wurde, aber sie erinnert sich an diesen einen Augenblick im Gegenlicht – als sie es noch nicht wusste, aber bereits spürte.

Meine Mutter bricht ab, sie erzählt nicht weiter. Es ist ihr fast peinlich. Sie trägt ihr Inneres nicht gerne nach außen. Ich bleibe still.

»Ich schaue lieber nach vorne. Ich blicke nicht gerne zurück. Weil es nichts bringt.« Meine Mutter sagt oft solche Sätze. Die Gedanken an ihre Kindheit schmerzen, obwohl die Szenen in ihrem Kopf aus den ersten, glücklichen Jahren nur geborgte Erinnerungsfetzen sind. Sie selbst kann sich an ihre Zeit im serbischen Banat kaum erinnern. Die Idylle ihrer Kindheit wurde von den Erzählungen ihrer Mutter und Großmutter am Leben erhalten. Meine Mutter wollte diese geborgte Erinnerung nicht unbedingt verdrängen – aber auch nicht pflegen. Sie war ein Teil von ihr, den sie ruhen lassen wollte.

Doch jetzt werden wir genau an den Ort fahren, an den sie sich zwar nicht erinnern kann, von dem sie sich aber ein Bild gemacht haben muss: in das kleine Dorf Setschan im serbischen Teil des Banats, fast an der Grenze zu Rumänien. Im September 1941, während in weiten Teilen Europas schon der Krieg tobte und nur wenige Monate, nachdem die Wehrmacht auch in das damalige Jugoslawien eingefallen war, wurde meine Mutter hier geboren.

Bis der Krieg das Banat erreichte, muss es ein einfaches, aber sorgloses, vielleicht sogar glückliches Leben gewesen sein, das die Familie meiner Mutter als Teil der Donauschwaben, der deutschstämmigen Minderheit, dort führte. Die Familie besaß eine Mühle im Nachbardorf und war angesehen, im Wohnzimmer meiner Großeltern stand ein Flügel. Mein Großvater – damals noch ein junger Mann – war Apotheker, träumte aber von einer Karriere als Dirigent und wollte in Deutschland Musik studieren. In der Großfamilie sprachen sie Deutsch und Serbisch, manche auch Rumänisch und Ungarisch. Obwohl die Donauschwaben meist unter sich blieben, also auch in ihren eigenen Dörfern, lebten sie friedlich mit ihren Nachbarn zusammen, mit Serben, Ungarn und Roma und Sinti. Es klingt nach heiler Welt, wenn meine Mutter berichtet, was ihr berichtet worden war. Für sie aber blieb das Dorf, in dem sie geboren wurde, immer nur ein untergegangener Sehnsuchtsort. Nie wollte sie dorthin zurück – um von der Wirklichkeit nicht enttäuscht zu werden.

Kann ein Ort Heimat sein, an den man sich nicht erinnert? Den man nur aus verklärenden Erzählungen kennt? Und ist das diffuse Heimweh nach diesem Ort dann echt – oder nur ein Phantomschmerz?

Mehr als zwölf Millionen deutsche Kriegsflüchtlinge und Vertriebene gab es nach dem Zweiten Weltkrieg in Deutschland, zwei Drittel von ihnen aus den Ostgebieten des Deutschen Reiches, darunter Ostpreußen und Schlesien. Das Schicksal der Donauschwaben im Banat hingegen ist bis heute wenig bekannt. Meine Vorfahren waren vor fast 250 Jahren dorthin ausgewandert, um das von der Donau, der Theiß und der Temesch durchzogene Land nördlich von Belgrad zu besiedeln. Sie waren Handwerker und Bauern und verwandelten den feuchten Boden in Ackerland. Doch mit dem Zweiten Weltkrieg änderte sich für die Donauschwaben im Banat alles. Viele von ihnen hatten mit Hitler sympathisiert, viele auch die Ziele der NS-Politik tatkräftig unterstützt und damit das friedliche Zusammenleben in der Region vergiftet. Josip Broz Tito, der als Marschall den Kampf der kommunistischen Partisanen gegen die deutschen Besatzer angeführt hatte und ab 1945 Jugoslawien regierte, ließ mit wenigen Ausnahmen alle Deutschen verfolgen. Ihre Häuser wurden geräumt, viele Männer und Frauen zur Zwangsarbeit in die Sowjetunion deportiert oder von jugoslawischen Partisanen ermordet. Auch mein Großvater war darunter. Was genau mit ihm geschah, wann und wie er gestorben ist, hat die Familie nie erfahren. Seine junge Frau (meine Großmutter) und die beiden kleinen Kinder (meine Mutter und meinen Onkel) steckte man in Lager.

Historiker gehen davon aus, dass bereits in den beiden letzten Kriegsjahren mehr als die Hälfte der rund 550000 Donauschwaben vertrieben war, Zehntausende der Zurückgebliebenen kamen in den jugoslawischen Internierungslagern ums Leben, darunter zahlreiche Kinder; viele von ihnen sind verhungert. Meine Mutter und der Großteil ihrer Familie überlebten nach 1945 zwei Jahre in verschiedenen jugoslawischen Lagern, bis ihnen Mitte 1947 die Flucht über die jugoslawisch-ungarische Grenze gelang, so wie vielen anderen auch. Heute sollen in Serbien nur noch rund 4000 Deutschstämmige leben.

Über all dies hatte meine Mutter kaum je gesprochen. Als sei sie ein Leben lang auf der Flucht vor ihrer Flucht gewesen. Erst ein paar Monate vor unserer Reise trat eine Veränderung ein. Sie war nach Berlin gekommen, weil sie ihr erstes Enkelkind, meinen neugeborenen Sohn Noah Joaquim, sehen wollte. Sie brachte die alte, noch von meiner Großmutter gestrickte Babykleidung mit, die vor vielen Jahren erst ich trug und die jetzt mein Sohn tragen sollte. Meine Mutter blieb ein paar Tage bei uns. Sie sah glücklich aus, mit ihrem Enkel im Arm. Und dann, am Abend vor ihrer Abreise, gab sie mir, etwas unsicher, ein paar lose Blätter.

»Ich habe aufgeschrieben, wie wir damals geflüchtet sind«, sagte sie. Sie hielt mir die sieben Seiten hin, auf denen ich sofort ihre akkurate Lehrerinnenschrift erkannte. Es war Februar 2017, draußen stürmte der dunkle Berliner Winter. Sie hatte einen Text geschrieben, um ihn in meiner alten Schule vorzulesen. Manche der Erlebnisse, die sie beschrieb, kannte ich schon, viele aber noch nicht. Sie wolle Schülern zeigen, dass Flüchtlingsschicksale in Europa kein neues Phänomen, sondern Teil vieler Familiengeschichten seien, sagte sie. Irgendwann, nachdem sie die Flüchtlingsbilder im Fernsehen gesehen hatte, wurde ihr schlagartig klar, dass sie auf demselben Weg nach Deutschland gekommen war: Ja, sie war auf genau der Route geflüchtet, die im Sommer 2015 als Balkanroute bekannt wurde – von Serbien über Ungarn, Österreich und die Alpen bis nach Bayern. Jetzt, siebzig Jahre später, wollte sie endlich darüber reden. »Ihr könnt mich alles fragen«, sagte sie.

Aus vielen Fragen entstand die Idee zu einer Reise – eine Fahrt in den serbischen Spätsommer und zurück in die Vergangenheit meiner Mutter. Damit schloss sich für sie ein Kreis. Und ich lernte dabei sie – aber auch mich selbst – besser kennen. Während ihr sechs Monate altes

Enkelkind in Berlin auf unsere Rückkehr wartete, drangen wir immer tiefer in die Familiengeschichte meiner Mutter vor. Es ist eine individuelle, persönliche und einmalige Geschichte, die dennoch für so viele deutsche Familiengeschichten steht. Eine Geschichte von Idylle, Krieg, Vertreibung, Flucht und Sprachlosigkeit – aber auch eine Geschichte über das Wesen der Erinnerung.

Als kleines Mädchen ist meine Mutter einmal unter dem Flügel im Wohnzimmer durchgerannt, mit großem Anlauf, alle haben sich erschreckt. Aber sie war so klein, dass sie problemlos hindurchsauste. Doch daran kann sich meine Mutter nicht erinnern. Man hat es ihr erzählt.

Hauenstein

Sie hatten keine Papiere, keine Koffer und besaßen nur die Kleidung, die ihnen in der Sommerhitze am Körper klebte. In einem Leinensäckchen waren die Familienbilder verstaut, gewellte Schwarz-Weiß-Fotografien, die sie hastig aus dem Album herausgerissen hatten. Meist versteckte es eines der beiden Kinder am Körper, weil Kinder in der Regel nicht durchsucht wurden. Den Stoß Notenblätter meines Großvaters, auf denen er leichte Operettenlieder komponiert hatte, um sie anschließend leidenschaftlich am Flügel vorzuspielen, trugen sie ebenfalls bei sich. Und auch den Familienschmuck hatten sie eilig eingepackt; sie würden die Ringe und Goldkettchen sofort hergeben, wenn es nötig wäre. Wenn sie etwa einen Grenzsoldaten bestechen müssten, damit er wegsah und sie durchließ. Oder einen Schlepper zu entlohnen hätten. Sie würden alles hergeben. Auf der Flucht ist wenig Platz für Nostalgie.

Schon mehrmals hatten sie versucht, aus dem Lager in Gakowa zu fliehen. Die Grenze nach Ungarn war so nah, keine fünf Kilometer Richtung Norden. Um dorthin zu gelangen, mussten sie erst die bewaffneten jugoslawischen Partisanen umgehen, die in loser Formation um das Lager herum Position eingenommen hatten. Dann mussten sie sich durch die Felder schlagen, abseits der Wege, damit sie an der Grenze nicht sofort wieder aufgegriffen wurden. Ein paarmal schon waren sie zurückgeschickt worden, aber sie gaben nicht auf, versuchten es immer wieder und immer wieder nachts.

Am 7. August 1947 gelang es ihnen dann. Vermutlich mithilfe von Schleppern konnten sie unentdeckt die Grenze nach Ungarn überqueren. Jugoslawien, ihre Heimat, die ihnen als Deutsche zur Hölle geworden war, lag hinter ihnen. Wären sie geblieben, davon war meine Großmutter Rosl überzeugt, hätten sie nicht überlebt.

Zwei Frauen und zwei Kinder auf der Flucht. Es fällt mir immer noch schwer, mir meine Mutter, meinen Onkel, meine Großmutter und meine Urgroßmutter von damals vorzustellen. Immer wenn ich es versuche, wirkt es auf mich, als liefe in meinem Kopf eine Art Kostümfilm ab. Meine Mutter Rosemarie war fünf Jahre alt, ein ernstes Mädchen mit durchdringendem Blick. Die Traurigkeit ihrer dunklen Augen wollte nicht recht zu den verspielten Zöpfen passen, die ihr oft mit weißen Schleifchen gebunden wurden. Ihr Bruder Kurt war nur ein Jahr jünger. Während meine Mutter auf den alten Fotos immer etwas schüchtern wirkt, stehen meinem Onkel schon als Vierjähriger Trotz und Wut im Gesicht geschrieben. Sie würden zusammenhalten, ein Leben lang. »Pass gut auf deine Mutter auf«, sagte mir mein Onkel als alter Mann in seinem Haus in der Schweiz leise ins Ohr. Er umarmte mich fest und hielt mich, und wir beide wussten, dass es ein Abschied für immer sein würde. Kurz darauf starb er an Magenkrebs. Von jenem Teil meiner Familie, die damals flüchteten, lebt heute nur noch meine Mutter.

Meine Großmutter Rosl war damals eine junge Frau Ende zwanzig – und sie war bereits Witwe. Auf den frühen Fotos, auf denen sie neben ihrem Mann, meinem Großvater, steht oder die Kinder auf dem Schoß hat, lacht sie und wirkt glücklich. Sie kam aus gutem Hause, spielte Tennis und Geige, interessierte sich für Mode und schlug elegant die Beine übereinander. Auf den späteren Fotos, jenen aus der Zeit nach der Flucht, ist das Glück aus ihrem Gesicht entwichen – und es sollte zeit ihres Lebens nicht wiederkommen. Ihre Mutter, meine Urgroßmutter Maria, war eine Frau um die fünfzig, die die Geschicke des Lebens stets selbst anpacken musste, weil auch sie ihren Mann früh verlor. Schon damals trug sie ihr Haar streng und zurückgebunden, ihre Röcke waren breit und dunkel, genau so, wie ich sie viel später als kleines Kind noch kennenlernen würde.

Am 7. August 1947 also, in der Hitze des Sommers, gelang ihnen die Flucht. Sie wussten, dass sie sich auch in Ungarn nur nachts und im Schutz der Dunkelheit fortbewegen konnten, um nicht entdeckt zu werden. Kurz hinter der jugoslawisch-ungarischen Grenze versteckten sie sich tagsüber in einem Sonnenblumenfeld. Sie legten sich auf den staubigen Boden, um sich auszuruhen, und verschwanden in einem Meer aus Gelb und Grün.

Plötzlich Hundegebell im Sonnenblumenfeld. Stiefel rammten sich ihren Weg durch die trockene Erde. Die Grenzpolizei machte Jagd auf Flüchtlinge, Ungarn zeigte schon damals eine harte Hand. Meine Urgroßmutter und die beiden Kinder waren im Schatten der Sonnenblumenköpfe eingeschlafen, nur meine Großmutter war noch wach. Durch das Grün der Blätter sah sie die Schnauze zuerst. Der Hund kam schnüffelnd näher, Schritt für Schritt. Jetzt stand er direkt vor ihr und starrte sie an. Er hechelte, doch sonst gab er keinen Laut von sich. Ein einziges Bellen, und es wäre vorbei. Sie würden entdeckt und zurückgeschickt werden. Meine Großmutter sah dem Hund in die Augen und bewegte sich nicht. Er starrte sie weiter an. Sie starrten sich gegenseitig an. Die Zeit dehnte sich.

Und dann ging er. Er machte kehrt und trottete davon, ohne Hast, ohne Bellen.

Niemand entdeckte meine Familie. Sie konnten ihre Flucht fortsetzen. Richtung Deutschland, wo alles besser war, wo sie in Sicherheit sein würden. Wo sie neu beginnen konnten, wo sie sich ein neues Leben aufbauen mussten. Dies war ihre einzige Hoffnung. Ein einziges Hundebellen hätte sie zunichtemachen können.

Wann immer ich an die Flucht meiner Mutter denke, sehe ich das Sonnenblumenfeld vor meinem Auge. Ich sehe es aus der Vogelperspektive, als fliege eine Drohnenkamera darüber, es strahlt in leuchtenden Farben und reicht bis zum Horizont. Ich sehe es auch von Nahem, Wind weht durch das Feld, er rauscht und biegt und schüttelt die Halme. Und irgendwo darin stelle ich mir meine schlafende Mutter als kleines Kind auf der Flucht vor und den Hund und die Grenzsoldaten. Aber im Grunde sehe ich fast immer nur das Feld, selten meine Mutter. Das Sonnenblumenfeld ist das einzige Bild, das ich von Mutters Flucht in meinem Kopf habe, das echt wirkt und nicht wie aus einem zu opulent geratenen Geschichtsbuch.

21 Tage lang dauerte ihre Flucht von der jugoslawisch-ungarischen Grenze durch Ungarn (das seine Donauschwaben selbst ausgewiesen hatte) über Österreich bis nach Bayern – zu Fuß, auf Pferdewagen, mit dem Zug. Doch in Deutschland angekommen, sollte es fast drei Jahre dauern, die sie in verschiedenen Flüchtlingslagern verbrachten, bis sie ihren künftigen Wohnort, Hauenstein in der Pfalz, erreichten. Und genau siebzig Jahre später, im August 2017, ist Hauenstein die erste Station unserer großen Reise.

*

Waldfischbach, Thaleischweiler, Pirmasens, Hinterweidenthal. An der Perlenschnur meiner Erinnerung sind die Namen der Orte aufgereiht, an denen wir immer vorbeigefahren sind, wenn wir meine Omas in der Pfalz besuchten. Ich erinnere mich an die Schilder am Straßenrand. Und wenn mein Bruder und ich auf dem Rücksitz rechts hinter den Bäumen irgendwann den Teufelstisch erspähten, eine Felsformation so hoch wie ein mehrstöckiges Haus, die aussieht wie ein einbeiniger Tisch oder auch ein Pilz, dann wussten wir, gleich sind wir da. Bis ich sechs Jahre alt war, sind wir mit meinen Eltern oft am Wochenende in die Pfalz gefahren, um meine Großmutter und Urgroßmutter zu besuchen.

Ich bin viele Jahre nicht in Hauenstein gewesen. Jetzt nehme ich mit meiner Mutter denselben Weg wie damals. Wir fahren die Bundesstraße 10 entlang, durch die bergigen Kiefern- und Buchenwälder der Hinterpfalz. Wie ein hingeworfener Teppich wellt sich hier der Pfälzerwald durch die Landschaft, jetzt im Sommer saftig und grün. Leitplanken sind mit Büschen überwachsen. Es ist der erste Tag unserer Reise, wir sind morgens in Trier losgefahren, die Sonne steht hoch am Himmel. Meine Mutter auf dem Beifahrersitz ist ein wenig aufgekratzt. Sie konnte sich bisher nicht auf die Reise freuen, denn Vorfreude ist ihre Sache nicht. Es kann ja immer etwas dazwischenkommen. Doch jetzt sind wir wirklich unterwegs, ein Abenteuer steht uns bevor. Wir sind auf dem Weg in das Dorf, in dem meine Mutter im Alter von acht Jahren das Ende ihrer Flucht erlebte, das Dorf, in dem sie nicht nur aufgewachsen ist, sondern viel später, als junge Lehrerin, auch an der Schule unterrichtet hat.

Meine Mutter bemerkt, wie hoch die Bäume gewachsen sind und welche Bauarbeiten und Änderungen der Streckenverläufe an der Landstraße vorgenommen wurden. Auch sie ist lange Zeit nicht hier gewesen. Den Teufelstisch haben wir längst passiert, die Schilder am Straßenrand (»Deutsches Schuhmuseum«, »Luftkurort«)

kündigen in großen Lettern unser Ziel an. An die Tankstelle am Ortseingang kann ich mich erinnern. Auch an die beiden Felsen, den Mond- und den Blitzfelsen, die steil an beiden Straßenseiten emporragen, wenn man weiter hinein fährt ins Dorf. Es ist »der Felsen« von Hauenstein.

»Hier ist die Oma verunglückt«, sagt meine Mutter leise und schaut weiter starr nach vorne. Sie spricht von dem Tag, an dem die unbeschwerten Familienbesuche meiner Kindheit jäh endeten.

»Wie fühlst du dich?«, frage ich sie.

»Normal«, antwortet sie und sagt dann nichts mehr.

Als meine Mutter im Juli 1950 nach Hauenstein kam, fuhren sie gar nicht erst durch »den Felsen« weiter Richtung Dorfkern. Die beiden Busse mit den aus Bayern umgesiedelten Flüchtlingen hielten in der Siedlung davor. »Hinterm Felsen«, so nannte man damals in Hauenstein die Arbeitersiedlung vor den Toren des Dorfes, die 1936 unter Hitler errichtet worden war und fast nur aus einer langen Straße bestand. Nach dem Krieg wurden hier zusätzliche Flüchtlingshäuser gebaut, kleine, im Dach spitz zulaufende Reihenhäuser, einfach und funktional, die eierfarbenen Hauswände grob verputzt. Links neben der Haustür ein kleines Küchenfester, rechts das winzige Toilettenfenster. Hier sollten nun die Flüchtlinge untergebracht werden.

Der Bürgermeister kam damals höchstpersönlich in die Waldenburger Straße, um die neuen Dorfbewohner in Empfang zu nehmen. Als sie aus den Bussen stiegen, rief jemand aus der Gemeinde ihre Namen auf und eine Hausnummer und verteilte so die Familien auf die freien Wohnungen. Meine Mutter erinnert sich, dass sie mit einer großen Kiste in Hauenstein ankamen, die sie sich im Flüchtlingslager selbst gezimmert hatten. Als sie das Haus betraten, sah meine Mutter zum ersten Mal in ihrem Leben bewusst eine Wohnung. Nach zwei Jahren in den jugoslawischen Internierungslagern hatte sie die vergangenen drei Jahre in bayerischen Sammelunterkünften verbracht und in den Tanzsälen der Gasthäuser, die man mit Stockbetten vollgestopft und umfunktioniert hatte – ähnlich wie es heute bei uns mit Turnhallen geschieht.

Nun also sollten sie ihre eigenen vier Wände bekommen. Auf dem Tisch, daran erinnert sich meine Mutter ebenfalls, stand zur Begrüßung ein Teller mit pfälzischer Blut- und Leberwurst. Die Hauensteiner hatten Möbel organisiert: einen Tisch, einen Küchenschrank, einen Herd; die gespendeten Betten waren frisch bezogen. Zwei kleine Zimmer und eine Küche – dies war fortan ihr Zuhause.

Inzwischen war auch der Bruder meiner Großmutter dazugestoßen, er war damals Ende zwanzig, also wohnten sie fortan zu fünft: das kleinere Zimmer für meinen Großonkel, und meine Großmutter schlief mit den Kindern in einem Bett im anderen Zimmer. Meine Urgroßmutter schlief in der Küche.

Vom Flur führte eine Treppe in den ersten Stock, dort war Frau Jost mit ihren vier Kindern untergekommen. Mit ihr mussten sie sich die Toilette auf dem Treppenabsatz teilen. Geheizt wurde mit Holz, gebadet wurde in einer Bütte in der Küche, man stellte zwei Stühle daneben und spannte ein Tuch darüber, für wenigstens ein bisschen Privatsphäre. Es gab keinen Kühlschrank, nur eine Treppenstufe mit einem Fach, wo es etwas kühler war. Dort stand ein Topf, in dem sie Butter und Wurst aufbewahrten.

Zehn Menschen in einem kleinen Haus. Als meine Mutter Jahre später, schon im Gymnasium, einen Aufsatz zum Thema »Unser Zimmer« schreiben sollte, ging sie zur Lehrerin und sagte: »Ich habe kein eigenes Zimmer.« »Dann schreib mir halt, wie du dir dein Zimmer vorstellst«, antwortete sie.

Hauenstein war in den Fünfzigerjahren ein stolzes Dorf.

Bis Ende des 19. Jahrhunderts hatten hier vor allem Tagelöhner und Kleinbauern gelebt, die sich von der Land- und Forstwirtschaft kaum ernähren konnten. Doch dann entwickelte sich Hauenstein zu einem Zentrum der deutschen Schuhindustrie, beflügelt von den erfolgreichen Manufakturen im nahen Pirmasens. 1886 kauften die Brüder Seibel, zwei ernste Männer, der eine mit Schnurr-, der andere mit Vollbart, eine gebrauchte Stanzmaschine und begannen in einem Stall und einer Scheune ihre Schuhe aus Wolle und Segeltuch herzustellen. Die ersten Jahre waren hart, sie machten keinen Gewinn. Doch sie hatten auf das richtige Pferd gesetzt. Nur sechs Jahre später, 1892, wurden in Hauenstein die ersten Lederschuhe fabriziert. Im Jahr 1900 arbeiteten bereits 400 Menschen in den elf Fabriken. Der Boom ging immer weiter. 1913, vor Beginn des Ersten Weltkrieges, waren es 18 Fabriken, in denen 1500 Menschen Arbeit fanden. In knapp drei Jahrzehnten hatte sich Hauenstein von einem Bauerndorf in einen Industriestandort verwandelt.

Nach den beiden Weltkriegen gelang es den Hauensteinern, an die alten Erfolge anzuknüpfen und auf der Wirtschaftswunderwelle zu segeln. Immer mehr Fabriken wurden gegründet, zwischen 1950 und 1960 vervierfachte sich die Schuhindustrie im Dorf, das inzwischen vier Prozent aller Schuhe in der Bundesrepublik produzierte. 1960 stellten die Hauensteiner mehr als dreieinhalb Millionen Paar Schuhe her. Im Folgejahr arbeiteten mehr als 2700 Menschen in den inzwischen 34 Fabriken.

Es war also auch ein wohlhabendes Dorf, in dem meine Mutter im Juli 1950 aus dem Bus stieg. Doch das heißt nicht, dass Flüchtlinge generell mit offenen Armen empfangen wurden. Sie bekamen zwar materielle Hilfe, doch in den Kreis der Dorfbewohner wurden sie nie wirklich aufgenommen. Sie blieben immer Fremde.

Der mächtigste Mann im Dorf war nicht der Bürgermeister, sondern der Pfarrer. Prälat Sommer, ein kantiger Mann mit hoher Stirn, weißem Haar und zusammengekniffenem Mund, war fast siebzig Jahre alt und seit 35 Jahren Pfarrer in Hauenstein. Er hatte Generationen von Hauensteinern getauft, verheiratet und beerdigt. 1933 stellte er sich den Nazis vehement entgegen und sorgte dafür, dass Hitler im durch und durch katholischen Hauenstein bei den Reichstagswahlen das schlechteste Ergebnis in ganz Deutschland einfuhr – mehr als 92 Prozent stimmten gegen Hitler. 1936 wurde er vom Amtsgericht Pirmasens zu einer Geldstrafe verurteilt, weil er am Geburtstag des »Führers« nicht geflaggt hatte. 1938 saß er kurz im Gefängnis, weil ihm vorgeworfen wurde, staatsfeindliche Literatur zu besitzen. Doch Pfarrer Sommer ließ sich nicht beirren. Der Gauleiter fürchtete den Zorn des polternden Prälaten genauso wie die Mitglieder seiner Gemeinde.

Das mit dem Zorn änderte sich auch in den Jahrzehnten danach nicht. Der Kirchendiener, ein Mann der Keller-Sepp genannt wurde, hielt für den Prälaten im Dorf die Augen offen. Wer es am Samstagabend im Tanzsaal mit dem Feiern übertrieb, wurde am Sonntagmorgen von der Kanzel herab gemaßregelt. In den Religionsstunden, die er in der Schule gab, kontrollierte der Prälat montags, wer von den Schülern sonntags in der Kirche gewesen war. Viele Hauensteiner besuchten auch während der Woche frühmorgens um sechs Uhr die Messe, bevor sie in den Schuhfabriken ihre Schicht begannen.

Keller-Sepp war indes nicht nur für den Prälaten tätig, sondern arbeitete auch für den Bürgermeister. Er lief mit der Glocke durch das Dorf, um Neuigkeiten zu verkünden. Es ist davon auszugehen, dass der Prälat auf diese Weise durchregierte in Hauenstein. Wer von den Flüchtlingen Arbeit suchte und katholisch war, wurde vom Bürgermeister zum Prälaten geschickt, der in bestem Kontakt zu den Schuhfabrikanten stand.

*

Ich streife mit meiner Mutter durch die Gassen. Sie ist jetzt 75 Jahre alt und hatte in den vergangenen Monaten schlimme Rückenschmerzen. Eine Operation sollte helfen, hat aber nicht viel gebracht, sie läuft gebückter als vorher, alles geht nicht mehr so wie früher. Als sei sie plötzlich von ihrem Alter eingeholt worden. Doch vor der Reise hat sie sich Kortison verschreiben lassen. Die Schmerzen sind fast weg – eine Überraschung, geradezu ein Aufatmen. Ihre Energie scheint zurück, sie hat, während sie mit mir unterwegs ist, wieder etwas von dieser hektischen Schnelligkeit von früher, auch jetzt, auf den sauber gekehrten Straßen ihres Heimatdorfes. Sie tastet sich nicht vor, sie sucht nicht – sie schreitet voran, gibt die Richtung vor und kennt jedes zweite Haus, die meisten aus rotem Sandstein gebaut, viele mit akkurat gepflegten Gärten. Sie kann die Namen der Familien aufzählen, die hier gewohnt haben, sie entsinnt sich der Geschäfte und Firmen, an denen sie hier damals täglich vorüberging: Das hier war früher eine Schuhfabrik, dort die Apotheke, in diesem Haus wohnte meine Schulfreundin Uta, hier war die Metzgerei, hier die Villa eines Fabrikanten; und bei Kurzwaren-Heinzel gab es das einzige Telefon der Siedlung hinterm Felsen. Sie erinnert sich an den Bäcker, der auf dem Fahrrad durchs Dorf fuhr und Brot verkaufte. Und an ihren Schulweg, zwanzig Minuten durch den Felsen bis in die Dorfmitte. Heute steht das Schulgebäude direkt neben der übertrieben großen Christkönigskirche, die auch »Hauensteins Kathedrale« genannt wird. Der Prälat persönlich hatte den pompösen Sandsteinbau in Auftrag gegeben und ihm Jahre später auch die Weihe zum liturgischen Gebrauch verliehen.

Hauenstein ist umgeben von Kiefernpflanzungen, die sich die Hänge hinaufziehen, von denen das Dorf umschlossen ist. Hier und da sieht man einen roten Felsen zwischen den schützenden Wäldern emporragen. »Ich brauche die Hügel und das Bergige«, sagt meine Mutter. »Ich könnte nicht im Flachland leben. In der Ebene fühle ich mich verloren.«

Endlich stehen wir vor dem Haus, in dem sie aufgewachsen ist. Wir haben vorher angerufen, jetzt öffnet uns Frau Gläßgen strahlend die Tür. Sie hatte schon am Fenster gewartet und nach uns Ausschau gehalten. Ihr Mann sitzt auf dem Sofa, er kann kaum noch laufen, aber seine Augen hinter der Hornbrille blinzeln hellwach. Er ist 89 Jahre alt, sie wird 85. Bald feiern sie ihren 65. Hochzeitstag. Gläßgens sind alte Bekannte meiner Großmutter, sie stammen aus Hauenstein und sind 1967 oder 1968 in das Haus gezogen – genau wissen sie das selbst nicht mehr –, nachdem meine Großmutter ein eigenes gebaut hatte. Sie kannten meine Mutter schon als Kind. Mich haben sie als neugeborenen Säugling im Krankenhaus in Neustadt an der Weinstraße gesehen, erzählen sie lächelnd. In meiner Kindheit haben wir sie manchmal besucht, wenn wir in Hauenstein waren, ich kann mich an sie erinnern, aber das ist mehr als 30 Jahre her. Sie sind aufgeregt und ein bisschen stolz, dass die »Ros'marie« mit ihrem Sohn zu Besuch ist. Sie haben Kuchen gekauft.

»Ich habe mich damals mit den Flüchtlingen immer gut verstanden«, sagt Herr Gläßgen, »unsere Kinder haben zusammen Federball auf der Straße gespielt.« Wir sitzen auf schweren Sesseln am gekachelten Couchtisch. Hier hat meine Mutter mit ihrer Familie gewohnt, es sind vielleicht vierzig Quadratmeter. Statt sich erst mal in Ruhe zu unterhalten, hält sie es kaum auf dem Sofa aus, sie wirbelt in der Wohnung umher und will mir alles zeigen.

»Dürfen wir?«

»Natürlich dürft ihr, Ros'marie, schaut euch alles an. Zeig ihm alles.«

Das Fach in der Treppenstufe, das früher als Kühlschrank diente, ist noch da. Im Keller entdeckt sie die Abdrücke des Kessels. Draußen, vor dem Wohnzimmerfenster, wo die Nähmaschine ihrer Mutter stand, haben sie damals das Holz für den Ofen gehackt. Die Türen sind noch die alten, die Fenster sind neu. Hier verlief eine Wand, dort hing ein Vorhang und hier war das Bett, in dem sie und ihr Bruder zusammen mit der Mutter geschlafen haben.

Dort, wo jetzt die verglaste Schrankwand mit den Fotos der Enkel und Urenkel der Familie Gläßgen steht, war früher das Sofa, erzählt meine Mutter. Hier saßen sie abends, links und rechts die beiden Frauen und die Kinder in der Mitte. Sie lasen, hörten Radio, machten Handarbeiten.

»Was für eine Stimmung war bei euch zu Hause?«, frage ich meine Mutter. Ich kann mich an meine Großmutter nicht gut erinnern, ich war sechs Jahre alt, als sie den Unfall hatte. Aber ich weiß noch, dass sie eine ernste Frau war. Genau wie meine Urgroßmutter, die zwei Jahre später starb.

»Ja, also fröhlich waren sie eigentlich nie«, antwortet meine Mutter. »Das kann man auch nicht verlangen, glaube ich.«

Es wurde nicht viel gelacht, man war nie ausgelassen. Wie eine bleierne Schwere lag die Vergangenheit über dem Alltag. Die beiden Frauen mussten die Kinder irgendwie durchbringen. Eine Arbeit in den Schuhfabriken ergab sich nicht, aber meine Großmutter konnte gut nähen und bot im Dorf ihre Dienste an. Viele Jahre lang schneiderte sie Kinderkleidchen für eine Fabrikantenfamilie. Eine richtige Anstellung hatte sie nie. Auf dem Küchentisch lagen stets eine Bügeldecke und die Nähsachen meiner Großmutter. Nur eine Ecke ließ sie frei, dort machten meine Mutter und mein Onkel ihre Hausaufgaben. Meine Urgroßmutter kümmerte sich um den Haushalt. Es gab Gulasch, Nudelsuppe oder Pfannkuchen (die meine Mutter bis heute nur Palatschinken nennt). Montag war Waschtag, da kochten sie Krummbeeren (Kartoffeln) und Nudeln, weil es schnell gehen musste. Alle paar Tage gab es auch Fleisch. Selten kam Fisch auf den Tisch, denn Fisch waren sie von zu Hause im Banat nicht gewohnt. Zu Weihnachten ging meine Urgroßmutter in den Wald, bis zur Schneise, dort, wo die Hochspannungsleitung verläuft und die Bäume kleiner sind, und schlug eine winzige Tanne für die Wohnung – sie war vielleicht vierzig Zentimeter hoch. Der Baum stand dann auf dem Spiegeltisch und blieb dort bis zum Dreikönigstag. Einmal kam zu Weihnachten ein Paket aus Los Angeles von Verwandten, die ebenfalls aus dem Banat nach Österreich geflüchtet, dann aber, wie viele ihrer Landsleute, nach Kalifornien ausgewandert waren. Meine Mutter bekam eine gebrauchte Puppe und einen Badeanzug.

Als meine Mutter und mein Onkel ins Gymnasium kamen und dafür jeden Tag mit dem Zug nach Landau fahren mussten, fingen die Leute im Dorf an zu tuscheln: Jetzt schickt die Flüchtlingsfrau ihre Kinder auf die Schule. Soll sie sie doch in die Fabrik stecken, dann verdienen sie wenigstens etwas Geld. Doch für meine Großmutter stand fest, dass ihre Kinder etwas lernen sollten. Obwohl sie als Flüchtlingsfamilie ganz unten in der sozialen Rangordnung des Dorfes standen, fühlte meine Familie sich den anderen nicht unterlegen. Im Gegenteil. »Wie dumm die Leute hier sind«, sagte meine Urgroßmutter einmal zu meiner Mutter. »Die wissen noch nicht mal, wo Jugoslawien liegt. Das lernt man doch in der Schule.«

»Ich habe mich immer als etwas Besseres gefühlt«, erzählt mir meine Mutter, und das finde ich erstaunlich, weil sie sonst sehr bescheiden ist. »Wenn ich in der Schule aufgerufen wurde und gefragt wurde, was ist denn dein Vater, und ich sagte ›Apotheker‹, dann war das schon irgendwie beeindruckend.«

Während die beiden Frauen, denen die zur Schau gestellte Frömmigkeit vieler Leute im Dorf suspekt war, zurückgezogen lebten und vor allem Kontakt zu anderen Flüchtlingsfamilien hatten, versuchten die Kinder, sich zu integrieren. Meine Mutter wollte dazugehören, eine Sehnsucht nach Anpassung trieb sie an, sie wollte akzeptiert werden. Sie ging in die Kirche, engagierte sich in der Jugendgruppe, wurde von Freundinnen zum Geburtstag eingeladen. Mein Onkel streunte mit seiner Bande auf den Felsen umher und leistete Mutproben, in dem er über tiefe Brunnen und Felsspalten sprang. Mit Schleudern, Steinen und Speeren kämpften sie gegen andere Banden, so lange, bis einer blutete; es war ein steter Kampf der Siedlung hinterm Felsen gegen das Dorf. Auch mein Onkel fühlte sich als etwas Besseres, aber auf eine aggressivere Art als meine Mutter. Er war ein hagerer Junge, eloquent und penibel und kleidete sich anders als die anderen. Er trug gut geschnittene Hosen, die ihm seine Mutter nähte. Er war ein Außenseiter im Ort, so wie alle in seiner Familie. Aber als er zum ersten Mal Magenbluten bekam, zu Beginn des Gymnasiums, und nach Landau ins Krankenhaus musste, betete sonntags das ganze Dorf für ihn in der Kirche.

»Das mit den Flüchtlingen ist jetzt anders«, sagt Herr Gläßgen zu mir. Er ist jetzt doch aufgestanden und zeigt aus dem Küchenfenster auf ein mehrstöckiges Wohnhaus am Hang gegenüber. Ich sehe mehrere Balkone, einer hängt voller Wäsche. »Dort wohnen sie«, sagt Herr Gläßgen, »es sind viele junge Leute. Und immer brennt bis spätabends das Licht.« Er wirkt nicht empört, nur besorgt und genervt. »Sie sind sehr laut. Die Frauen tragen alle Kopftuch und sprechen kein Deutsch. Und sie sind sehr frech, das kannst du ruhig in deinem Buch schreiben.« Einmal sei jemand auf ihrem Garagendach herumgeklettert. Darin steht sein Opel Vectra. Früher hatte er einen VW-Käfer und nahm meine Großmutter oft mit ins Dorf. Und einmal klingelte es vor Kurzem um halb zehn Uhr abends, erzählt er, es war ein Flüchtling mit einem Zettel in der Hand, er wollte Hilfe.

»Ich habe nichts gegen die Leute. Aber ich will meine Ruhe haben.« Gläßgens haben sich jetzt Riegel gekauft für die Türen und Fenster.

*

»Es kam mir alles viel kleiner vor, als ich es in Erinnerung hatte«, sagt meine Mutter, nachdem wir uns von Herrn und Frau Gläßgen verabschiedet haben. Sie ist in diesem Haus erwachsen geworden, hat oben im kleinen Zimmer, nachdem Frau Jost mit ihren vier Kindern nach Kanada ausgewandert war, für ihr Abitur gelernt. Erst als meine Mutter schon studierte, baute sich meine Großmutter ein eigenes Haus, direkt gegenüber am Hang in der Bergstraße, wo heute auch das Gebäude mit den Flüchtlingen steht. Von ihren Näharbeiten hatte sie sich Ersparnisse abgerungen, in den Urlaub gefahren ist sie nie. Auch als Studentin verbrachte meine Mutter jedes Wochenende in Hauenstein. Und später, als sie dort Lehrerin wurde, wohnte sie wieder zu Hause. Sie fühlte sich ihrer Mutter und Großmutter verpflichtet. »Ich kann die Mutti nicht alleine lassen«, war ihre Überzeugung. Samstagabend gingen sie oft zu einer befreundeten Flüchtlingsfamilie, um gemeinsam fernzusehen.

Mehr noch als an die Besuche bei den Omas in Hauenstein erinnere ich mich an die Besuche an ihren Gräbern. Nach dem Tod meiner Großmutter 1981 schlief meine Urgroßmutter eine Woche lang auf unserer Couch in Trier, ihre langen Haare hatte sie immer zum Knoten geflochten. Danach kam sie in ein Seniorenheim in Kandel in der Pfalz, wo ihr Bruder noch lebte. Dort starb sie auf den Tag genau zwei Jahre nach ihrer Tochter. Sie wurden nebeneinander in Hauenstein begraben, ihr Grab mit einer Marmorplatte versiegelt. Alle paar Monate fuhren meine Eltern nach Hauenstein und stellten Blumen auf.

Wir parken gegenüber der Katharinenkapelle und betreten den Friedhof – wie früher von oben kommend. Von hier aus blickt man auf Hauenstein herab, sieht die roten Dächer und die Türme der beiden Kirchen. Die Kiefernhänge wirken wie die perfekten Hintersetzer einer Kulisse. Alles ist sommerlich grün und wunderschön. Der Friedhof ist in Terrassen angelegt, wir nehmen die Stufen und steigen hinab. Früher hätte meine Mutter geschäftsmäßig begonnen, das Grab ein wenig in Ordnung zu bringen: Unkraut herauszureißen, den Marmor abzuwischen, frische Blumen in den Kübel zu stellen. Jetzt will sie eigentlich nur schnell einen Blick auf die Stelle werfen, wo einmal das Grab war. Denn das Grab ihrer Mutter und Großmutter gibt es nicht mehr.

Ich hätte jetzt gerne ihre Namen gelesen, aber es gibt wahrscheinlich nicht mal ein Foto von ihrem Grabstein. Man macht keine Fotos von Gräbern, vielleicht auch, weil man denkt, sie seien für immer da. Aber das stimmt natürlich nicht, denn alle paar Jahre kommt ein Brief der Friedhofsverwaltung, und dann muss man entscheiden, ob man das Grab verlängert oder nicht. Meine Mutter entschied sich nach Ablauf von dreißig Jahren dagegen. Deshalb stehen wir jetzt vor einer Lücke. Nichts deutet darauf hin, dass hier einmal jemand begraben lag. Der Rasen zeigt keine verdächtigen Spuren, die vermuten lassen, dass er nachträglich gesät wurde. Die Büsche wuchern selbstbewusst, als seien sie schon immer da gewesen, und zwei hochgewachsene Bäume stehen dort, wo früher der Grabstein war. Die anderen Gräber links und rechts von der Lücke – an ein paar der Namen kann ich mich sogar erinnern – strahlen die Selbstverständlichkeit von jahrzehntelanger liebevoller gärtnerischer Pflege aus. Die Lücke hat nichts Provisorisches, man hat nicht das Gefühl, dass sie gefüllt werden müsste. Es fühlt sich eher so an, als habe es sie schon immer gegeben.

Als meine Mutter vor ein paar Jahren diese Entscheidung traf, lebte ich in Rio de Janeiro. Ich war dagegen und versuchte in langen Telefonaten, sie davon zu überzeugen, die Laufzeit zu verlängern. Vergeblich.

»Ich habe nie verstanden, dass du das Grab hast wegmachen lassen«, sage ich zu meiner Mutter. Wir sprechen darüber nicht am Friedhof, sondern in einem ruhigen Moment später am Tag.

»Es waren dreißig Jahre«, antwortet sie, »und ich kann jetzt nicht mehr zweimal im Jahr hinfahren und etwas in Ordnung bringen. Es geht körperlich nicht mehr, und ich kann nicht mehr weg wegen Papa. Deshalb habe ich gesagt, lösen wir es halt auf. Es ist mir schwergefallen, das muss ich sagen.«

»Ich hatte nicht den Eindruck, dass es dir schwergefallen ist.«

»Doch, ich habe bestimmt zwei, drei Jahre lang überlegt, ob ich es machen soll oder nicht.«

»Ich war damals in Rio und habe gesagt: Mach es nicht.«

»Ja, aber da stand mein Entschluss schon fest.«

»Das heißt, du hast es mit dir alleine ausgemacht.« Sie hatte es mit meinem Onkel besprochen, er war einverstanden gewesen.

»Wenn man zu einem Grab nicht hingehen kann, dann hat es keinen Zweck.«

»Und wenn man nur einmal im Jahr geht?«

»Nicht mal dazu bin ich gekommen. Und einmal im Jahr? Dann lieber gar nicht. Denn ich muss dann oft daran denken. Dann kommt mir das Grab verwaist vor. Wenn niemand hingeht und nur der Gärtner an Allerheiligen etwas drauflegt, ist mir das zu unpersönlich.«

»Du warst immer irgendwie unnostalgisch, oder?«

»Ich bin Realistin. Was sein muss, muss sein. Das Grab war lange genug da. Ich bin jedes Jahr hingefahren, das hat Sinn gemacht. Doch wenn man nicht mehr hinfahren kann?«

»Aber heute wäre es doch schön gewesen, wenn das Grab noch da gewesen wäre, oder?«

»Es ist jetzt weg. Ist jetzt weg.«

*

Es ist Sonntag, das Wochenende geht zu Ende. Es ist unser zweiter und letzter Abend in Hauenstein. Wir nehmen den sandigen Trampelpfad hoch zum Felsen. Gestern Abend sahen wir am Himmel über Hauenstein, wie sich das glühende Sommerabendrot mit den schlierenden Wolken verkämpfte, deshalb möchten wir den Sonnenuntergang heute von dort oben sehen. Meine Mutter ist als Kind genau hier durch den Wald gestreift, denn als mein Onkel seine Bandenkämpfe und Mutproben absolvierte, war auch sie oft dabei.

Es sind nur zehn Minuten bergauf, der Anstieg macht meiner Mutter keine Probleme. Oben angekommen, setzen wir uns auf das kleine Plateau des Felsentors. Wir sind alleine. Von hier aus sieht man in beide Richtungen: ins Dorf auf der einen und in die Siedlung, wo meine Mutter aufwuchs, auf der anderen Seite.

Ich habe mir vorgenommen, auf unserer Reise immer wieder solche Situationen herzustellen. Besondere Orte aufzusuchen, an denen wir uns hinsetzen, um zu reden. An denen meine Mutter etwas zur Ruhe kommt und sich an früher erinnert. Kann eine Reise etwas reparieren? Kann sie etwas heilen?

Meine Mutter macht es uns beiden dabei nicht leicht, denn manchmal möchte sie sich einfach nicht erinnern oder darüber sprechen, was war. Dann wird sie ungeduldig und will am liebsten gleich weiter. Oder sie lenkt ab und spricht übers Wetter. Auch jetzt – sie merkt, dass ich reden will – zieht sie erst einmal ihr Smartphone aus der Tasche und schreibt meinem Bruder Claus eine WhatsApp, dass wir auf besagtem Felsen sitzen.

»Du bist wie ein handyabhängiger Teenager«, rufe ich ihr zu. Wir lachen.

»Ich hätte nie gedacht, dass ich diese Reise machen werde«, sagt sie dann ernst. »Ich hatte das alles abgehakt.«

Ihr ganzes Leben lang hat meine Mutter immer nur nach vorne geschaut, nie in die Vergangenheit. Deshalb fällt es ihr jetzt umso schwerer. Sie mied den Blick zurück, weil sie wusste, dass er schmerzhaft sein könnte, aber auch, weil es schlichtweg nicht viel gab, auf das sie zurückblicken konnte. Vom Haus in dem kleinen serbischen Dorf Setschan, in dem meine Mutter geboren wurde, dem Ziel unserer Reise, hat sie kein einziges Foto. Es gibt alte Bilder von einer Feier im Garten, mit einer Bank und einem Korbsessel und einem Gartenzwerg. Aber sie hat keine Vorstellung von ihrem Elternhaus und weiß nicht einmal, ob es noch steht. Ihre Mutter hat ihr nie davon erzählt.

Auch jetzt will sie sich kein Bild davon machen, sagt sie – sie will sich nichts vorstellen, von dem sie später, am Ende unserer Reise, enttäuscht sein könnte.

»Ich habe ein paar Fotos«, sage ich.

»Fotos?«

»Von dem Haus.«

»Du hast Fotos? Woher?«

Zur Vorbereitung unserer Reise war ich im Haus der Donauschwaben in Sindelfingen bei Stuttgart gewesen und hatte einen Tag im dortigen Archiv verbracht. Ich fand Zeitzeugenberichte und Eintragungen über die Familie meiner Mutter, die sie zum Teil noch gar nicht kennt und von denen ich ihr erst im Laufe unserer Fahrt berichten werde. Auf einem Foto aus der Nachkriegszeit ist das Haus identifiziert, in dem vor dem Krieg die Apothekerfamilie gewohnt hatte: das Elternhaus meiner Mutter. Dann kontaktierte eine serbische Journalistenkollegin auf mein Bitten das Bürgermeisteramt von Setschan, um herauszufinden, ob das Haus noch steht. Die Hilfsbereitschaft dort war überwältigend. Der Sekretär des Gemeinderats, der auch für Öffentlichkeitsarbeit zuständig ist, bot an, rasch ein paar Fotos zu machen und sie uns zu schicken. Ich habe sie auf meinem Handy dabei und zeige sie nun meiner Mutter. Ein großzügiges, altes Wohnhaus, hohe Fenster, bröckelnder Putz, ein schmiedeeisernes Tor, eine alte Holzkastentür.

»Es steht wirklich noch!«, ruft meine Mutter verwundert aus und freut sich. Sie vermisst ein großes Schaufenster, denn so hatte sie sich die Apotheke vorgestellt. Sie vermutet, dass das Haus jetzt geteilt ist, weil die eine Hälfte weiß, die andere rot verputzt ist. Alles kommt ihr fremd vor, und sie fragt sich, ob sie sich, wenn sie einmal dort ist, an irgendetwas erinnern wird. Werden wir etwa erkennen, in welchem Zimmer der Flügel gestanden hat?

Zu diesem Zeitpunkt wissen wir nicht, ob das Haus bewohnt ist. Die Besitzverhältnisse seien unklar, hatte man uns im Bürgermeisteramt gesagt.

Meine Mutter ist jetzt geradezu aufgewühlt, obwohl man es ihr kaum anmerkt und sie nicht viel spricht. Vielleicht ahnt sie, dass es auf dieser Reise noch mehr dieser Momente geben wird. Nachdem sie die Fotos gesehen hat, legt sie ihre Hand auf meine Schulter, sieht mich lächelnd an und sagt:

»Du machst Sachen …« Doch weiter darüber reden möchte sie nicht: »Ach, schau mal, die Flugzeuge da oben, zwei, drei, nein, es sind fünf … Und langsam wird es auch dunkel.«

Aber es gibt noch etwas, das ich hier, hoch oben auf dem Felsen, mit ihr besprechen möchte.

»Weißt du, jedes Mal, wenn ich durch den Felsen fahre, denke ich daran, dass die Oma hier gestorben ist. Du auch?«, frage ich.

»Nein«, antwortet sie zögernd. Sie sieht mich nicht an, sondern starrt auf die Dächer des Dorfes.

»Ich schon.«

»Ab und zu. Das ist passiert, da kann man nichts machen.«

Ich war damals gerade in die Schule gekommen, seit vier Wochen ging ich in die erste Klasse. Der Sommer war noch nicht vorbei, die Tage noch lang, es war warm. An diesem Nachmittag fuhren wir drei mit den Fahrrädern zusammen raus: meine Mutter, mein drei Jahre jüngerer Bruder Claus und ich. Es ging leicht bergauf Richtung Löllberg, raus aus dem Neubaugebiet und über die Feldwege. Es war ein kleines Abenteuer, wir wollten Brombeeren sammeln, und meine Mutter würde daraus Marmelade einkochen. Wir pflückten prachtvolle Früchte; sie waren prall, glänzten dunkel und explodierten süß im Mund, wenn man darauf biss. In meiner Erinnerung lachten wir viel an diesem Tag, der Nachmittag schien endlos.

Erschöpft und brombeerverschmiert kamen wir irgendwann wieder zu Hause an. Ich schob mein rotes Fahrrad den Gehweg hoch zu unserem Vorgarten. Meine Mutter ging voraus, und vor der Tür wartete schon mein Vater auf sie, er war eilig aus dem Amt gekommen und trug noch seinen Anzug. Er sagte nichts, sondern nahm meine Mutter nur in den Arm. Wahrscheinlich standen mein Bruder und ich da, ohne etwas zu verstehen. Möglicherweise spürten wir dennoch, dass etwas Schlimmes passiert war. Mein Vater drückte meine Mutter fest an sich, und genau in diesem Moment reißt meine Erinnerung ab.

Nur zwei Momente aus diesen Tagen habe ich nicht vergessen. Wir sind im Haus meiner Großmutter in Hauenstein und finden die Weihnachtsgeschenke, die sie schon für uns bereitgestellt hatte. Jetzt, im September. Ich weiß nicht mehr, ob sie schon eingepackt waren, aber mein Bruder und ich hätten zu Weihnachten 1981 von ihr beide je einen Zauberwürfel bekommen. Und der andere Moment: Ich sitze mit meinem Onkel Kurt im Auto vor dem Haus meiner Großmutter, es ist schon dunkel, er weint, ich sehe ihn hilflos an, er trinkt Bier aus der Flasche, und ich weiß noch, dass ich das nicht gut fand. Warum macht er das, das darf er doch nicht, er hat mir doch gesagt, dass man nicht aus der Flasche trinken soll, weil man sich an der Lippe verletzen kann, wenn ein Stück Glas abgebrochen ist …

An die Beerdigung meiner Großmutter erinnere ich mich nicht.

Es passierte auf dem Weg ins Dorf. Dem Weg, den sie schon Tausende Male gegangen war. Ihr wurde schwindelig, sie torkelte, kam vom Bürgersteig ab und stürzte auf die Straße. Ein Kleinlaster erfasste sie. Meine Großmutter war sofort tot. Ich glaube mich zu erinnern, dass ich den Fahrer in diesen Tagen sogar gesehen habe, vielleicht kam er im Haus meiner Großmutter vorbei, um ein paar Formalitäten zu klären. Mehr weiß ich eigentlich nicht. Wir haben nie groß darüber gesprochen, wie es passiert ist. Meine Mutter hatte uns erklärt, dass die Oma nicht mehr da war, und nahm uns beide zur Beerdigung mit.

»Vielleicht ist ihr viel erspart geblieben«, sagt meine Mutter plötzlich.

»Wieso?«

»Sie hat ja Krebs gehabt. Und Chemotherapie.«

»Ich weiß gar nicht, ob ich das wusste.«

»Doch, das hast du wieder vergessen.«

Meine Großmutter starb mit 61 Jahren. Meine Mutter war damals jünger als ich heute, als sie ihre Mutter verlor.

»Sie hat sich nicht gut gefühlt wegen der Therapie. Vielleicht ist sie deshalb getorkelt. Der Kurt hat damals alles geregelt. Ich habe mich dann gar nicht so viel … sie war dann einfach nicht mehr da. Ist ja auch egal, wie das passiert ist. Kann man ja doch nichts ändern.«

Ich sage nichts.

»Aber ich denke schon auch oft daran, wenn wir da durchfahren«, sagt meine Mutter jetzt. »Aber es ist vorbei.« Und dann: »Heute ist das Licht gar nicht so rot wie sonst. Gestern waren es mehr Wolken. Schau, der Himmel ist heute völlig wolkenlos …«

»Und der Kurt hat dann alles geregelt?«

»Bitte?«

»Kurt hat dann alles geregelt?«

»Ja, mit der Polizei und so. Ich weiß gar nicht, ob es auch eine Verhandlung gab. Weiß ich alles nicht.«

»Hat Kurt dir denn nichts davon erzählt?«

»Nein.«

Pause.

»Weil es zu schmerzhaft war?«

»Ja.«

Stille.

»Was für einen Krebs hatte sie?«

»Sie war ins Krankenhaus gekommen wegen der Schmerzen im Bauch. Und dann haben sie sie aufgeschnitten, sie hatte ein Tumor an den Eierstöcken. Es war Krebs. Dann hat mich der Arzt angerufen und mir alles erklärt, da war ich zuständig. Später war dann der Kurt zuständig.«

»Ich wusste das alles nicht. Ich weiß nicht, ob Claus das wusste.«

»Doch, das habt ihr vergessen.«

Meine Mutter und ich sind es nicht gewohnt, so offen zu sprechen. Es fällt uns sehr schwer. Ich habe viele Fragen nie gestellt, weil ich weiß, dass sie für meine Mutter schmerzhaft sind. Doch ich habe noch eine Frage. Ich hatte nämlich irgendwann im Familienkreis etwas in dieser Art gehört.

»Aber sie hat sich nicht vor das Auto geworfen?«, frage ich.

Meine Mutter reagiert kaum. Dann antwortet sie: »Nein, das glaube ich nicht. Das hat sie nicht gemacht … ist ganz ruhig hier, oder?«

»Ja, total ruhig.«

»Nein, das hat sie nicht gemacht … Gehen wir?«

*

Wir sprechen nicht viel, als wir den Felsen hinabsteigen. Es ist schon ziemlich düster. Ich gehe voraus und beleuchte unseren Weg mit dem Handy. Wir müssen durch den Felsen hindurch zu unserem Hotel. Ich glaube, wir laufen genau auf der Straßenseite, von der meine Großmutter auf die Fahrbahn gestürzt ist. Ich spreche es nicht mehr an.

Neben unserem Hotel gibt es einen Spielplatz, den ich tagsüber gar nicht bemerkt hatte. Jetzt sehe ich dort eine kleine Gruppe von Leuten – drei, vier Erwachsene und zwei Kinder. In der Dämmerung kann ich sie nur schemenhaft erkennen. Als wir näher kommen, sehe ich, dass die Frauen lange Gewänder und Kopftücher tragen. Die Kinder spielen auf einem Gerüst.

»Das sind Flüchtlinge«, sage ich zu meiner Mutter und bleibe am Zaun stehen. »Aus Afrika. Lass uns einfach mal mit ihnen reden.«

»Lass doch«, sagt meine Mutter.

»Komm«, sage ich.

Als wir uns nähern, merke ich, dass sie auf uns aufmerksam werden. In ihrer Körperhaltung ist eine leichte Nervosität zu erkennen. Vielleicht denken sie, wir wollten uns beschweren. Ich sage meinen Namen und stelle meine Mutter vor. Den Frauen gebe ich nicht die Hand, da ich nicht weiß, wie gläubig sie sind. Die Männer zögern nicht, mir die Hand zu schütteln. Sie wirken jetzt entspannter. Sie sprechen kaum Deutsch und nur wenig Englisch. Ahmed erzählt, dass sie aus Somalia kommen, aus Belet Huen. Die beiden Frauen seien seine Schwestern, der andere Mann sein Schwager. Alle sind sehr jung, Anfang, Mitte zwanzig vielleicht. Die Kinder hängen jetzt am Rock der Mutter und schauen neugierig zu uns hoch.

Ich erinnere mich, dass die Bundeswehr mal in Belet Huen stationiert war, mehr als zwanzig Jahre muss das her sein. Als ich versuche, Ahmed das zu erklären, wirkt er fast belustigt. Er kann sich nicht vorstellen, dass irgendjemand hier Belet Huen kennt. Das mit der Bundeswehr versteht er nicht.

Seit 2015 sind sie in Deutschland, mehr als ein Jahr

haben sie gebraucht, durch Libyen, über das Mittelmeer nach Italien. Ich will mehr über ihre Flucht wissen, aber wir können uns kaum verständigen.

»Meine Mutter kam auch als Flüchtling nach Hauenstein«, sage ich zuerst auf Deutsch, dann auf Englisch, »nach dem Zweiten Weltkrieg.« Sie verstehen nicht. Meine Mutter lächelt freundlich. Ihr gefällt die Begegnung. Ahmed und seine Familie lächeln freundlich zurück.

»*Do you like it in Hauenstein?*«

»*Yes, very good.*«

»*No problems?*«

»*No, no problems. Hauenstein is good. But very small.*«

Ein Wort, das Ahmed auf Deutsch kann, ist »Bürgerhaus«. Dort lernen sie jetzt Deutsch. Und sein Schwager will noch etwas sagen, irgendetwas über Merkel und Schuhe. Ich brauche eine Weile, bis ich verstehe. Sie waren im Schuhmuseum von Hauenstein und haben ein altes Paar Schuhe von Bundeskanzlerin Merkel gesehen, das dort in einer Vitrine ausgestellt ist. Der Schwager nickt zufrieden. Und Ahmed sagt noch, dass er Mechaniker werden will.

»*Do you want to go back to Somalia?*«, frage ich.

»*No, never go back*«, antwortet er.

Zum Abschied schütteln wir uns alle die Hände und wünschen uns *good luck*. Auch die Frauen geben mir die Hand.

Hohenfurch

Das Papier hat die Größe eines Einkaufszettels und ist mit der unterstrichenen Überschrift

LagerZeit

versehen. In den ersten drei Zeilen hat meine Großmutter die Namen von drei jugoslawischen Internierungslagern handschriftlich notiert. Sowohl der Beginn als auch das Ende eines jeden Aufenthalts ist penibel mit Tag, Monat und Jahr festgehalten. Dem Zettel zufolge hat meine Großmutter die Zeitspanne von Frühling 1945 bis Sommer 1947 in den Lagern in Setschan, Molidorf und Gakowa verbracht, gemeinsam mit ihren beiden Kindern und ihrer Mutter. In der Mitte des Zettels hat sie, etwas abgesetzt, die Daten ihrer Flucht aufgeschrieben:

am 7 August 47 geflüchtet
in Deutschland gemeldet 27 August
1947

Darunter sind, wieder mit genauem Tagesdatum von Anfang und Ende, die Aufenthalte in vier deutschen Flüchtlingslagern verzeichnet: Allach, Piding, Hof-Moschendorf und Hohenfurch – alle in Bayern. Die Zeitspanne dieser Stationen erstreckt sich von August 1947 bis Juli 1950. In der letzten Zeile des Zettels stehen nur zwei Worte. Sie sind mittig platziert und wirken wie eine Erlösung nach insgesamt fünf Jahren Odyssee:

nach Hauenstein

Ohne diesen Zettel wäre unsere Reise nicht mehr als ein Stochern im Nebel der Vergangenheit gewesen. Nur dank der Notizen meiner Großmutter können wir die Stationen ihrer Flucht genau nachvollziehen und jetzt in eben diese Orte fahren. Nur aufgrund der akribischen Datumseintragungen wissen wir um die Länge der Lageraufenthaltszeiten und davon, dass die eigentliche Flucht von der jugoslawisch-ungarischen Grenze durch Ungarn und Österreich bis nach Bayern 21 Tage gedauert hat.

Wann hat meine Großmutter die Stationen ihrer Flucht aufgeschrieben? Niemand kann mir diese Frage beantworten. Aber ich gehe davon aus, dass sie die Daten ihrer Flucht im Nachhinein aufgelistet hat. Denn der Zettel ist mit einem Kugelschreiber geschrieben, und der war erst Jahre später weit verbreitet.

Meine Großmutter sprach nie über das, was geschehen war. Sie verdrängte ihre Gefühle, die Trauer, die Wut. Aber die nackten Fakten wollte sie offenbar nicht vergessen. Meine Mutter fand den Zettel vor ein paar Jahren im Nachlass meines Onkels. Sie wusste nicht, dass es ihn gibt. Ich sah ihn zum ersten Mal, als meine Mutter uns in Berlin besuchte und mir ihre handgeschriebenen Bögen mit der Geschichte ihrer Flucht zeigte.

Ich kann mir nicht erklären, warum mir meine Mutter den Zettel nicht schon früher gezeigt hat. Vielleicht sah sie nie den richtigen Zeitpunkt dafür gekommen. Auf diesen paar Quadratzentimetern hat meine Großmutter die exakten Daten ihrer Flucht aufgeschrieben.

Auf den Tag genau siebzig Jahre nachdem meine Großmutter mit ihrer Familie aus dem Lager in Gakowa über die Grenze nach Ungarn geflüchtet ist, brechen meine Mutter und ich heute von Hauenstein auf, um 1329 Kilometer weit bis nach Setschan zu fahren. Es ist der 7. August 2017, als wir auf dem Parkplatz vor dem Hotel Felsentor unsere Koffer in den alten Golf meiner Eltern hieven, um über ein paar pfälzische Landstraßen schließlich die Autobahn Richtung Süden zu erreichen. Hauenstein war für meine Mutter ein Heimspiel gewesen, und auch ich bewegte mich auf bekanntem Terrain. Ab jetzt ist alles neu. Unsere nächste Station heißt Hohenfurch.

*

Die Schatten werden schon länger, als wir am Ende des Tages hinunter zum Fluss fahren, erst auf einem schmalen, asphaltierten Weg durch die Felder, dann die Landstraße bergab durch den Wald bis zum Ufer. Davor waren wir kurz im Dorf. Wir haben Bauernhäuser, efeubewachsene Wände, Holzschuppen und Lattenzäune gesehen. Sie stehen an der blank gefegten Hauptstraße, die mit alten Bäumen bepflanzt ist, und wechseln sich mit großzügigen, neu gebauten Einfamilienhäusern ab, auf deren Dächern Solarzellenmodule angebracht sind. Wer seinen Balkon Richtung Süden gebaut hat, kann von hier die Alpen sehen. Hohenfurch strahlt Wohlstand, Ordnung und Tradition aus, wir sind hier mittendrin im Schongauer Land, und manche Ecken im Dorf könnten aus einem Fotokatalog für Bayernurlaube stammen. Es wundert mich nicht, dass es meiner Mutter hier gefiel, dass sie gute Erinnerungen an ihre Zeit in Hohenfurch hat. Vom Parkplatz aus können wir schon das Wasser sehen. Wir steigen aus, gehen die paar Schritte und stehen am Ufer des Lech. Er wirkt hier nicht wie ein Fluss, eher wie ein See, denn das Wasser scheint völlig stillzustehen. Die Spiegelung der Baumkronen mit ihren unzähligen Grünschattierungen wirkt auf der glatten Wasseroberfläche wie ein Gemälde.

Meine Mutter erkennt nichts wieder, kann sich aber an die Nachmittage in der Sonne und im Wasser gut erinnern. Kinder und Erwachsene gingen gemeinsam den Fußweg vom Dorf zum Fluss, wahrscheinlich hatten sie Decken dabei, um sich ans Ufer zu legen, und sicher etwas Proviant, Brot und Käse vielleicht. Ich versuche mir vorzustellen, wie meine Mutter – das Flüchtlingskind – vom Ufer in den Fluss springt, wie sie hier eifrig ihre Schwimmzüge vorführt und meine Großmutter verhalten am Ufer im Schatten sitzt und die Kinder nicht aus den Augen lässt.

Meine Mutter kam am 13. Juli 1948 (so steht es auf dem Zettel meiner Großmutter) nach Hohenfurch, mehr als drei Jahre, nachdem sie aus ihrem Dorf Setschan in Jugoslawien fliehen musste. Zwei Jahre lang würde sie hierbleiben, hier in die erste Klasse gehen, Freundschaften schließen und sich zum ersten Mal irgendwo bewusst zu Hause fühlen.

Und das, obwohl sie gemeinsam mit anderen Flüchtlingen in den Wirtshäusern des Dorfes untergebracht waren. Erst wohnten meine Großmutter und Urgroßmutter mit den Kindern im Gasthof Negele, dann zogen sie in den Gasthof Westermeier. Dort schliefen sie im Tanzsaal im ersten Obergeschoss. Meine Mutter erinnert sich an eine breite Treppe, die nach oben führte, danach ging es links durch den Flur in den großen Saal. Ein paar Dutzend Flüchtlinge waren sie hier, Eltern mit Kindern. Die Stockbetten standen dicht an dicht, teilweise mit Decken abgehängt, damit für ein wenig Privatsphäre gesorgt war. Unter den Betten spielten die Kinder Verstecken, von ganz oben konnte man durch die Fenster einen Blick auf die Berge erhaschen. In der Mitte des Saals stand ein langer Tisch. Das Essen mussten sie sich unten aus der Küche holen.

Für Simon Westermeier, den kugelrunden Wirt, war das Ganze wahrscheinlich ein gutes Geschäft. Er war umtriebig, kannte Gott und die Welt und war befreundet mit dem Landrat von Schongau, einem jungen, ehrgeizigen Politiker namens Franz Josef Strauß. Noch heute erzählt man sich im Dorf, dass »der Westermeier immer die alten Anzüge vom Franz Josef auftrug«. Sein Gasthof muss sich mit der Ankunft der Flüchtlinge in einen Taubenschlag verwandelt haben, in dem er jedoch immer alles fest im Griff hatte.

Für meine Mutter war der Gasthof ein großer Abenteuerspielplatz. Es gab eine Kegelbahn, im Stall standen Tiere, in der Scheune balancierten die Kinder auf den Balken und warfen sich ins Heu. Hinter dem Haus schüttelten sie die Maikäfer von den Bäumen oder sie liefen hinunter zum Bach, um sich beim Eismann namens Haasheidel für einen Zehnpfennigschein ein Eis zu kaufen.

Es sind gute Erinnerungen und meine Mutter steht am Flussufer und erzählt. An die schlechten Ereignisse ihrer Kindheit kann sie sich nicht erinnern. Nicht an die Leichen in den jugoslawischen Lagern, nicht an die Angst auf der Flucht, nicht an die Strapazen auf ihrem Weg nach Deutschland. Hat sie das alles verdrängt? Aus ihrer Erinnerung verbannt – unbewusst, automatisch, aus Selbstschutz? Dafür erinnert sie sich an die Holzbänke in der Schule und das nette Fräulein Havranek, ihre nicht mehr ganz junge Klassenlehrerin, die in Schönschrift an die Tafel schrieb. An die Schulspeisung, bei der es für die Kinder oft auch ein Täfelchen Waldbaur-Schokolade gab. Und sie weiß noch, dass ihre Mutter hier das erste Buch für ihre Kinder kaufte (Grimms Märchen) und dass sie ihnen daraus vorgelesen hat. Eigentlich, merke ich, setzt ihre Erinnerung erst sehr spät ein – in dem Moment, als sie im Alter von sechs Jahren nach Hohenfurch kommt.

*

An der alten Schule, die heute ein Mehrfamilienhaus ist, will meine Mutter gar nicht erst aussteigen, ein Blick genügt ihr.

»Willst du nicht kurz mitkommen?«, frage ich sie.

»Nein, nicht nötig.«

Sie bleibt im Auto sitzen, während ich ein Foto mache. Dieses Sich-nicht-darauf-einlassen-Wollen, das Zur-Kenntnis-nehmen-und-Abhaken, das Komm-lass-uns-Weiterfahren werde ich auf unserer Reise immer wieder bei ihr erleben. Nur langsam und behutsam, mitunter sehr zögerlich, tastet sich meine Mutter an die Orte ihrer Vergangenheit vor. Schritt für Schritt. Dabei geht sie so vorsichtig, als liefe sie auf einem zugefrorenen See und habe Angst einzubrechen. Ich bin derjenige, der sie dabei voranschiebt, aber auch ihre Hand hält.

Unsere Spurensuche ist stets auch ein mühsames Ringen mit ihrer Erinnerung. Ich wünsche mir, dass sie Orte wiedererkennt, dass Erlebnisse und Gefühle zurückkehren. Dass meine Mutter Vergangenheit vergegenwärtigt. Der Bachverlauf im Ort kommt ihr bekannt vor, die Bäume am Wasser. Aber den Gasthof Negele erkennt sie nicht wieder. Er ist immer noch ein Gasthof, aber er sieht nicht so aus, wie sie ihn in Erinnerung hat. Auch ich habe ihn mir anders vorgestellt. Die hölzernen, blumenbesteckten Balkongeländer können kaum über die hässliche Schlichtheit des weiß verputzten Zweckbaus hinwegtäuschen. Wir beschließen, später zu entscheiden, ob wir uns das Haus von innen ansehen.

Gegenüber, auf der anderen Seite der Landstraße, die durch den Ort führt, steht das Gasthaus Westermeier – oder besser gesagt das Haus, das früher der Gasthof war. Meine Mutter erkennt es sofort. Es sieht uralt und verlassen aus. Aber man merkt, dass es mal ein prächtiges bäuerliches Anwesen war: sieben gardinenverhangene Fenster im Obergeschoss, ein spitzes Dach mit roten Ziegeln, das in seinem breiten Ausmaß imposant wirkt. Es müssen sehr dicke Steinmauern sein, selbst von außen lässt sich das erahnen. Wir klopfen sowohl an die Vorder- als auch an die Seitentür, neben der ein Name auf dem Klingelschild steht. Ich drücke den Knopf, doch wir hören nichts. Ich bezweifle, dass hier jemand wohnt. Meine Mutter ist neugierig und geht um das Haus herum in den Garten, sie zögert jetzt nicht, es gefällt ihr, hier hinten nach der Scheune zu suchen, die es nicht mehr gibt. Unbedingt will sie ins Haus. Wir beschließen, später wiederzukommen. Aber eine Sache möchte ich jetzt sofort erledigen, weil die Sonne nämlich gerade gut steht. Es geht um das Bild.

Eines der wenigen Fotos, die meine Mutter aus ihrer Zeit in Hohenfurch hat, ist ein Gruppenbild auf der Treppe des Gasthofes. Es zeigt 15 Erwachsene und zwei Kinder. Die Kinder sind meine Mutter und mein Onkel Kurt – sie mit Zöpfen im Kleidchen und weißen Kniestrümpfen, er ebenfalls in weißen Kniestrümpfen und kurzer Hose mit Hosenträgern. Es ist eine Sonntagsgesellschaft, die sich hier auf die Stufen gestellt hat. Die Gesichter sind ernst, alle stehen etwas steif und mit herunterhängenden Armen, die Männer hinten, davor die Frauen, ganz vorne die beiden Kinder, mein Onkel mit durchgedrücktem Rücken und mürrischem Gesicht. Meine Großmutter sieht sehr jung und sehr traurig aus. Meine Urgroßmutter scheint ins Leere zu blicken.

Meine Mutter glaubt zu wissen, dass an dem Tag, an

dem das Foto aufgenommen wurde, Bekannte aus dem Banat, ebenfalls geflüchtet, zu Besuch waren. An mehr erinnert sie sich nicht. Wir haben beide die Treppe sofort wiedererkannt, sie führt zur doppelflügeligen Haustür an der Vorderfront, die von einem steinernen Bogen eingerahmt ist. Die schwere Holztür dürfte noch dieselbe sein wie damals. Die Steinstufen wurden in der Zwischenzeit offenbar mit winzigen Mosaikkacheln bestückt. Das Stromkabel auf der linken Seite neben der Tür gab es früher nicht. Der größte Unterschied: Der Treppenabsatz ist mit Gras und kniehohen Buschgewächsen überwuchert. Dadurch wirkt das Haus wie das Relikt einer versunkenen Zeit.

Ich bitte meine Mutter, sich genau an der Stelle zu positionieren, die sie als Kind auf dem Foto von damals einnahm, auf der untersten Stufe links. Ich habe das alte Foto parat und gleiche ab. Für mein Bild wähle ich den gleichen Bildausschnitt und schneide im Kamerasucher den Steinbogen am oberen Rand ab. Es gelingt. Meine Mutter steht alleine auf den Stufen, die Plätze neben ihr sind geisterhaft leer. Zwischen den Bildern liegen siebzig Jahre.

*

An Peter Negele kann sich meine Mutter erinnern, weil er, wie sie sagt, so ein nettes Lachen hatte. Und weil er mit dem Besitzer des Gasthofs Negele in Hohenfurch verwandt war, dort also, wo sie als Erstes untergekommen waren, der Sohn oder der Neffe musste er sein, so genau weiß es meine Mutter nicht mehr. Auf dem alten Klassenfoto sitzt er mit verschränkten Armen und skeptischem Blick in der letzten Reihe neben meinem Onkel Kurt. Meine Mutter lugt ein paar Reihen weiter vorne hinter dem Kopf eines Mitschülers hervor.

»Ich versuche, ihn zu finden«, hatte ich vor der Reise zu meiner Mutter gesagt.

Es war leicht. Ein Anruf bei der Auskunft und ich hatte seine Nummer, er wohnte immer noch in Hohenfurch. Ein paar Minuten später plauderte ich mit seiner Frau. Ich erzählte von unserer Reise und davon, dass ihr Mann und meine Mutter zusammen in die Grundschule gegangen sind. Wir könnten sie gerne besuchen, wenn wir in Hohenfurch seien, sagte sie mir.

Als wir nun in die Einfahrt seines Hauses einbiegen, sitzt Peter Negele schon draußen auf der Bank, seinen Rollator griffbereit neben sich. Es ist Vormittag und trotzdem schon heiß. Er trägt eine kurze Jeanshose, gestreiftes Hemd, Sandalen. Die Wangen sind rot von der Sonne oder vom Alter. Sein Mund ist schmal und verschlossen. Ich winke ihm zu, während ich parke und den Motor abstelle. Sein Blick wirkt genauso skeptisch wie damals auf dem Klassenfoto, nur jetzt in alt und in Farbe. Wer sind die, was wollen die?, scheint er zu fragen.

Meiner Mutter ist das alles ein wenig peinlich. Sie will Menschen nicht zur Last fallen. Ich stelle uns beide vor, wir geben uns die Hand. Herr Negele sagt, er könne sich nicht an meine Mutter erinnern.

Später auf der Terrasse, bei Sprudel und Apfelsaft, blitzt sein Lachen dann doch immer wieder mal auf. Er kann nicht mehr gut laufen, aber sein Verstand ist noch wach. Die Hohenfurcher, sagt er fast entschuldigend, seien immer erst einmal distanziert, gingen immer erst mal auf Abstand. Seine Frau nickt. Aber er mag uns und unsere Geschichte. Vierzig Jahre lang hat er als Papiermacher in der Papierfabrik in Schongau gearbeitet, hat Papier für die *Bild*-Zeitung, den *Münchner Merkur* und die *Süddeutsche Zeitung* hergestellt. Am Ende war er für die Auszubildenden zuständig. Sein Haus hat er neben das seiner Eltern gebaut. Später haben sie das Elternhaus abgerissen, damit sein Sohn dort neu bauen konnte.

Von seiner Grundschulzeit weiß er nicht mehr viel. Ja, an Fräulein Havranek kann er sich erinnern, sie sei herzensgut gewesen und habe die Schüler wie ihre eigenen Kinder behandelt. Und dass sie immer das Holz für den Ofen im Klassenzimmer von draußen holen mussten, auch das weiß er noch.

Als wir ihm das alte Klassenfoto zeigen, hält er es ganz nah an seine Augen. Er erkennt meine Mutter nicht, auch nicht meinen Onkel. Und sich selbst eigentlich auch kaum. Als stammte das Foto aus einem anderen Leben. Er sei keiner, der viel an früher denke, erklärt er. Aber da wir eigentlich nur hier sind, um über früher zu sprechen, erzählt er uns seine Geschichte. Sein Vater stammte aus Hohenfurch und war während des Krieges in Brandenburg stationiert. Dort trat er auf eine Mine, die ihm sein rechtes Unterbein zerfetzte. Im Krankenhaus – es klingt ein wenig nach Hemingway – verliebte er sich in eine Krankenschwester. Sie heirateten, bekamen ein Kind und zogen gemeinsam nach Hohenfurch. Peter Negele, der mir so bayerisch vorkommt, ist also ein halber Brandenburger, geboren in Frankfurt an der Oder. Ich bin überrascht.

»Waren Sie noch mal dort?«, frage ich ihn.

»Nein, nie. Und ich möchte auch nicht hin.« Es gebe immerhin ein Foto, ergänzt er noch, von ihm als Baby vor seinem Elternhaus in Frankfurt an der Oder.

»Meine Mutter wollte eigentlich auch nie zurück an den Ort, wo sie geboren wurde. Aber jetzt fahren wir genau dort hin. Nach Serbien.« Meine Mutter nickt.

Er denkt nach. »Ich bin der Meinung, dass man nicht zurückblicken soll. Immer nur nach vorne«.

Meine Mutter hört aufmerksam zu und nickt wieder. »Bei mir ist es genauso«, sagt sie.

»Warum?«, frage ich ihn.

»Was war, das war«, sagt er. »Ich möchte mich mit den Erinnerungen nicht belasten.«

Ab 1945 waren die Amerikaner in Hohenfurch stationiert. Sie steckten den Kindern Schokolade und Kaugummis zu, und den kleinen Peter verarzteten sie einmal, als er sich als Baby verletzt hatte. Als die Amerikaner abzogen, schnitt seine Mutter Blumen im Garten und schenkte sie den US-Soldaten zum Abschied. Dann kamen die Flüchtlinge ins Dorf. Sie wurden zuerst in Baracken einquartiert, später in die Gasthöfe. An all dies kann sich Peter Negele kaum erinnern, aber seine Mutter hat es ihm erzählt.

»Wenn die Hohenfurcher um Hilfe gebeten werden, dann helfen sie auch«, meint er.

Auch jetzt sind wieder Flüchtlinge da, neben der Kaserne in Altenstadt steht ein Wohnheim. Im Ort selbst wohnt eine Familie aus Syrien. Es gebe keine Probleme, sagt Herr Negele. Im Supermarkt hing mal ein Zettel, auf dem um Fahrräder als Spenden für die Kinder gebeten wurde. Mit denen fahren sie jetzt immer zur Schule.

Am Ende machen wir noch ein paar Fotos. Peter Negele legt den Arm um meine Mutter und sagt, dass er sich geehrt fühle, dass wir ihn besucht haben. Der Gasthof Negele gehörte seinem Onkel, aber er wurde in den Siebzigerjahren abgerissen und versetzt neu gebaut, weil die Umgehungsstraße erweitert wurde. Die Behörden wollten es so. Der Onkel, erzählt er, habe sich nie damit abgefunden, der neue Gasthof blieb ihm immer fremd. »Er ist daran zerbrochen«, sagt Herr Negele.

»Deshalb habe ich nichts wiedererkannt«, sagt meine Mutter.

*

Wenn Sie die alte Dame antreffen, sagen Sie einen schönen Gruß von mir, hat uns Herr Negele noch mit auf den Weg gegeben. Das Haus des ehemaligen Gasthofs Westermeier ist nur ein paar Gehminuten entfernt, mit dem Auto sind wir sofort da. Vielleicht ist ja jetzt jemand zu Hause.

Wieder steht das Haus in seiner ganzen Breite vor uns, schwer und ewig, und noch immer sieht es verlassen aus. Wieder klopfen wir, wieder regt sich nichts. Ob die Klingel funktioniert, hört man von außen nicht. An der gegenüberliegenden Hauswand ist Schatten, dort warten wir unschlüssig.

Nur wenig später biegt ein Wagen in die seitliche Einfahrt. Die Beifahrertür öffnet sich erst nach mehreren Versuchen und wie in Zeitlupe, so als müsste jemand seine ganze Kraft aufwenden, um sie aufzustoßen. An der Fahrerseite steigt ein nicht mehr ganz junger Mann aus. Er ist kräftig, groß und unrasiert, trägt Jeans und T-Shirt, ein bisschen im Rocker-Stil. In jeder Hand hält er eine Einkaufstüte. Er geht ums Auto herum und hilft einer alten Frau aus dem Beifahrersitz. Als wir uns nähern, mustert er uns.

Ich spreche die beiden an, erzähle von uns und zeige ihnen das siebzig Jahre alte Foto auf der Treppe des Hauses. Mit meiner Mutter an meiner Seite, klein und freundlich, kann uns auf dieser Reise kaum jemand etwas abschlagen.

»Kommen Sie, kommen Sie«, ruft die alte Frau.

Umständlich schließt sie die Seitentür auf und öffnet sie in einen langen, dunklen Flur. Hinten links geht es in ein riesiges Wohnzimmer mit einer verwaisten, braunen Couch in der Mitte, die so aussieht, als habe auf ihr seit vielen Jahren niemand mehr Platz genommen. Auf einem Holztisch kleben Staub und Krümel, gut sichtbar im gardinengefilterten Licht.

»Das war der Gastraum«, sagt meine Mutter, »und daneben wohnte die Eis-Marie.«

Die alte Frau nickt und schlurft weiter in die Küche, die einem Abstellraum gleicht. Leere Obst- und Gemüsekisten, Zementsäcke, Dachziegel, Blumentöpfe, Plastiktüten, Farbeimer, Holzscheite und Pappbögen stapeln sich auf dem Tisch und dem Fußboden, dessen Kacheln an manchen Stellen herausgerissen sind. Die Schubladen der schweren Kommode stehen halb offen. An der Querwand versteckt sich ein alter Holzofen hinter einem farbbekleckstenHolzstuhl und ausgebeulten Müllsäcken. Alles hier fühlt sich nicht nur verlassen, sondern geradezu verstoßen an. Als sei das Haus irgendwann sich selbst überlassen worden. Zumindest hier im Erdgeschoss.

Die alte Frau führt uns, gebückt und etwas durcheinander, wieder in den Flur. Meine Mutter schweigt betreten, doch jetzt sieht sie die breite Holztreppe, die nach oben führt und deren jahrhundertealte Stufen schief und abgewetzt sind. Oben, im großen Saal, bietet sich uns ein anderes Bild. Es wirkt, als habe jemand vor vielen Jahren in einem Raum gleich mehrere Wohnzimmer eingerichtet, von denen keines so richtig benutzt wird, aber sofort benutzt werden könnte. Mehrere Tische mit Tischdecken, drei Sofas mit Decken und Kissen, viele Stühle, im Raum verteilt. Blumentöpfe auf jedem Fenstersims. Ein Wäscheständer in der Mitte, ein großes Holzkreuz in der Ecke.

»Das hier war der Tanzsaal«, sagt meine Mutter. Die alte Frau nickt. »Hier, überall an den Wänden, standen die Stockbetten«, erinnert sich meine Mutter und zeigt mit beiden Händen und schnellen Schritten, wie die Betten damals angeordnet waren. Alles hier kommt ihr vertraut vor. »Es war so eng damals«, sagt sie, »so voll.« Sie schüttelt den Kopf, ungläubig fast, dass sie vor siebzig Jahren hier in diesem Raum gelebt, geschlafen und gegessen hat, zwei Jahre lang. »Jetzt ist es so leer«, sagt sie.

Meine Mutter freut sich ganz offensichtlich, hier zu sein. Und es ist gut, dass dies eine der ersten Stationen unserer Fahrt ist, die ja auch eine gedankliche Zeitreise ist. Denn hier liegen keine schmerzhaften Erinnerungen für sie verborgen. Sie hat sich trotz aller Widrigkeiten wohlgefühlt in Hohenfurch und im Gasthof Westermeier.

Mich fasziniert diese Spurensuche, das Heute und das Damals, die so gar nicht zueinanderpassen wollen. Mir das Früher vor Augen zu führen ist nicht leicht. Meine Mutter könnte eine gute Erzählerin sein, wenn sie nur erzählen würde. Aber wie schon mein ganzes Leben lang behält sie auch jetzt vieles für sich. Zumindest fühlt es sich für mich so an.

Während wir durch das Haus geführt werden, ist auch der Mann immer mit dabei, mit dem die alte Frau im Auto saß. Als wir beide etwas abseits stehen, erzählt er mir von ihr. Vor vielen Jahrzehnten, als es den Gasthof Westermeier längst nicht mehr gab, hat sie das Haus gekauft. Doch inzwischen sind sowohl ihr Mann als auch ihre erwachsenen Kinder verstorben. Er war mit ihrem Sohn befreundet und hilft ihr manchmal aus. Sie ist über neunzig und wohnt alleine in diesem riesigen Haus.

Wo, das zeigt sie uns jetzt. Hinten rechts im ersten Stock hat sie drei kleine Zimmer. Sie sehen aus wie eine richtige Wohnung und sind die einzigen, die im Winter beheizt sind – mit einem Holzofen. Sie wollten das Haus immer renovieren, erzählt sie, doch nie sind sie dazu gekommen. Nur das Dach haben sie neu gemacht. Jetzt lebt sie hier ganz alleine.

Zum Schluss, wieder unten, zeigt sie uns noch den einstigen Schlachtraum. An den Steinwänden sind Eisenhaken angebracht, und über der Tür ist eine Jahreszahl eingemeißelt: 1704.

»Es ist fast eine Ruine«, sagt meine Mutter später im

Hotel nachdenklich. Oft werden wir abends, nach einem erlebnisreichen Tag, in einem unserer Zimmer auf dem Bett sitzen und reden. Meist nehme ich diese Gespräche auf Tonband auf. »Eine Ruine. Und die Frau lebt dort ganz alleine«, fährt meine Mutter fort, »überall nur Krempel. Das Haus wirkt wie im Stich gelassen. Und sie dort alleine. Irgendwie trostlos.«

»Wie aus der Zeit gefallen«, sage ich.

»Ja, als sei die Zeit stehengeblieben. Als sei alles irgendwie zusammengeschrumpft«, sagt meine Mutter, und ich muss daran denken, was für einen weiten Weg sie gegangen ist von damals bis heute.

*

Wir bleiben nur eine Nacht in Hohenfurch. Unser Hotel, ein Gasthof im Nachbarort, ist eines dieser typischen alten Bauernhäuser, groß gebaut und gut renoviert. Langgezogene Balkone mit Blumen, hölzerne Läden an jedem Fenster, ein kleiner Biergarten mit blaukarierten Tischdecken, alles sehr bayerisch. Doch schon auf der Homepage im Internet ist mir aufgefallen, dass nicht nur Schweinsbraten und Knödel auf der Speisekarte stehen, sondern auch Ćevapčići und Djuvec-Reis. Beim Frühstück will ich den Wirt danach fragen, er serviert heute Morgen alleine, offenbar lustlos und überfordert, weil fast alle Tische um uns herum schon benutzt, aber nicht abgeräumt sind. Er dürfte Mitte sechzig sein, trägt eine dunkle Hose und ein blaues Hemd, das über seinem Bauch sehr spannt. Er hat graue Haare, die im Nacken etwas zu lang sind, und ihm fehlen ein paar Zähne. Unter den Augen schwellen dicke Ringe, als habe er hundert Jahre nicht geschlafen. Er wirkt nicht wie zu einem Plausch aufgelegt, aber trotzdem möchte ich ihn fragen, woher er kommt. Was sage ich? Wie frage ich ihn? Frage ich ihn, ob er aus Serbien kommt? Oder aus Kroatien? Oder Bosnien?

»Kommen Sie aus Jugoslawien?«

»Ja«, antwortet er und schaut auf, »aus Zagreb.« Kroatien also.

Ich stelle mich und meine Mutter vor und erzähle, dass sie der deutschen Minderheit im Banat angehörte. Ich erzähle von unserer Reise. Er wirkt interessiert.

»Ich kenne das Banat sehr gut«, sagt er. Er sei als Lastwagenfahrer beim Militär gewesen und 15 Monate durch ganz Jugoslawien gefahren. »Das Banat, das war damals eine ganz arme Gegend.«

Wir kommen ins Gespräch. Nach seinem Militärdienst, 1973, besuchte er seine Schwester, die zu diesem Zeitpunkt schon in Deutschland lebte, in Nürnberg. Er wollte nur Urlaub machen und sich vom Militärdienst erholen. Doch er blieb. Und arbeitete im Straßenbau und viel in der Gastronomie.

»Das Wichtigste war für mich, schnell Deutsch zu lernen. Das habe ich getan. Mit der *Bild*-Zeitung.«

»Mit der *Bild*-Zeitung?«

»Genau. Ich habe jeden Tag die *Bild*-Zeitung gelesen. Und wenn ich ein Wort nicht wusste, fragte ich die deutschen Kollegen.« Seine erste Chefin, erzählt er, zog ihm jedes Mal mit dem Zettelbrett eins drüber, wenn er mit seinen jugoslawischen Kollegen Jugoslawisch sprach. »Ich bin ihr heute noch dankbar. Ich weiß nicht, ob sie noch lebt.«

In der Gegend von Hohenfurch ist er erst seit einem halben Jahr, seit er mit seiner Frau gemeinsam den Gasthof gepachtet hat. Er war immer nur in Bayern, und es sei ihm hier immer gut ergangen, erzählt er. Als ich ihn nach den Flüchtlingen frage, die vor allem seit 2015 nach Deutschland kommen, will er nicht viel darüber reden. So viele gebe es ja auch nicht hier, meint er. Und: »Das Problem mit den Flüchtlingen heute ist, dass viele gar kein Deutsch lernen wollen. Genau wie bei vielen Türken.«

Sagt ein Ausländer über andere Ausländer, denke ich mir. Und stimmt das überhaupt?

*

Wir gehen weiter den Lech entlang und finden heraus, warum das Wasser hier nicht fließt. »Achtung Kraftwerkbereich! Betreten auf eigene Gefahr« steht auf einem runden, rot umrahmten Schild. Etwas weiter vorne sehen wir die Staustufe. Ein Angler, der auf Forellen oder einen Hecht hofft, erzählt uns, dass die vier Turbinen den Strom für die alte Papierfabrik in Schongau erzeugen. Die Idylle ist der Industrie gewichen. Umso weniger will es mir gelingen, mir vorzustellen, dass meine Mutter genau hier, am Lech, ein paar der schönsten Momente ihrer Kindheit verbracht hat. Für sie fühlte es sich damals so an, als würden sie Hohenfurch nie wieder verlassen.

»Ich wollte hier nicht weggehen«, sagt sie und sieht aufs Wasser.

»Wurde euch Kindern erklärt, warum ihr Hohenfurch verlassen müsst?«, frage ich.

»Nein, das glaube ich nicht. Irgendwann hieß es nur, jetzt gehen wir in die Pfalz.«

Nach zwei Jahren, am 22. Juli 1950, parkte ein Lastwagen vor dem Gasthaus Westermeier. Koffer und Kisten wurden nach oben gehievt, dann bestieg eine Gruppe von Flüchtlingen die Ladefläche, darunter auch meine Mutter, mein Onkel, meine Großmutter und meine Urgroßmutter. Sie mussten sich auf der Ladefläche gut festhalten, als der Laster anfuhr. Er brachte sie zum Bahnhof.

»Und dann waren da all die Leute auf dem Lastwagen, und ich habe gedacht, ach ist das schade, dass wir hier weggehen«, sagt meine Mutter. Nun sehe ich sie vor mir, kann mir ihr Kindergesicht vorstellen und vielleicht ein paar Tränen. »Ich wäre gerne geblieben.«

Allach

»Entschuldigung, wir suchen den Gedenkstein für das Flüchtlingslager, das hier nach dem Zweiten Weltkrieg stand. Der müsste hier irgendwo sein.«

Ich habe den Jogger extra angehalten, um nach dem Weg zu fragen. Er nestelt seinen Kopfhörer aus den Ohren und schaut uns überrascht an.

»Ja, da vorne steht ein Stein mit einer Inschrift, ich weiß aber nicht wofür. Aber das müsste er sein.«

Seit einer Viertelstunde spazieren meine Mutter und ich durch das Trockenbiotop Kies-Trasse Allach am Stadtrand von München. Es ist ein skurriler Ort. Wir laufen den Kiesweg entlang der Böschung, unten im Wasser sehen wir Schilfgräser und ein paar Enten. Wir hören Insekten summen. Dicke weiße Wolken hindern die Sonne daran, die Landschaft in ein freundlicheres Licht zu tauchen. Das Areal mit der langgezogenen Wasserfläche zwischen zwei dammartigen Hügeln ist als Naherholungsgebiet ausgeschrieben, hat jedoch den Charme eines halb ausgetrockneten Baggersees. Über die Felder linker Hand laufen Stromleitungen; am Horizont sieht man Bäume und die Einfamilienhäuser der Vorstadt. Nur wenige Minuten entfernt brausen die Autos auf dem Autobahnring der A 99.

Schon 1938 hatte man hier begonnen, eine Autobahn zu bauen. Im Zweiten Weltkrieg wurden die Arbeiten gestoppt, das Areal lag brach, dafür brachte man hier zwischen 1941 und 1945 französische Kriegsgefangene in einem Lager unter. Nach dem Krieg nutzte man dieses Lager für deutsche Kriegsflüchtlinge. Rund 1500 Männer, Frauen und Kinder aus Pommern, Ost- und Westpreußen, Schlesien, dem Sudetenland und dem Banat (also aus Rumänien, Ungarn und Jugoslawien) lebten hier. In den Fünfzigerjahren wurde die Trasse sich selbst überlassen, ein natürliches Biotop mit seltenen Pflanzen entstand. Erst 1999 wurde der Autobahnring fertiggestellt, nach sechs Jahren Bauzeit. Die Kies-Trasse steht heute unter der Verwaltung der Autobahndirektion Südbayern. Und irgendjemand kam irgendwann auf die Idee, einen Gedenkstein aufzustellen.

Wir laufen weiter die Böschung entlang. Meine Mutter sorgt sich, dass der Rückweg zu weit ist, sie hat Angst, dass die Rückenschmerzen wiederkommen. Ich dränge, dass wir weiterlaufen, mal wieder. Tue ich das für sie? Für mich?

Nach ein paar Minuten finden wir den Gedenkstein. Er ist groß und rund und grau und glatt. Meiner Mutter reicht er bis zur Schulter, wie ein Findling steht er am Wegesrand. Auf der breiten Seite des Steins ist eine kleine bronzene Tafel mit einer Inschrift eingelassen:

> Auf diesem Gelände stand das Lager III.
>
> 1300 französische Gefangene des
> 2. Weltkrieges waren darin untergebracht.
>
> Nach 1945 fanden in den Holzbaracken
> ca. 1500 Vertriebene und Flüchtlinge
> aus den damaligen Ostgebieten
> für viele Jahre eine Bleibe.
>
> Der Stein soll an alle erinnern,
> die hier lebten, litten und hofften.

Meine Mutter und ihre Familie wurden direkt nach ihrer Ankunft in Deutschland in das Lager in Allach gebracht, sie blieben hier jedoch nur ein paar Tage, und zwar vom 27. August 1947 bis zum 5. September 1947. Danach schickte man sie nach Piding und später weiter nach Hof-Moschendorf, bis sie schließlich nach Hohenfurch kamen. Erst dort – und erst ein gutes Jahr nach ihrer Ankunft in Hohenfurch – bekam meine Großmutter ihren Flüchtlingsausweis mit der Nummer 040493, ausgestellt vom Staatskommissar für das Flüchtlingswesen und gestempelt vom Landratsamt-Flüchtlingsamt des Kreises Schongau. Auch diesen Flüchtlingsausweis habe ich erst ein paar Monate vor meiner Reise zum ersten Mal gesehen, meine Mutter hatte ihn mir nie zuvor gezeigt. In ihm sind neben dem Namen meiner Großmutter Rosalia die Namen meiner Mutter Rosemarie und meines Onkels Kurt eingetragen. In den Spalten »Staatsangehörigkeit vor 1. März 1938« und »Staatsangehörigkeit vor 1. Mai 1945« ist »jugoslawisch« notiert. Weitere Angaben sind darunter angekreuzt: reichsdeutscher Flüchtling – nein; volksdeutscher Flüchtling – ja; evakuiert – nein; ausgebombt – nein. Ein schlichtes Dokument, das den Schrecken der Vertreibung offiziell macht.

Der Stein soll an alle erinnern, die hier lebten, litten und hofften, steht auf der Tafel; es ist ein Satz, der mich berührt. Meine Mutter ist still geworden, wir stehen davor und sagen einen Moment lang nichts. Sie berührt den Stein mit ihrer rechten Hand. Ich stelle mir vor, mit wie viel Trauer, Angst und Wut meine Großmutter, meine Urgroßmutter und die beiden Kinder hier irgendwo auf den Feldern um uns herum in einer Baracke hausten. Und »hausen« ist wahrscheinlich wirklich der richtige Begriff.

Der Publizist Rudolf Ohlbaum hat 1949 das Lager Allach besucht und darüber geschrieben:

Die Baracke, die ich zuerst betrete, ist in zwei etwa zwanzig Meter lange Räume geteilt. Im ersten stehen auf beiden Fensterseiten hölzerne, übereinander gebaute Doppelbetten, in der Mitte auch noch vereinzelte Betten, dann Tische, Sitzgelegenheiten, Öfchen und kleine Herde. Manche Betten sind mit Decken verhängt, die meisten stehen frei. In dem Raume hausen 120 Menschen. Überall hängen Kleidungsstücke, zwischen den Fenstern und am Deckengebälk, auf gespannten Schnüren hängt Wäsche zum Trocknen, Kisten und Koffer stehen umher: ein Anblick, der sich kaum durch einen Vergleich wiedergeben lässt, denn Ausdrücke wie Schuppen oder Stall treffen nicht zu, da man sich darunter nicht notwendig etwas maßlos Hässliches, Unordentliches vorstellen muss.

Ich versuche mir auszumalen, wie es für meine Mutter gewesen sein könnte. Hat sie die Enge, die vielen Menschen verängstigt? Hallte das Geplapper, Gedröhne und Geschrei tagsüber in ihren Ohren? Konnte sie nachts nicht schlafen wegen all dem Atmen, Schnarchen, Stöhnen und Wimmern der vielen Menschen unter einem Dach? Und wieder frage ich sie, ob sie noch etwas weiß, ob sie sich erinnert, ob etwas zurückkommt, ob man ihr später etwas erzählt hat. Aber sie stochert auf der Suche nach Erinnerungen selbst im Dunkeln. Es gibt ein einziges Foto aus einem der Flüchtlingslager in Bayern – meine Mutter weiß nicht, aus welchem. Auf ihm ist meine junge Großmutter mit ihren Kindern vor einer hölzernen Barackenwand zu sehen. Sie sitzt mit überschlagenen Beinen auf einem Holzschemel und versucht, sich eine Art Lächeln für die Kamera abzuringen. Die Kinder schaffen dies nicht. Meine Mutter, wieder im Kleidchen und mit Zöpfen, kneift ihren Mund mit großem Ernst zusammen. Mein Onkel verzieht die Mundwinkel zu einem trotzigen Gesicht. Was haben sie gesehen? Welche Erinnerungen halten sie tief in ihrem Inneren verschlossen? Wie viele Dinge, die sie verarbeiten müssen, über die sie jedoch nie sprechen werden? Dass sie Puppengeschirr aus Blech zu Weihnachten geschenkt bekommen hat, weiß meine Mutter noch. Auch dass die Erwachsenen den Daumen ihres Bruders mit Schuhcreme eingeschmiert haben, damit er aufhört, Daumen zu lutschen. Und dass irgendwann der Brief kam, in dem meine Großmutter vielleicht las, dass ihr Mann nicht mehr lebte.

Für viele, die ihre Heimat verlassen mussten, war Bayern nach dem Krieg die erste Anlaufstation. Man geht davon aus, dass Bayern bis 1950 mehr als 1,9 Millionen Vertriebene und Flüchtlinge aufnahm, sie stellten damit fast ein Fünftel der bayerischen Bevölkerung. Sie wurden von den Behörden in Wohnungen, Häusern und Bauernhöfen einquartiert, auch gegen den Willen der Anwohner, was immer wieder für böses Blut sorgte. Dienstbotenzimmer, Abstellräume, Ställe, Scheunen, Werkstätten wurden zu provisorischen Unterkünften. Oder eben die Lager, wie hier in Allach.

Auf dem Friedhof in Allach haben sich die verschiedenen Landsmannschaften der Vertriebenen einen eigenen Bereich geschaffen. 1955 haben sie einen Stein mit der Inschrift »Unseren Kriegsopfern u. Toten in der Heimat in Ehrfurcht gewidmet« aufgestellt. Auf Plaketten wird unter anderem auch an die Deutschen aus Jugoslawien, dem rumänischen Banat und Ungarn erinnert. Lange Zeit kam mir das Flüchtlingsschicksal meiner Mutter weniger schwer vor als jenes der Flüchtlinge aus den Ostgebieten. Meine Mutter hatte wenig erzählt, und andere Vertriebenenschicksale nahmen in der öffentlichen Debatte und in den Medien einen viel größeren Raum ein. Ostpreußen stand dabei immer im Vordergrund. Man kennt die Geschichte von Marion Gräfin Dönhoff, die zu Pferde vor der

Roten Armee floh. Man kennt die Geschichte der *Wilhelm Gustloff*, weil ihr Untergang mehrfach verfilmt und von Günter Grass literarisch aufgegriffen wurde. Doch man kennt nicht viele Geschichten aus dem Banat. Viele Deutsche wissen bis heute nicht, in welchen Ländern das Banat überhaupt liegt. Dass damals rund 550 000 Donauschwaben in Jugoslawien lebten.

Wir stehen immer noch vor dem Gedenkstein in der Kies-Trasse, und wenn man es genau nimmt, fehlt hier der Hinweis auf die Vertriebenen aus dem Banat. Nur an Flüchtlinge »aus den damaligen Ostgebieten« wird erinnert. Das Banat hingegen liegt im Südosten Europas und gehörte auch nicht zum Deutschen Reich. Vielleicht hatten viele Donauschwaben, ob Banater Schwaben, Sathmarer Schwaben, Ungarndeutsche und Deutsche aus Jugoslawien, deshalb das Gefühl, Vertriebene zweiter Klasse zu sein.

»Ich bin etwas enttäuscht«, sagt meine Mutter und meint den Gedenkstein.

»Warum?«, frage ich. Wir stehen nun schon ein paar Minuten hier und sind niemandem begegnet.

»Der Stein wirkt so verlassen, niemand scheint zu wissen, dass es ihn überhaupt gibt. Es kommt wohl kaum jemand her. Und die, die hier wohnen, gehen wahrscheinlich einfach an ihm vorbei.«

»Ich finde ihn trotzdem angemessen«, sage ich. Und ich denke daran, dass es kaum ein Land gibt, das mit so viel Bewusstsein und Fingerspitzengefühl an seine Vergangenheit erinnert wie die Bundesrepublik Deutschland. In Berlin führe ich Besucher aus dem Ausland oft zum Brandenburger Tor, zum Reichstagsgebäude und zur Siegessäule. Aber wir tauchen meistens auch in die bedrückenden Stelengänge des Holocaust-Mahnmals ein, stehen an der in den Boden eingelassenen Glasscheibe des Bebelplatzes und blicken auf die leeren Bücherregale hinab, die an die Bücherverbrennung der Nazis erinnern sollen. Oder wir bestaunen in der Neuen Wache die Mutterskulptur von Käthe Kollwitz, die eine unendliche, stille Trauer ausstrahlt und damit an die Opfer von Krieg und Gewaltherrschaft erinnert. Auch die Stolpersteine vor den Wohnhäusern von Menschen, die von den Nazis verfolgt wurden, findet man in Berlin an vielen Ecken, sie beeindrucken in ihrer Schlichtheit. Sowohl Emotionalität als auch historische Analyse sind die Säulen der deutschen Erinnerungskultur.

Und genau das, die Analyse, fehlt an diesem Gedenkstein in Allach. Auch deshalb gefällt er meiner Mutter nicht. »Ich weiß nicht, ob eine Infotafel hier sinnvoll wäre«, sagt sie vorsichtig.

Und sie hat recht. Hundert Meter weiter standen wir eben noch vor mehreren Tafeln, die uns die Flora und Fauna des Trockenbiotops Kies-Trasse detailliert erklärten. Hier, am Gedenkstein für das Lager III in Allach, findet man keine weiteren Informationen zu den Schicksalen der 1500 Vertriebenen, die an diesem Ort untergebracht waren.

München Hauptbahnhof

Wir bleiben eine weitere Nacht in München. Ein paar Tage schon sind wir unterwegs, und so langsam gewöhnen wir uns daran, Reisende mit einer Mission zu sein. Nur wir beide, Mutter und Sohn. Wahrscheinlich hatte ich noch nie so viel Zeit mit ihr alleine. Es fühlt sich vertraut und fremd zugleich an. Unsere Tage sind vollgestopft mit Besuchen und Gesprächen. Ich habe alles gut vorbereitet, die Tage sind durchgeplant, viele Termine habe ich im Vorfeld abgesprochen. Und trotzdem haben wir auch Platz für Spontanes. Wir stehen erst am Anfang, der wichtigste Teil unserer Reise – der in Serbien – liegt noch weit entfernt vor uns. Doch wir spüren bereits, dass unser großes Projekt gelingen wird.

Ich schreibe viel mit, mache Notizen, nehme Gespräche auf Band auf und schieße Fotos. Und ich sehe dabei die Erlebnisse und Erkenntnisse unserer Reise immer auch durch die Brille des Journalisten, des Geschichtenerzählers, der danach alles aufschreiben wird. All dies gleicht meiner Arbeit als Korrespondent – nur dass wir kein Kamerateam dabeihaben. Meine Mutter lässt sich darauf ein, sie lässt sich von mir mitziehen, nimmt alles neugierig und interessiert auf. Und sie bekommt einen guten Eindruck von meiner Art zu arbeiten. Manchmal, wenn wir mit jemandem sprechen, bremse ich sie, wenn sie das Gegenüber allzu schnell unterbrechen möchte, um weiterzufragen. Wir müssen die Leute reden lassen, sage ich ihr. Sie müssen uns ihre Geschichte erzählen, damit wir deine Geschichte besser verstehen. Interviews zu führen bedeutet vor allem auch, Geduld zu haben.

Während ich mit meinem Vater viele Jahre lang unzählige Vater-Sohn-Konflikte ausgefochten habe, war die Beziehung zu meiner Mutter schon immer von Harmonie geprägt. Sie ist eine freundliche und, auf eine sehr deutsche Art, warmherzige Frau. Ihr fehlt jeder Überschwang. Sie spricht nicht oft über Gefühle – nicht über ihre, nicht über die anderer. Und sie berührt einen nur selten. Diese körperliche Distanz gleicht sie durch Zuwendung und Verständnis aus, durch Verlässlichkeit und Vertrauen, auch wenn in ihrer Zurückhaltung eine gewisse Strenge liegt. Meine Mutter gab meinem Bruder und mir Selbstsicherheit, Urvertrauen und Gelassenheit mit auf den Weg. Sie selbst war ebenfalls immer selbstbewusst, auch wenn manche ihre Durchsetzungsfähigkeit aufgrund ihrer ruhigen und manchmal schüchternen Art nicht zu bemerken scheinen. »Ich habe mich nie klein gefühlt«, hat sie einmal gesagt, und ich musste laut lachen. Meine Mutter misst 1,50 Meter.

An den Abenden unserer Reise sind wir meist erschöpft und möchten uns belohnen. Heute wollen wir in den Paulaner-Biergarten, und auch dort werden wir wieder über das Jetzt und über das Früher sprechen. Aber es läuft dann kein Diktiergerät mit, wir unterhalten uns nicht über das große Ganze, sondern über die vielen kleinen Anekdoten aus meiner Kindheit, aus der Familie, aus meinem Alltag in Berlin oder Rio de Janeiro.

Meine Mutter ist entspannt, wirkt glücklich und zufrieden und bestellt ein großes Bier, was ich sofort fotografiere und meinem Bruder schicke, denn ich glaube nicht, dass wir meine Mutter schon einmal mit einem Halbliterbierkrug in der Hand gesehen haben. Ich freue mich, dass sie unsere gemeinsame Zeit genießen und den Alltag zu Hause – wo sie sich um meinen Vater kümmert, der während unserer Reise in einem Heim mit Kurzzeitpflege untergebracht ist – für zwei Wochen hinter sich lassen kann. Und ich denke mir, wie es wäre, wenn wir nicht so weit auseinander wohnen würden und uns öfter besuchen könnten. Denn egal ob ich in Berlin oder Rio de Janeiro wohne, ich sehe meine Mutter nur wenige Male im Jahr. Jetzt, obwohl wir erst ein paar Tage unterwegs sind, haben wir bereits eine Art gemeinsamen Alltag, unsere gemeinsame Reiseroutine. Und es fühlt sich gut an.

*

Nachdem wir eine Nacht in einer kleinen Pension direkt in Allach, vor den Toren der Stadt, verbracht haben, checken wir heute in ein gutes, großes Hotel ein, direkt am Hauptbahnhof. Das Bahnhofsviertel von München wird gerne von all jenen angeführt, die ein drastisches Beispiel für die angebliche Überfremdung Deutschlands geben wollen. Und in der Tat ist hier die Exotik auf den Straßen nicht zu übersehen. Zuallererst fallen mir die verschleierten Frauen auf, besonders die eleganten Araberinnen, die in größeren Gruppen über die Bürgersteige flanieren – ich stelle mir vor, dass es die weiblichen Mitglieder reicher Großfamilien sind. An den Häuserwänden lehnen abgerissene Männer aus Osteuropa, die ihre Arbeitskraft anbieten, die meisten von ihnen aus Rumänien und Bulgarien. Man sieht Schwarzafrikaner, die mit leerem und zugleich wachem Blick an den Straßenecken stehen. Ein wuseliges Treiben zwischen Dönerläden, Spielhallen und Sexshops prägt dieses Viertel. Die Straßen sind voll mit Menschen aus allen Kulturen. Viele von ihnen, man erkennt es schnell, haben wenig Geld – manche sitzen auf der Straße und betteln –, und es ist vielleicht gerade dieses soziale Gefälle, das viele Deutsche hier verunsichert.

Ich merke, dass auch meiner Mutter dieses bunte Chaos nicht geheuer ist. Wir schlendern durch die Goethe- und die Schillerstraße, durch die Schwanthaler- und die Landwehrstraße. Es ist eine dieser Gegenden in Deutschland, in denen sich auf engem Raum viele Ausländer verschiedener Nationalitäten bewegen.

Dabei ist das Viertel südlich des Hauptbahnhofs seit langer Zeit erster Anlaufpunkt für Fremde, die nach München kommen. Vor fünfzig, sechzig Jahren spuckten die Züge auf Gleis 11, an der Südseite des Bahnhofs, die ersten Gastarbeiter aus, geschickt von ihren Herkunftsländern und gerufen von Deutschland. Männer, aber auch viele Frauen aus Italien, etwas später auch aus Griechenland, Spanien sowie aus der Türkei und schließlich auch aus Marokko, Portugal, Tunesien und Jugoslawien stiegen hier aus der Bahn, auf der Flucht vor wirtschaftlicher Ausweglosigkeit – Menschen auf der Suche nach ein klein wenig Wohlstand, nach ein bisschen Zukunft und mit der Aussicht auf die Chance, bald und mit etwas Geld wieder heimkehren zu können.

»Den meisten hier geht es nicht um sie selbst, sondern um ihre Kinder«, sagt Bettina Spahn nachdenklich, nachdem sie uns in ihrem Büro eine Tasse Filterkaffee angeboten hat. Was für die Gastarbeiter von damals gelten könnte, bezieht sie jedoch auf die Flüchtlinge von heute. Denn deshalb sind meine Mutter und ich hierhergekommen, zum Münchner Hauptbahnhof. Hier kamen im Sommer 2015 Zehntausende von Flüchtlingen an.

Frau Spahn leitet die hiesige Bahnhofsmission und war in den ersten Septemberwochen 2015 dabei, als an manchen Tagen allein mehrere Tausend Flüchtlinge – die meisten von ihnen aus Syrien – in München aus den Zügen stiegen. In die jüngere Geschichte eingehen wird dabei der 4. September 2015. An diesem Tag entschlossen sich Tausende von Geflüchteten, die an einem zentralen Bahnhof in Budapest gestrandet und an ihrer Weiterfahrt gehindert worden waren, zu Fuß Richtung österreichische Grenze zu marschieren. Ebenfalls an diesem Tag entschied Bundeskanzlerin Merkel, die deutschen Grenzübergänge offen zu halten und die Menschen aufzunehmen. Es war eine der folgenreichsten politischen Entscheidungen der vergangenen Jahre. Rund 180 Tage lang, bis zur Schließung der Balkanroute im März 2016, strömten Hunderttausende Flüchtlinge nach Deutschland.

Im September 2015 bereiteten viele Münchner ihnen einen frenetischen Empfang. Sie applaudierten auf den Bahnsteigen, brachten Blumen, Lebensmittel, Kleidung, Kuscheltiere und Brezeln mit. Es schien wie ein neues Sommermärchen, es waren Bilder, die um die Welt gingen, Bilder von einem weltoffenen und warmherzigen Deutschland, die die hässlichen Szenen der rechten Krawalle vor einer Flüchtlingsunterkunft im sächsischen Heidenau keine zwei Wochen zuvor fast vergessen machten. Und es schien wie ein großes Wiedergutmachen. Denn jahrelang hatten Deutschland und andere weggeschaut und die südeuropäischen Länder mit den zunehmenden Flüchtlingszahlen alleine gelassen. Doch Wegschauen war in diesen Tagen kaum mehr möglich. Die Entdeckung eines Lastwagens voller Leichen mit 71 erstickten Menschen auf einer österreichischen Autobahn und das Foto von Alan Kurdi, des ertrunkenen zweijährigen Jungen aus Syrien, der tot an einen türkischen Strand gespült wurde, hatten sich in diesem Sommer tief ins Bewusstsein der Deutschen eingebrannt. Jetzt, in den Tagen von München, war Deutschland wie im Rausch. Heute wirken die Jubelbilder von München wie ein unwirklicher Kontrapunkt zu allem, was danach kam – all die Angst und all die Wut, das Erstarken der politischen Rechten, den Einzug der AfD in den Bundestag.

Für meine Mutter waren die Bilder in München so etwas wie ein Trigger. »Ich habe gefühlt, dass ich helfen muss«, erzählt sie im Arbeitszimmer von Bettina Spahn, »ich habe Koffer und Kleider gespendet, aber ich hatte das Gefühl, es ist zu wenig. Dann habe ich meine Geschichte auf ein paar Blättern aufgeschrieben, in der Hoffnung, dass ich auf diese Weise helfen und für Solidarität mit den Flüchtlingen werben kann.« Als wir Frau Spahn die Geschichte vom Beginn unseres Projektes erzählen, reagiert sie gerührt und begeistert. Sie ist vielleicht ein paar Jahre älter als ich, hat welliges, dunkelblondes Haar und strahlt diese energiegeladene Erschöpfung aus von jemandem, der sich über lange Zeit verausgabt hat für etwas, an das er glaubt.

Der Ansturm der Flüchtlinge im Sommer 2015 kam für sie nicht unerwartet. Schon Monate vorher trafen sie in Massen am Münchner Hauptbahnhof ein, immer auf Gleis 11 oder Gleis 12, oft mit dem Zug aus Verona. »Das waren die Menschen, die über die zentrale Mittelmeer-Route, über Lampedusa, nach Europa gekommen sind«, erinnert sich Bettina Spahn. Lange bevor die Öffentlichkeit auf die Situation aufmerksam wurde, herrschte auf den Bahnsteigen bereits Ausnahmezustand. »Es gab Wochenenden, an denen hier vierzig Frauen mit Kindern geschlafen haben, einfach auf dem Boden. Es war Sommer, nur deshalb war das überhaupt möglich«, erzählt sie. Behörden, Bundespolizei und Bahnhofsmission kümmerten sich um die Flüchtenden. Die Bahnhofsmission liegt direkt an Gleis 11. Wer hier nach Hilfe fragt, bekommt sie, seit 120 Jahren, sagt Frau Spahn: »Jeder kann kommen, unabhängig von Nationalität, Religion, ganz egal. Jeder kann sich hier erst mal stärken. Wir haben eine Notversorgung mit Tee und Brot. Derjenige kann dann überlegen, ob er ein Gespräch mit uns führen möchte, und dann sehen wir, wie der nächste Schritt aussehen könnte.«

Am Bahnhof werden Weichen gestellt, nicht nur für Züge, sondern auch für Menschen, die hier ankommen. Wir wissen nicht, ob meine Mutter vor siebzig Jahren, aus Österreich kommend, auch auf dem Hauptbahnhof München Station machte. Ob ihre Mutter in der Bahnhofsmission, die es ja damals schon gab, nach Hilfe fragte. Ob sie jemanden trafen wie Bettina Spahn, der sich um sie kümmerte. Wahrscheinlicher ist es, dass sie gleich weiter nach Allach gebracht wurden und im dortigen Lager ein Bett zugewiesen bekamen.

Während unseres Gesprächs in der Bahnhofsmission sagt meine Mutter nicht viel. Sie hört konzentriert zu und zieht Vergleiche. Es gab ja kein Internet und keine Smartphones, wird sie mehrfach auf unserer Reise sagen. Und während wir auf unserer Autofahrt durch halb Europa immer wieder unser Navigationssystem neu programmieren, fragt sie sich: »Ich weiß gar nicht, wie die Mutti damals den Weg gefunden hat.«

»Die Mutti«, so nennt meine Mutter ihre Mutter, wenn sie mit uns über sie spricht. So wie mein Bruder und ich meine Mutter »die Mama« nennen. Nur gegenüber Dritten nenne ich sie »meine Mutter«. Das hört sich für mich immer etwas distanziert an. »Mutters Flucht«, das würde ich nie sagen, ich würde es nur schreiben. Und doch ist die Distanz im Ausdruck treffend. Denn die Flucht meiner Mutter ist für mich noch nicht greifbar, sie fühlt sich weit weg von mir an, und ich frage mich, ob sich das im Laufe der Reise ändern wird.

Jetzt erzählt Bettina Spahn von den Tagen im September 2015. Weder die Massen der Flüchtlinge noch die Hilfsbereitschaft der Münchner haben sie überrascht, sagt sie. Sie erzählt vom Chaos auf den Gleisen und von der Erschöpfung der Flüchtlinge. Während die meisten Schwarzafrikaner mittellos waren und nicht wussten, wie es weitergehen sollte, hatten Flüchtlinge aus Syrien oft Geld und Tickets dabei, um weiter Richtung Norden zu reisen, nach Skandinavien etwa, weil dort Familienangehörige auf sie warteten. »Viele hatten wirklich einen Plan«, sagt Bettina Spahn. Doch auch viele von denen, die weiterwollten, kamen in die Bahnhofsmission: »Ich kann mich gut an eine Mutter aus Syrien erinnern. Sie hat sehr gut Englisch gesprochen, deshalb habe ich mich ein bisschen mit ihr unterhalten. Sie hatte ihre Kinder und die ihrer Schwester dabei. Sie besaßen eine Fahrkarte und wollten nach Schweden. Sie muss vor Erschöpfung halb tot gewesen sein nach der langen Reise. Sie war sehr angespannt und saß bei uns auf einer Bank. Ihr Zug fuhr erst in sechs Stunden, und sie stand wie unter Strom, weil sie nicht wusste, ob das jetzt klappt oder nicht, ob sie in den Zug hineinkommt. Das hat mich sehr betroffen gemacht.«

Während Frau Spahn erzählt, spüre ich, wie es in meiner Mutter neben mir arbeitet. Wie sie immer wieder das Heute mit dem Damals vergleicht. Sie sagt: »Wir hatten damals ja kein Geld. Gar nichts. Wir mussten einfach sehen, wie wir weiterkommen.« Wie viele Deutsche hatten im Sommer 2015 ebenfalls ein Déjà-vu? Wie viele mussten plötzlich, wie meine Mutter, an ihr eigenes Schicksal denken, an ihre Vertreibung, an ihre Flucht, an ihren Neuanfang?

Die Münchner Euphorie vom September 2015 war schnell verflogen. Immer mehr Leute in Deutschland hatten in den Wochen und Monaten danach das Gefühl, die deutsche Regierung habe die Kontrolle über ihre Grenzen verloren. Dass die Kommunen überfordert seien und zu wenig Unterstützung bekämen. Auf der einen Seite verrichtete ein Heer von Ehrenamtlichen im ganzen Land die Basisarbeit und half den Geflüchteten, auf der anderen Seite wurde von rechts die Angst vor Terror und Überfremdung geschürt. Deutschland polarisierte sich, und der Riss ging oft mitten durch Familien – Familien, von denen viele selbst eine Flüchtlingsgeschichte hatten.

So auch in der Familie von Bettina Spahn, deren Vater und Tante Sudetendeutsche sind. »Meine Tante war sehr pro Flüchtlinge«, erzählt sie, »sie hat mir viel erzählt, wie auch sie damals als Vertriebene von einem zum anderen gereicht wurde. Sie kam als junges Mädchen aus Prag hierher und war jetzt sehr empathisch, was die Flüchtlinge betrifft. Ganz anders mein Vater. Er hat dieselbe Geschichte, verhielt sich jedoch total ablehnend gegenüber den Flüchtlingen.«

»Was glauben Sie, warum?«, frage ich.

»Ich denke, es gibt in ihm einfach eine große Verletztheit, ein Trauma. Und vielleicht hat er dadurch ein übersteigertes Sicherheitsbedürfnis. Er kann nicht anders. Aber eigentlich hat er nie darüber gesprochen, was ihm passiert ist. Es wurde einfach totgeschwiegen.«

*

Zurück in unserem Hotelzimmer, nur ein paar Minuten vom Hauptbahnhof entfernt, ruhen wir uns aus. Es ist später Nachmittag. Auf dem Beistelltisch vor dem Fenster liegen bunte Flyer mit touristischen Angeboten aufgefächert. Ich entdecke einen Veranstaltungskalender der Münchner Museen. »Global prekär. Flucht, Trauma und Erinnerung in der zeitgenössischen Fotografie« heißt eine Ausstellung in der Pinakothek der Moderne. »Sollen wir da hin, bevor wir in den Biergarten gehen?«, frage ich meine Mutter. Sie ist sofort einverstanden und genießt unsere Spontanität, die sie sonst in ihrem Alltag nicht hat.

Wir fahren mit dem Taxi, betreten den weißen Betonpalast mit der eindrucksvollen Rotunde, durch deren Glaskuppel das Augustlicht fällt, und nehmen einen der beiden breiten Treppenläufe in den ersten Stock. Für die Ausstellung wurden Fotos aus den Beständen des Museums im Kontext von Krieg, Vertreibung und Entwurzelung neu zusammengestellt. In den »Postcards from Europe« der deutschen Künstlerin Eva Leitolf sehen wir Schauplätze des europäischen Flüchtlingsdramas, die sich erst auf den zweiten Blick als solche entpuppen. Es hängen großformatige Fotos an der Wand, und in einem Kästchen daneben stecken Postkarten zum Mitnehmen mit einem erklärenden Text.

Das Bild, das uns am meisten beeindruckt, zeigt einen Strand. Der Fotograf steht an der Promenade und blickt aufs Meer. Es weht ein starker Wind, eine zerrissene Coca-Cola-Flagge flattert in den Böen. Hier, am Playa de Los Lances im spanischen Tarifa, sinkt 1988, also lange vor dem aktuellen Flüchtlingsstrom, ein Boot mit 23 marokkanischen Einwanderern. An diesem Strand werden zehn Ertrunkene angespült. Jahre später, im September 1997, sinkt in der Nähe von Tarifa ein Boot mit 30 Personen. 14 Leichen werden gefunden. Insgesamt sind in den vergangenen Jahrzehnten Abertausende Menschen auf ihrem Weg nach Europa im Mittelmeer ertrunken.

»Wie groß muss die Not sein, dass sich diese Menschen in die Boote setzen«, sagt meine Mutter mehr zu sich selbst.

An den anderen Wänden hängen Fotos aus ganz fremden Flüchtlingswelten. Wir sehen schemenhafte Gestalten an der mexikanisch-amerikanischen Grenze. Wir sehen einen jungen Mann mit einem Koffer in der Hand am Stadtrand von Istanbul; er ist gerade aus Anatolien eingetroffen. Wir sehen, in Schwarz-Weiß, einen japanischstämmigen Kanadier in Anzug und Krawatte und mit Hut, der nach dem japanischen Angriff auf Pearl Harbor im Dezember 1941 sein beschlagnahmtes Auto abgeben muss. »Das ist unmenschlich«, sagt meine Mutter nachdenklich, »die konnten doch nichts dafür. Anders vielleicht als im Banat. Da haben schon einige mit den Nazis sympathisiert.« Darüber hat sie bisher nie gesprochen.

Der Einmarsch der deutschen Wehrmacht in Jugoslawien am 5. April 1941. Bewaffnete Trupps der in den donauschwäbischen Orten eingerichteten »Deutschen Mannschaft«, die das deutsche Militär unterstützten. Die Enteignung und Vernichtung der jüdischen Bevölkerung. Die Kriegsverbrechen der 1942 aufgestellten SS-Freiwilligen-Gebirgsdivision »Prinz Eugen«, in der viele Donauschwaben aus Jugoslawien dienten. Wer hat was wann gewusst? Wer hat sich schuldig gemacht? Und wo stand mein Großvater? Wird diese Reise Antworten bringen?

Am Ende werfen wir noch einen Blick in die Sammlung der Pinakothek. Wir schreiten durch die Flure und Säle und lassen die Gemälde auf uns wirken. Picasso, Beckmann, Warhol, Beuys, Munch, Kandinsky. Von einem Moment auf den anderen finden wir uns in einer Farben- und Formenwelt wieder, die uns weit weg trägt vom Thema unserer Reise. Meine Mutter, die Ungeduldige, nimmt Bild für Bild in Augenschein, sie eilt von Gemälde zu Gemälde, hält immer nur kurz inne, urteilt schnell und knapp und geht dann weiter, um möglichst schnell zu ›ihren‹ Expressionisten zu gelangen. Bei Kirchner verweilt sie, hier entspannt sie sich und lässt sich von den Farben beleuchten. Sie strahlt. Auch von Matisse lässt sie sich einnehmen.

»Diese Farben, diese Farben«, sagt sie. Es ist, als ziehe sie aus ihnen Energie.

Noch im Museum erzählt sie mir, dass sie in ihrer Stube in Landau, wo sie in den Sechzigerjahren studierte, um Lehrerin zu werden, lange Zeit Postkarten von Franz Marc über ihrem Bett hängen hatte, darunter seine berühmten Pferde in den unglaublichsten und unwahrscheinlichsten Farben. Die deutsche Kunst war vielleicht immer eine Art geistige Heimat für meine Mutter. Denn sie hatte ab 1950 zwar immer ein Zuhause, aber nie eine richtige Heimat. Hauenstein, Landau, Neustadt an der Weinstraße, Trier – allesamt Wohnorte ohne Wurzeln. »Es ist egal, wo ich lebe«, sagt sie einmal, während wir unterwegs sind. Auch ihr Geburtsort Setschan in Jugoslawien war nie Heimat für meine Mutter. Setschan ist dennoch etwas anderes. Was, das wollen wir herausfinden.

Purtschellerhaus

Der Wirt im Gasthof am Ahornkaser beäugt uns skeptisch. Wir sind mitten in den Berchtesgadener Alpen.

»Seid's ihr den Weg schon mal gegangen?«, fragt er besorgt und wirkt, als kenne er die Antwort bereits. Eigentlich wollten wir bei ihm nur schnell noch etwas zu Mittag essen, bevor wir aufsteigen. Aber er hat schon zu. Bei dem Wetter, sagt er, kommt sowieso niemand mehr.

»Nein«, antworte ich.

Er streicht sich über den Schnurrbart und über seinen Bauch unter dem karierten Hemd. Er ist kein dicker Wirt, sondern eher der drahtige Typ. In die Jahre gekommen, graue Haare, aber immer noch in Form. Wahrscheinlich ist er sein ganzes Leben lang Touren gegangen – am liebsten wohl die Touren, auf denen er keine Touristen trifft. Mit denen hat er schließlich schon tagtäglich im Wirtshaus zu tun.

Im Ton eines ambitionierten Lehrers, der an seinen untalentierten Schülern verzweifelt, empfiehlt er uns: »Ihr müsst wirklich achtgeben, damit ihr den Weg nicht aus den Augen verliert. Es ist sehr neblig, man sieht kaum etwas.« Ich bedanke mich, meine Mutter sagt nichts, aber ich spüre, dass ihr Mut schwindet. Das Auto lassen wir vor dem Gasthof stehen. Ab jetzt geht es zu Fuß weiter zum Purtschellerhaus.

Bis vor ein paar Monaten war das Purtschellerhaus für

meine Mutter nur ein Begriff aus ihrer Fantasiewelt. Sie wusste weder, wie der Name genau geschrieben wird, noch ob es das Haus heute überhaupt noch gibt. Es war ein mythischer Ort, fern in Raum und Zeit, den sie in frühen Erzählungen immer wieder aufgeschnappt hatte. Ihre Mutter und Großmutter hatten den Namen manchmal erwähnt. Und ich stelle mir vor, dass sie an diesen Teil ihrer Flucht gute Erinnerungen gehabt haben müssen. Nicht nur, weil die atemberaubende Fernsicht von dort oben, die Bergspitzen und Talsenken, die Winde und Wolkenzüge in der Augustsonne von 1947 eine beruhigende Wirkung auf sie gehabt haben könnten; selbst im tiefsten Tal seelischer Not muss diese majestätische Schönheit sie beeindruckt haben. Aber es gibt noch einen anderen Aspekt: Mit ihrer Ankunft im Purtschellerhaus müssen sie gewusst haben, dass sie es schaffen würden. Die österreichisch-deutsche Grenze zwischen Salzburger Land und Bayern verläuft mitten durch die Alpenhütte, im Flur neben den Schuhregalen ist sie heute noch mit einer rot-weiß-blau-karierten Linie (und in großen Lettern: »LANDESGRENZE«) auf dem Fußboden markiert. Sie mussten damals gewusst haben: Wir steigen den Berg hinab und sind in Sicherheit.

Nie hätte meine Mutter gedacht, dass sie das Purtschellerhaus noch einmal betreten würde. Sie wäre nicht auf die Idee gekommen, dass sie jemals Bilder von diesem Haus sehen würde. Doch als ich vor ein paar Monaten meinen Laptop nahm, den Namen in die Suchmaske eintippte und auf der Leiste unter dem Eingabefeld auf den Reiter »Bilder« klickte, poppten plötzlich seitenfüllend Fotos auf. Ich schob den Laptop zu ihr hinüber. Sie war sprachlos.

Das Purtschellerhaus ist benannt nach dem österreichischen Bergsteiger Ludwig Purtscheller, einem Mann mit entschlossenem Blick, markanten Gesichtszügen und gezwirbeltem Schnurrbart, der Ende des 19. Jahrhunderts nicht nur einer der besten Kenner der Alpen war, sondern gemeinsam mit dem Lexikon-Erben Hans Meyer als Erstbesteiger des Kilimandscharo gilt. Die Hütte (eigentlich ein großes Haus mit mehreren Trakten, aus Stein und Holz gebaut) liegt auf 1692 Metern Höhe an der Nordseite des Hohen Gölls, nur ein paar Kilometer vom Obersalzberg entfernt. Sie wurde im Jahr 1900 eingeweiht und gehört heute dem Deutschen Alpenverein, Sektion Sonneberg. Von Mai bis Oktober steht sie Wanderern als Unterkunft zur Verfügung, im Matratzenlager für 9 Euro pro Nacht für Mitglieder, Nichtmitglieder zahlen 19 Euro, verbindliche Reservierung unter Vorkasse innerhalb von vier Werktagen, ein Hüttenschlafsack ist Pflicht. Die Fotos im Internet zeigen die Hütte am Fuße des steilen Felsmassivs, thronend über dem Berchtesgadener Land. Von dort bietet sich ein weiter Blick auf den blauen Himmel und in die Täler von Österreich und Deutschland, die Wolken verlieren sich entfernt am Horizont.

Doch jetzt kämpft die Sonne gegen den starken Nebel, sie drückt von oben, wir können fast ihr Glühen fühlen, und doch spüren wir, dass sie sich nicht durchsetzen wird. Wir sind losgelaufen. Eineinhalb bis zwei Stunden werden wir für den Aufstieg brauchen, je nachdem, wie viele Pausen wir einlegen müssen. Zwei Nächte wollen wir dort oben bleiben.

Zunächst geht es auf einem Kiesweg steil bergab. Der Nebel hat die Bergwelt in weiße Wolle getaucht. Keine zehn Meter weit können wir sehen. Wie aus einer anderen Dimension klingen Kuhglocken von der Seite zu uns her. Die Weiden am Wegesrand können wir nicht erkennen, nur erahnen. Schon nach den ersten Schritten kommt meine Mutter ins Rutschen, sie ist nicht trittfest, muss sich an die Belastung erst gewöhnen. Mute ich ihr zu viel zu?

In zwei Tagen, wenn wir wieder abgestiegen sein werden, wird sie sagen: Hätte ich gewusst, wie anstrengend es ist, hätte ich es nicht gemacht. Aber sie wird auch glücklich sein, dass wir es geschafft haben. Mein Bruder Claus hat darauf bestanden, ihr Trekkingstöcke zu besorgen. Es ist ein Glück. Mit ihnen stemmt sie sich gegen den abschüssigen Weg und kommt mit vorsichtigen Schritten langsam voran. Später, wenn der Weg nicht mehr aus Kies, sondern nur noch aus steil aufragendem Stein besteht, gebe ich ihr die schwierigen Schritte vor.

Wir sind zwei ungleiche Wanderer. Ich fühle mich gut ausgerüstet, meine Funktionskleidung und Wanderschuhe habe ich schon in den Anden und in der Antarktis getragen. Meine Mutter wollte sich nichts Neues kaufen. Sie trägt einen buntkarierten Hosenanzug aus Sommerstoff, dessen Farben aus einem Franz-Marc-Gemälde stammen könnten. Sie hat ihn selbst genäht und erzählt das gerne. Die hellblaue Funktionsjacke und die Joggingschuhe hatte sie noch zu Hause. Nur den Rucksack haben wir ihr extra für diese Reise gekauft. Er ist eigentlich viel zu groß für sie, die Verkäuferin hatte davon abgeraten, doch wir fanden auf die Schnelle keinen anderen. Ich habe ihr die Schnüre festgezogen, bevor wir losgelaufen sind.

»Weißt du«, sagt meine Mutter, als wir nebeneinander gehen, »Ende der Fünfziger-, Anfang der Sechzigerjahre hat niemand einen Rucksack getragen. Es war verpönt. Denn es hat an die Flucht erinnert. Die Leute haben einen Koffer benutzt oder eine Tasche, aber keinen Rucksack.«

Niemand wollte als Flüchtling gelten. Schon gar nicht ein Flüchtling.

»Und daran kannst du dich selbst erinnern?«

»Ja. Viele Kinder heute tragen ihre Tasche ja auf dem Rücken. Wir haben unsere Tasche immer nur in der Hand getragen.«

»Ganz bewusst?«

»Ja. Damals hätte ich nie gedacht, dass der Rucksack eines Tages wieder so ›in‹ sein wird.«

Einhundert Höhenmeter müssen wir erst einmal absteigen, hinunter bis zum Eckersattel. Wir gehen langsam, weichen immer wieder den Kuhfladen aus. Am Wegesrand stehen hochgewachsene Fichten, viele von ihnen sehen wir nur schemenhaft im Nebel. Es ist nicht kalt, aber feucht.

Dann geht es bergauf. 300 Höhenmeter müssen wir die ersten dreißig, vierzig Minuten auf einer steilen Holztreppe ansteigen, die aus Balken gezimmert wurde. Sie sind nur etwa halb so breit wie eine Fußlänge, dazwischen ist nichts, wie bei einer schrägen, massiven Leiter. Als Geländer dient ein Drahtseil auf der linken Seite. Langsam, Schritt für Schritt, nimmt meine Mutter die Stufen. Wir sprechen nicht viel, hören unsere Atemzüge. Ich gehe hinter ihr, für den Fall, dass sie abrutscht.

Auf einer Bank auf halber Höhe ruhen wir uns aus. Eigentlich müsste man von hier ins Tal blicken können. Aber um uns herum wabert weiterhin eine dicke Nebelsuppe. Wie ein weißer, undurchdringbarer Raum umschließt sie uns. Wir sind isoliert, begegnen niemandem. Je weniger wir sehen, desto mehr hören wir – immer noch, von ferne jetzt, die Kuhglocken, aber auch das Zirpen von Insekten und ein paar Vögel und wie das Wasser von den Blättern tropft. Aber noch hat es nicht angefangen zu regnen. Hier, ein Stück weiter oben, ist es nun angenehm kühl. Es riecht nach Gras und Erde. Es kommt mir vor, als seien wir die einzigen Menschen auf diesem Berg.

Als wir endlich am oberen Ende der Treppe angekommen sind, auf einer großen Lichtung, bricht das Gewitter los. Es donnert noch von fern, aber direkt über uns ergießen sich die Wolken. Wir ziehen unsere Kapuzen tief in die Stirn und laufen stoisch weiter. Es gibt jetzt kein Zurück mehr, wir wollen nur noch ankommen. Direkt vor unseren Augen treibt der Wind die Nebelschwaden vor sich her.

Dann, steil über uns, erspähen wir das Haus, seine Silhouette thront hoch oben und scheint unerreichbar, das Gebäude scheint viele hundert Meter über uns zu stehen. Im Nebel ist es kaum zu erkennen. Unsere Gesichter sind nass, aber wir sind fest entschlossen. Der Weg führt bald wieder durch den Wald, die Fichten über uns wanken. Der Pfad wird enger, steiler und felsiger, die Steine sind glitschig, jeder Schritt will gut überlegt sein. Meine Mutter balanciert mit ihren Trekkingstöcken. Immer wieder frage ich sie, ob es geht, aber sie verliert nicht den Mut. Es ist ein Abenteuer.

Der Weg windet sich und will nicht enden. Dann aber stoßen wir auf eine Höhe über dem Nebel vor. Wir steigen aus den Wolken heraus, und plötzlich ist das Haus ganz nah. Wir sind fast angekommen, noch zwei Minuten bergauf. Die Sonne bricht durch. Dann, auf der vereinsamten Terrasse des Purtschellerhauses, blicken wir nach unten. Meine Mutter ist erschöpft. Die Täler sind von hier nicht zu sehen, sie liegen unter einem Nebelmeer. Wir sehen Wolkenschwaden, die über Bergkämme fliegen. Langsam beruhigt sich ihr Atem.

»Wie geht es dir, Mama?«

»Es ist schön. Und ich bin gespannt.«

»Hast du beim Aufstieg daran gedacht, dass du diesen Weg schon einmal gegangen bist?«

»Nein. Daran habe ich nicht gedacht. Ich wollte es einfach nur schaffen.« Sie lacht. Und dann ergänzt sie, jetzt nachdenklich: »Aber es ist fast unmöglich, hier mit kleinen Kindern hochzusteigen.«

*

Am Telefon, Wochen zuvor, hatte ich Hüttenwirt Sepp König nicht gleich verstanden. Mit seinem breiten, bayerischen Dialekt können ihn Unwissende schnell für einen Österreicher halten. Zweimal hatten wir telefoniert, ich hatte angerufen, um unsere Betten zu reservieren. Er war zwar höflich, aber kurz angebunden. Meine Frage, was genau ein Hüttenschlafsack sei, fand er wohl etwas befremdlich, ließ sich aber nichts anmerken. König ist ein großer, kräftiger, schweigsamer Mann um die sechzig, mit Schnurrbart, Halbglatze und dem hier oben offenbar obligatorischen karierten Hemd. Seine Frau Regina ist kugelrund und herzlich und unter anderem für die Küche im Purtschellerhaus zuständig. In der Saison von Mai bis Oktober wohnen und arbeiten sie hier oben, sie verlassen die Hütte nur im Ausnahmefall. Das Bergleben steht beiden ins Gesicht geschrieben. Ihre roten Wangen zeugen von viel Höhenluft und viel Arbeit zugleich.

Am Telefon beschrieb ich Sepp König unser Anliegen, sprach von meiner Mutter, ihrer Flucht und unserer Reise.

»Gibt es noch jemanden, der uns von damals erzählen könnte?«, fragte ich.

»Nein, es ist niemand mehr da«, antwortete er, fast belustigt, denn schließlich ist das alles schon sehr lange her. Aber er kenne den Namen der damaligen Hüttenwirtin, in der Stube hänge ein Foto von ihr. Und dann sagte er etwas, was mich elektrisierte. Denn ich wollte unbedingt etwas, an dem ich die oft nur erahnte Erinnerung meiner Mutter an ihre Flucht dingfest machen konnte. Etwas, das uns schwarz auf weiß (wenn auch nur auf vergilbtem Weiß) bewies, dass sie hier war. Er sagte: »Wir haben hier oben noch das Hüttenbuch von 1947.«

*

Nach unserer Ankunft setzen wir uns in die Wirtsstube, deren Wände niedrig und holzgetäfelt sind. Meine Mutter wundert sich, dass ihr nichts weh tut. Wir sind müde und durstig und hungrig. Und erleichtert, dass wir es geschafft haben.

Der wuchtige, grüne Kachelofen neben uns muss schon damals hier gestanden haben. Heute dient er vor allem dazu, regennasse und durchgeschwitzte Trekking-Kleidung zu trocknen. Dutzende Bügel hängen am Gestänge über dem Ofen – alle leer, denn wir sind die einzigen Gäste in der Hütte. Heute kam niemand, wegen des schlechten Wetters, und es wird auch niemand mehr kommen, sagt Sepp, trotz der Reservierungen. Es ist fast still in der Stube, nur hinter der Durchreiche hört man Regina in der Küche werkeln. Ohne den lauten Betrieb einer Alpenhütte – dem Kommen und Gehen der Wanderer, dem Türschlagen und Grüß-Gott-Sagen, den prahlenden Gipfelerzählungen, dem erschöpften Lachen und dem Zuprosten am Nebentisch – wirkt die Stube auf mich wie ein Museum. An den Wänden hängen Fotos von Gipfelbesteigungen, historische Bilder von den Etappen der Bauarbeiten am Purtschellerhaus und Porträts der ehemaligen Hüttenwirte. Auf einem Schwarz-Weiß-Foto sitzt eine streng wirkende ältere Dame an einem schmalen Tisch vor einem Fensterladen der Hütte. Sie trägt eine weiße Schürze, eine schwarze Bluse und hat die grauen Haare hochgesteckt. Sie blättert in einem gehefteten Aktenordner. Es sieht aus, als sitze sie in der Alpensonne und mache die Buchhaltung. »Burgi Pichler in dreißig jähriger Tätigkeit auf dem Purtschellerhaus« steht handschriftlich unter dem Bild. Von 1931 bis 1933 arbeitete sie der Familie Schuster auf der Hütte zu, danach wurde sie selbst Hüttenwirtin – und blieb es, von 1933 bis 1960. Sie war also hier, als meine Mutter hier war. Sind sie sich begegnet? Hat sie meiner Mutter und ihrer

Familie geholfen? Haben sie miteinander gesprochen? Hat die Hüttenwirtin die kleine Rosemarie auf den Arm genommen? Oder war dafür im Chaos des Sommers 1947, in dem die Hütte aus allen Nähten platzte, keine Zeit und keine Ruhe?

Die resolute Burgi Pichler konnte 1933, als sie die Leitung des Purtschellerhauses übernahm, nicht ahnen, welche Rolle diese abgelegene Alpenhütte für Zehntausende von Menschen in der Region und aus ganz Europa spielen sollte. Doch erst mal wollte die Sektion Sonneberg des Deutschen Alpenvereins im September 1937, während Europa langsam, aber sicher in den Abgrund trudelte, eine Feststellungsverhandlung über den Verlauf der Bundes- und Reichsgrenze durchführen. Notfalls wolle man eine Grenzberichtigung vornehmen, hieß es in der Begründung, damit sich das gesamte Haus (inklusive Terrasse) auf deutschem Boden befinde. Es handle sich um eine deutsche Sektion, die Besucher kämen zum größten Teil aus Deutschland, auch die Lebensmittel und Getränke würden aus Deutschland geliefert und von den Gästen in Reichsmark bezahlt. Der Deutsche Alpenverein wollte Klarheit schaffen. Noch waren Deutschland und Österreich zwei voneinander unabhängige Länder.

Nur Monate später, im März 1938, setzte Adolf Hitler den sogenannten Anschluss Österreichs durch. Wenige Kilometer von hier, auf dem Berghof am Obersalzberg, hatte er den österreichischen Bundeskanzler Schuschnigg zu sich zitiert, ihm gedroht und ihm die Bedingungen des Berchtesgadener Abkommens diktiert.

Die Vermessung des Grenzverlaufs indes verlief für die Sektion Sonneberg des Deutschen Alpenvereins höchst unbefriedigend. Etwa ein Drittel des Hauses lag auf deutscher Seite, zwei Drittel auf österreichischer. In zoll- und devisenrechtlicher sowie polizeilicher Hinsicht war dieser

Zustand unhaltbar, darin war man sich einig. Doch er überdauerte die turbulenten Jahre vor und während des Zweiten Weltkriegs und schuf nach Kriegsende innerhalb der Wände des Purtschellerhauses eine Art exterritoriales Gebiet. Da die Alliierten keinen Grenzverkehr zwischen Österreich und Deutschland gestatteten, wurden Tausende Familien in der Region zerrissen. Im Buch *100 Jahre Purtschellerhaus*, das meine Mutter und ich nun im Gastraum durchblättern, können wir all dies nachlesen:

> Es trennten sich nicht nur zwei Staaten, sondern auch Kinder von ihren Eltern, Bräute und Frauen von ihren Männern, Brüder von Brüdern und Freunde von Freunden. Kein Todesfall, keine noch so dringende Angelegenheit, nicht einmal die eigene Hochzeit öffnete den so erbarmungslosen Schlagbaum. Und doch gab es ein Haus, wo man sich wenigstens für ein paar Stunden treffen und aussprechen konnte. Zeitungen und Illustrierte in Deutschland und Österreich nannten es in ihren Berichten »das Haus zur Barmherzigkeit«, »Treffpunkt der Liebe« oder »die Zusammenkunft der treuen Herzen«. Es gab das Purtschellerhaus, die Berghütte unserer Sektion Sonneberg auf dem Eckerfirst am Hohen Göll im Berchtesgadener-Salzburger Land. Durch die Mundpropaganda und schon lange vor Radio- und Zeitungsberichten hatte es sich herumgesprochen, dass man sich oben auf der Hütte treffen konnte. Zu Tausenden kamen sie aus allen deutschen Zonen, mit Passierschein oder schwarz, aus den Ländern der Ostsee, der Nordsee, der sowjetischen Zone, aus dem Burgenland, aus Wien, der Steiermark und anderen österreichischen Bundesländern. Großeltern, Kinder, Flüchtlinge, Heimatlose und Einheimische gaben sich hier ein sauer erstiegenes Rendezvous.

In der Stille der Stube, mit meiner Mutter alleiniger Gast im Purtschellerhaus, kann ich mir schwer vorstellen, dass sich in dieser Zeit an einem Tag allein – so berichtet es Hüttenwirtin Burgi Pichler im Buch – 560 Personen in der Hütte und Umgebung aufhielten. An vielen Tagen hatten sich am frühen Nachmittag schon 150 Gäste in das dicke Hüttenbuch eingetragen. Es muss ein ständiges Kommen und Gehen gewesen sein, ein Gewusel auf engstem Raum – in der Stube, auf den Fluren, in den Kammern. Ein Sprachengewirr, es wurde deutsch, tschechisch, ungarisch, italienisch und russisch durcheinandergesprochen. Eine Hütte voller Schicksale, Trauer, Glück und Ungewissheit. Während 1946 – so wie heute auch – insgesamt rund 1700 Besucher ins Purtschellerhaus kamen, waren es 1947 zehn Mal so viele: 17 000 Menschen. Hüttenwirtin Burgi Pichler musste sie alle versorgen und ließ dazu Lebensmittel und alles andere, was dafür nötig war, in vielstündigen Aufstiegen nach oben schleppen; die Menschen trugen die Sachen auf dem Rücken oder nahmen Mulis mit. Für Burgi war es die wohl aufregendste, aber auch schwerste Zeit in ihren dreißig Jahren im Purtschellerhaus. Sie wird zitiert mit den Worten: »Es waren aber keine Tage größter Umsätze oder schallender Feste, sie brachten für uns nur Mühe und Arbeit. Aber es war schön, den vielen unglücklichen Menschen gaben wir hier oben höchstes Glück.«

Wie hat sich meine fast sechsjährige Mutter hier gefühlt im August 1947? Blieben sie nur eine Nacht und sind dann weiter nach Deutschland? Wie hatte meine Großmutter vom Purtschellerhaus gehört? Wie gelang meiner Großmutter und meiner Urgroßmutter der Aufstieg mit zwei kleinen Kindern? Niemand kann mir diese Fragen mehr beantworten. Meine Mutter kann sich nicht erinnern. Nichts, weder der Aufstieg noch die Berggipfel, noch diese Stube mit dem grünen Kachelofen kommt ihr vertraut vor. Es ist, als sei dieser Teil ihrer Flucht wie weggewischt aus ihrem Gedächtnis. Ihr kleiner Bruder Kurt, das hat ihre Mutter ihr erzählt, wurde den Berg hochgetragen, in einem Rucksack auf dem Rücken. Sie müssen mit dem Zug oder auf Pferdewagen durch Österreich gekommen sein. Befanden sie sich in einer Gruppe von Flüchtlingen? Oder schlugen sie sich alleine durch? Wie erschöpft waren sie, als sie ankamen? Saßen sie hier in dieser Stube und haben gegessen? Wo haben sie geschlafen? Im Matratzenlager unterm Dach? Haben die Kinder geweint?

Vor dem Abendessen stellt Hüttenwirtin Regina kreidebeschriebene Gastrotafeln an die Anrichte mit der Durchreiche und vor den Kachelofen. Es gibt Rehragout mit selbstgemachten Nudeln, Rahmgulasch vom Rind, hausgemachten Leberkäs, Hütteneintopf und Kaiserschmarrn – wir haben die Wahl. Doch was uns mehr interessiert, liegt hinter diesen Tafeln, die die Köstlichkeiten des Hauses anpreisen. Ich nehme die Rahmgulaschtafel zur Seite und schiebe die rechte, etwas klemmende Tür der Anrichte auf. Hier sind die Hüttenbücher gelagert.

*

Sommertage in den Alpen sind lang, aber enden früh. Zwei Nächte werden wir im Purtschellerhaus bleiben. Fast eine Woche sind wir schon unterwegs und möchten einen Tag lang verschnaufen und die Berge genießen. Dieses Wochenende in den Alpen liegt in der Mitte unserer Reise. Davor waren wir nur in Deutschland unterwegs. Von hier aus wagen wir uns auf unbekanntes Terrain. Wir werden Ungarn durchqueren, die ungarisch-serbische Grenze entlangfahren und schließlich in Serbien die Dörfer der Familie meiner Mutter besuchen. Wir werden ihr Geburtshaus betreten.

Was wird diese Rückkehr in eine verlorene Heimat mit meiner Mutter machen? Ich glaube, auch sie denkt noch nicht wirklich darüber nach. Sie lässt, wie so oft, die Tür zu ihrem Inneren verschlossen, bis sie sie im letzten Moment doch einen Spalt öffnen muss. Sie lässt alles auf sich zu kommen. Keine zu großen Erwartungen an die Zukunft stellen, nicht so viel nachdenken. So hat sie es eigentlich immer gehalten. Aus Selbstschutz. So auch jetzt.

Nach dem frühen Abendessen – Rahmgulasch, ein Hefeweizen für mich, ein Jagertee für meine Mutter – ziehen wir uns in unsere Kammer zurück. Es wird noch ein paar Stunden hell sein. Um uns herum ist die Landschaft in Nebel gehüllt. Vor dem kleinen, quadratischen Fenster ist alles weiß, den Bergkamm am Horizont können wir nur erahnen. Es ist ganz still draußen. In unsere Kammer passen zwei Betten, ein schmaler Tisch und ein Stuhl. Von meinem Bett aus, das an der kürzeren Querwand steht, sieht unsere Kammer aus wie Vincent van Goghs berühmtes Schlafzimmer in Arles: eng und schräg, jedoch ohne die blauen Wände, denn hier ist alles aus dunkelbraunem Holz, selbst Wand und Decke.

Meine Mutter und ich sitzen nebeneinander auf meiner Bettkante. Sie wirkt verschlossen. Während unseres Gesprächs wird es dunkel.

»Was hat dir deine Mutter über deinen Vater erzählt?«

Stille. Dann:

»Nur dass sie ihn abgeholt haben. Und dass sie ihn danach nie wiedergesehen hat. Vielleicht war das ein Fehler. Ich habe als Kind lange gedacht, er kommt vielleicht zurück.«

»Und du hast es gehofft.«

»Ich habe manchmal von ihm geträumt. Habe geträumt, dass er irgendwie wiederkommt. Dass er einfach wieder auftaucht. Die Familie war nicht komplett. Das hat uns alle, glaube ich, sehr bedrückt.«

Während meine Mutter spricht, auf der Bettkante sitzend, nach vorne blickend, hebt sie unbewusst immer wieder ihre Beine wippend nach oben. Sie wirkt für einen Moment wie ein Kind. Dann sagt sie: »Vielleicht wäre es besser gewesen, wenn sie gesagt hätte, er ist erschossen worden.«

Wir schweigen.

»Was hast du für Erinnerungen an deinen Vater?«

»Gar keine. Nur von den Bildern. Ja, nur von den Bildern.«

In dem Fotoalbum, das meine Mutter zu Hause aufbewahrt, gibt es eine Handvoll Bilder meines Großvaters. Eines zeigt ihn als jungen Mann im Jahr 1939, er war damals 26 Jahre alt. Selbstbewusst schreitet er auf die Kamera zu, ganz in Weiß gekleidet. Die Hose mit viel Schlag, das Jackett ein Zweireiher, der Hemdkragen verläuft spitz nach unten. Er ist schlank und zeigt der Kamera sein souveränes Lächeln. Das ungestüme, dunkle Haar hat er, wie auf den anderen Fotos auch, mit einem Scheitel gezähmt. Er trägt einen Schnurrbart, den er sich ein Jahr später, für das Hochzeitsfoto mit meiner Großmutter, wieder abrasiert hat. Auf diesem wirkt er wesentlich ernster, aber immer noch so, als ob er nichts und niemanden zu fürchten habe. Ein paar Alltagsszenen noch sind in dem Album zu finden, die Bilder sind kleinformatig und an den Rändern überbelichtet: Er im weißen Kittel in der Apotheke, hinter dem Tresen vor einem Regal mit unzähligen Apothekerfläschchen. Und mit meiner Mutter als Baby auf dem Arm. Er beugt sich liebevoll zu ihr, sie sieht ihn mit großen Augen an.

»Was hast du dir für ein Bild von ihm gemacht?«, frage ich meine Mutter.

»Auf den Bildern sieht er sehr freundlich aus. Er war wohl ein angenehmer Mensch. Aber ich habe nicht viel Fantasie.«

»Was weißt du über ihn?«

»Nur das wenige, was meine Mutter erzählt hat. Dass sie mich als Baby abends auf den Flügel gelegt haben und er gespielt hat.«

»Was noch?«

»Dass er sehr mit seiner Musik beschäftigt war. Er hätte gerne Musik studiert. Aber sein Vater hat gesagt, er soll erst mal etwas Ordentliches lernen. Dann ist er halt Apotheker geworden. Und ist in jeder freien Minute von der Apotheke in den Wohnbereich gekommen, um sich ans Klavier zu setzen.«

Meine Großmutter hat nicht mehr erlebt, dass ich als Kind Klavier gelernt habe und es bis heute spiele. Die Notenblätter mit den Kompositionen ihres Mannes, die sie während der Flucht am Körper trug, muss sie auch hier auf dem Berg dabeigehabt haben. Viele Jahre später hat meine Mutter sie mir gezeigt. Ich setzte mich ans Klavier und spielte die fröhlichen, operettenhaften Lieder meines Großvaters. Einen Bogen – gelb, an den Rändern eingerissen, aber gut zu entziffern – habe ich mir schon vor Jahren eingerahmt. Er hängt zu Hause über meinem Klavier.

»Hat dir dein Vater gefehlt als Kind?«

»Ach, ich glaube schon. Aber warum soll man das immer wieder aufwühlen? Ist eben so. Für meine Mutter war es wahrscheinlich schwerer als für uns.«

»Was hat sie denn noch von ihm erzählt?«, frage ich erneut.

»Wenig. Wir haben auch nie an seinen Geburtstag gedacht. Das wäre wohl zu emotional für sie gewesen.«

Tränen will meine Mutter kaum zulassen. Doch sie kommen trotzdem, auch mir. Eine richtige Umarmung aber will uns nicht gelingen. Für einen Moment ist jeder mit seinen Gefühlen allein. Dann lächeln wir uns an.

»Als wir unsere Reise geplant haben und bei dir zusammensaßen, hast du mir von dem Moment erzählt, als deine Mutter eine schlechte Nachricht bekommen hat.«

»Das war im Lager in Bayern, 1948. Sie stand am Fenster und hat einen Brief gelesen. Ich habe gemerkt, dass irgendetwas nicht in Ordnung ist. Dass sie bedrückt ist.«

»Was hat sie dir gesagt?«

»Das weiß ich nicht mehr.«

Viele vertriebene Donauschwaben haben versucht, ihr Schicksal zu verarbeiten, indem sie aufgeschrieben haben, was passierte. Im Haus der Donauschwaben in Sindelfingen, einem seit 1969 bestehenden Kultur- und Begegnungszentrum mit einer Bibliothek und einem Archiv, ist all dies zu finden: Heimatblätter, Jahrbücher, historische Abhandlungen, Fotobücher, Erlebnisberichte und Heimatbücher, die den Alltag und die Geschichte in den deutschen Dörfern beschreiben. Insgesamt sind dort 30 000 Bücher und andere Medien gesammelt. Als ich dort war, schien es mir fast, als gebe es über jede einzelne Ortschaft ein eigenes Buch, um an das dortige Leben vor dem Krieg zu erinnern. 1962 wurde auch ein Buch über Setschan veröffentlicht. Schon Mitte September 1944, so heißt es dort, war in dem Ort von ferne Kanonendonner zu hören. Nachdem sich die deutsche Wehrmacht immer weiter zurückgezogen hatte, schoss am Morgen des 1. Oktober eine Gewehrsalve über das Dorf, vom Damm kommend. Die Rote Armee zog ein. Die Einwohner blieben vor Angst in ihren Häusern. Nachdem in den ersten Stunden alles ruhig verlief, begannen die sowjetischen Soldaten am Nachmittag mit den Plünderungen. Pferde, Wagen und Geschirr wurden beschlagnahmt, Wein und Schnaps wurde noch in den Häusern getrunken, Armbanduhren mitgenommen. Aus vielen deutschen Dörfern der Region gibt es Berichte von spontanen Erschießungen und Vergewaltigungen.

Der große Teil der russischen Soldaten in Setschan zog noch am selben Tag weiter. Was dann geschah, beschreibt ein Einwohner von Setschan so: »Nach den Russen kamen die Partisanen, welche unsere Männer bis zu 70 Jahren zur Räumung der gesprengten Eisenbahnschienen und Weichen sowie des Schuttes beim gesprengten Heizhaus der Bahn trieben.«

Wir sitzen immer noch auf dem schmalen Holzbett, jetzt habe ich das Buch auf den Knien. Meine Mutter kennt es nicht, und ich zeige ihr die wichtigsten Stellen. Sie hört regungslos zu, wie ich vorlese: »Die Verhaftung durch die Partisanen erfolgte zumeist bei der Nacht. Da kann man sich vorstellen, mit welchen Gefühlen sich unsere Männer, die sich tagsüber unter Aufsicht der Partisanen am Bahnhof stark plagten, am Abend müde ins Bett legten!« Dann der entscheidende Satz: »Im Lager wurden die meisten von ihnen erschossen.«

Drei Seiten weiter: »Im Lager Betschkerek wurden folgende Setschaner erschossen: …« Darauf folgen zwölf Namen. Der zehnte ist »Loch Josef«. Mein Großvater.

Ich sehe auf und schaue meine Mutter an. Sie zeigt keine Reaktion. Die Tränen von eben sind weg. Sie sagt: »Das bestätigt schwarz auf weiß, was ich eigentlich schon wusste. Aber ich möchte mich auch gar nicht näher damit beschäftigen, weil es mich dann doch belastet.«

»Dein Vater wurde im Oktober 1944 abgeholt, da habt ihr ja noch in eurem Haus in Setschan gewohnt. Du warst drei Jahre alt.«

»Ja, wir mussten erst 1945 ins Lager.«

»Aber davon hat nie jemand etwas erzählt?«

»Nein.«

Erst viele Jahre später hat meine Großmutter ihren Mann für tot erklären lassen. Das Amtsgericht Dahn schreibt in seinem Beschluss vom 1. Februar 1961: »Aufgrund der teils bewiesenen, teils glaubhaft gemachten Angaben der Antragstellerin und der Ermittlungen des Gerichts ist festgestellt, dass der Verschollene vor dem 1. Juli 1948 im Zusammenhang mit Ereignissen oder Zuständen des letzten Krieges vermisst worden und seitdem unter Umständen, die ernstlich Zweifel an seinem Fortleben begründen, seit Oktober 1944 verschollen ist. Er wurde im Oktober 1944 bei der Besetzung seines Wohnortes durch die Russen als Volksdeutscher festgenommen und verschleppt. Der Antrag auf Todeserklärung ist deshalb zulässig.«

Gerichtskosten wurden nicht erhoben.

*

In der Nacht hat es gedonnert. Als wir aufwachen, ist das Purtschellerhaus immer noch nebelumhüllt. Ich fühle mich abgeschnitten von der Welt, obwohl es hier in einigen Ecken des Hauses sogar Handyempfang gibt. Auf Twitter lese ich wütende Drohungen von US-Präsident Trump gegen Nordkorea und lege mein Smartphone schnell wieder weg. Immer noch sind wir die einzigen Gäste, als wir uns im Gastraum zum Frühstück einfinden.

Ein paar Stunden später erschüttert ein lauter Knall das ganze Haus. Meine Mutter sitzt noch in der Gaststube und liest, ich stehe in diesem Moment auf dem Flur neben der Küche. Eben noch hatte ich aus dem Fenster geschaut und gehofft, dass der Himmel irgendwann aufreißt. Doch draußen herrscht nach wie vor Sturm. Der Knall ist wie ein grollender Donnerschlag. Hart und mächtig lässt er die Wände beben. Er dröhnt in den Ohren und ist angsteinflößend. Ich spüre ihn im ganzen Körper, so als ob ich an Silvester zu nahe an einem großen Böller gestanden hätte. Nach einer stillen Schrecksekunde geht mit einem Klicken das Licht aus. Das ganze Haus ist jetzt ohne Strom. Es wird dunkel auf den engen Fluren.

Ich werfe keinen Blick in die Küche, als ich vorbeistürme Richtung Gaststube. Ich reiße die Tür auf und sehe, dass meine Mutter in der Mitte des Raums im Halbdunkeln steht. Sie versteht einen Moment lang nicht, was passiert ist. Aber sie wirkt gefasst, ungläubig, steht ratlos da. Fast ein wenig belustigt.

»Ich glaube, der Blitz ist eingeschlagen«, rufe ich. »Bei dir alles in Ordnung?«

»Ich habe keine Angst vor Gewitter«, erwidert sie trocken.

»O. k., dann warte hier.«

Zurück auf dem Flur, steht Hüttenwirtin Regina und bekreuzigt sich laut und ununterbrochen. Sie hatte gerade Kaspressknödel mit Kraut zubereitet, als der Blitz einschlug. »Direkt neben dem Herd ist er eingeschlagen«, wimmert sie und bekreuzigt sich weiter. In der Küche steht ihre Mitarbeiterin und schluchzt. Ich haste in den anderen Teil des Hauses. Dort treffe ich auf Hüttenwirt Sepp, der mit Augen und Nase alles absucht. Die größte Gefahr wäre jetzt ein Brand. Er hetzt die Treppe hoch.

»Kann ich helfen?«, rufe ich ihm nach.

»Nein, alles in Ordnung.«

Im Flur stehen die Wirtin und die Küchenhilfe und liegen sich in den Armen und weinen.

»Ich glaube, es ist nichts passiert«, sage ich. »Ist hier schon mal der Blitz eingeschlagen?«

»Nein, noch nie«, sagt Hüttenwirtin Regina und beruhigt sich langsam.

Schnell ist wieder alles normal. Der Generator wird angeworfen und liefert Strom. Ein Techniker wird per Lastenseilbahn aus dem Tal geholt, um den Herd zu reparieren. Und bald darauf werden andere Gäste ankommen, Wanderer, die erst mal versorgt werden müssen.

Meine Mutter und ich ziehen uns in unsere Kammer zurück und lesen. Während der Nebel weiter dicht und störrisch das Haus einkapselt, vertiefen wir uns in Literatur über Krieg und Vertreibung, vor allem in Bücher über Kriegskinder und Kriegsenkel und über deren Traumata. In vielem, was meine Mutter nun liest, erkennt sie sich wieder und das, was ihre Kindheit prägte: die bleierne Schwere, das Verschweigen, auch das Ausblenden von Erinnerungen und Gefühlen, um lebenstüchtig zu bleiben. Und die Unfähigkeit zu erkennen, dass ein Trauma vorliegen könnte. Während unserer Reise frage ich mich immer wieder, warum meine Mutter sich an fast nichts erinnert. Als sie hier im Purtschellerhaus ankam, stand sie doch schon kurz vor ihrem sechsten Geburtstag. Ich jedenfalls kann mich vieler Begebenheiten in diesem Alter entsinnen. Sogar vereinzelte Situationen, die stattfanden, als ich nur drei Jahre alt war, habe ich vor Augen. Doch sie muss das, was in ihrer frühen Kindheit geschah – Vertreibung, Lager, Flucht – vollkommen verdrängt haben. Nichts wurde aufgearbeitet. Und auch jetzt, auf dieser Reise, geht sie nur zögerlich und schrittweise auf ihre Vergangenheit zu.

An einer Stelle lesen wir, dass Kriegskinder Probleme damit haben, im Zentrum der Aufmerksamkeit zu stehen; sie wollten nicht auffallen oder gar im Mittelpunkt stehen, selbst ihre Geburtstage seien ihnen peinlich. Auch hier erkenne ich meine Mutter wieder. Sie ist zurückhaltend und bescheiden. Am Muttertag möchte sie keine Blumen. Und dass sich diese Reise um sie dreht, ist ihr im Grunde unangenehm.

In einem anderen Buch schreibt eine Autorin, dass sogenannte Fluchtkinder zeitlebens Rücksicht auf die Eltern nähmen, Fehler vermieden und versuchten, alle Erwartungen zu erfüllen; immer darauf bedacht, die eigene Mutter, die vielleicht Unaussprechliches auf der Flucht erlebt hat, nicht zu verärgern, sie nicht zu vernachlässigen. Viele Fluchtkinder verbauten sich damit die Möglichkeit, ein eigenes, freies, unabhängiges Leben zu führen, selbst noch als Erwachsene. Ich denke daran, dass meine Mutter auch als junge Lehrerin jedes Wochenende nach Hauenstein zu meinen Großmüttern fuhr und zeitweise sogar bei ihnen wohnte. Statt auszugehen, sah sie samstagabends mit ihnen fern. Und als sie – mit bereits Anfang dreißig – endlich meinen Vater kennengelernt hatte, ihn nach einem halben Jahr heiratete und mit ihm zusammenzog, hatte sie insgeheim ein schlechtes Gewissen, ihre Mutter und Großmutter alleine zu lassen.

Doch nicht nur die Fluchtkinder haben ein Kriegstrauma zu bewältigen. Mein Vater etwa, Jahrgang 1936, hat Bombennächte erlebt und wurde mit seiner Mutter aufs Land evakuiert. Monatelang harrten sie auf einem Bauernhof aus. Später wohnten französische Offiziere mit in ihrem Haus. Jahre später dann stand plötzlich ein ihm fremder Mann in der Küche – sein Vater war aus französischer Gefangenschaft zurückgekehrt. Mein Vater hat selten von seiner Kriegskindheit erzählt. Wenn überhaupt, spricht er noch heute über seine Wut auf Hitler. Ich glaube auch, dass es ihn wütend macht, Scham zu empfinden – Scham über die deutsche Schuld. Aber all dies hat er für sich nie aufgearbeitet. Auch er gehört zu einer versehrten Generation.

Was bedeutet all dies für die Kriegsenkel, für meine Generation? Viele Frauen und Männer, die zwischen 1960 und 1975 geboren wurden, so wird es in der Literatur oft beschrieben, sind zwar im Wohlstand aufgewachsen, fühlen sich jedoch orientierungslos, rastlos in Beziehungen und Arbeit, so als seien sie auf der Flucht. Viele bleiben kinderlos. Oft erfolgreich im Job und doch nie zufrieden, fühlen viele von ihnen eine Leere tief im Inneren, eine diffuse Angst vor der Zukunft. Ein Leben im Nebel.

Haben wir das Trauma unserer traumatisierten Eltern geerbt? Ich habe Freunde, bei denen ich das vermute. Bei mir selbst bin ich mir nicht sicher. Das Gefühl, schon viel zu lange unterwegs zu sein und nicht anzukommen – viele Fluchtkinder beschreiben es –, überträgt es sich auf die nächste Generation? Auch ich bin rastlos, ja, aber ich genieße es auch, alle paar Jahre woanders zu leben. Ich habe wenig Heimatgefühl, ich kann an vielen Orten glücklich sein. Genau wie meine Mutter fühle ich mich an mehreren Orten zu Hause, aber nirgends wirklich verwurzelt. Fehlt mir deshalb etwas?

Es sind eher die kleinen Dinge, die mich nachdenklich stimmen. Bis heute esse ich meinen Teller leer. Immer. Das habe ich von meinen Eltern, den Kriegskindern. Meine Mutter selbst kann sich zwar nicht an Hunger erinnern, aber das Essen auf dem Teller musste auch in ihrer Kindheit immer aufgegessen werden – nicht als Zwang, sondern als Regel. Sich immer nur so viel auftun, wie man essen kann, und nichts wegwerfen, lautete das Credo meiner Eltern. Daran halte ich mich bis heute. Der Satz »Ihr wisst gar nicht, wie gut ihr es habt« wurde bei uns zu Hause selten, aber manchmal doch ausgesprochen, und dann umso nachdrücklicher. Was soll man darauf antworten?

Eine Sache ist bei mir anders als bei jenen Kriegsenkeln, die mit sich und dem Leben hadern. Nichts macht mir Angst. Ich habe keine Angst vor Spinnen, vor Aufzügen, vor Prüfungen, vor der Zukunft. Als ich mal gefragt wurde, wovor ich Angst habe, ist mir nichts eingefallen.

Seit mein Sohn geboren wurde, mache ich mir mehr Sorgen als vorher, das schon, wahrscheinlich werde ich mir jetzt bis an mein Lebensende Sorgen machen. Mein Sohn hat mich verwundbar gemacht. Aber ich habe keine Angst. Es mag naiv klingen und unreflektiert, aber ich empfinde es so. Meinem Bruder geht es genauso. Und meiner Mutter eigentlich auch. Oder hat sie Angst vor ihren Gefühlen und der Vergangenheit? Sie ist eine starke Frau, die die Dinge so nimmt, wie sie sind. Eine Frau, die die Ermordung des Vaters, später den Unfall ihrer Mutter und den Krebstod des Bruders erleiden musste. Die jedoch immer nach vorne schaute. Sie hat meinem Bruder und mir vorgelebt, dass man nichts fürchten muss. Weil es immer weitergeht.

Und nicht einmal ein Blitzeinschlag in einer Alpenhütte kann ihr Angst einjagen.

*

»Hier sieht es eigentlich noch so aus wie früher. Viel hat sich bestimmt nicht verändert«, sagt Hüttenwirt Sepp.

Im alten Trakt des Hauses unterm Dach liegt der Schlafraum 1, ganz in Holz gehalten. Eigentlich ist er zurzeit nicht zugänglich, weil wenige Gäste da sind. Aber Sepp hat ihn für uns aufgesperrt. Zwei Dutzend dunkelgrün bezogener Matratzen liegen hier auf hölzernen Bettgestellen. Auf den braunen dicken Stoffdecken, die auf den Betten zusammengefaltet liegen, ist der Name *Purtschellerhaus* in großen Lettern eingenäht.

»Die Betten sind bestimmt noch von damals«, meint Sepp.

Hat meine Mutter hier übernachtet? Einmal mehr fühle ich mich so, als besuchte ich ein Filmset, ohne den Film gesehen zu haben.

»Das kann man sich nicht vorstellen«, murmelt meine Mutter.

*

Die alten, fetten Kladden, die sich in der Küchenkommode unter der Durchreiche stapeln, sehen aus, als kämen uns blumige Staubwolken entgegen, wenn man sie aufschlüge. Ich nehme sie einzeln heraus und lese die handgeschriebenen Jahreszahlen auf dem Deckblatt. Nach kurzer Suche halte ich das Hüttenbuch von 1947 in den Händen. Ich lege es auf unseren Tisch in der Gaststube, meine Mutter und ich setzen uns nebeneinander und schlagen es auf.

Viele der verblichenen Seiten sind zerfleddert und lose, sie sind eng beschrieben. Die meisten Eintragungen wurden mit Bleistift vorgenommen, manche mit einem Füllfederhalter. Die Schriften sind spitz und streng, heute schreibt niemand mehr so. Meist stehen nur das Datum und der Name in der Zeile. Manch einer hat auch eine kurze Nachricht hinterlassen, etwa wie lange er hierbleibt, um auf ein Treffen zu warten.

Wir blättern und sind gespannt, gehen jede Zeile einzeln durch – eigentlich kommt nur die zweite Augusthälfte in Frage. Ich will unbedingt, dass wir einen Eintrag finden, der den Aufenthalt meiner Familie belegt – das wäre großartig. Meine Mutter, das spüre ich, ohne dass sie etwas sagt, ist da eher skeptisch.

Beim Durchsehen wird deutlich, dass der August ein voller Monat war, eine Seite reicht oft nicht aus für einen Tag. Manche Seiten sind durcheinandergelegt, sodass wir nicht sofort merken, dass eine Zeitspanne fehlt. Vom 12. August bis zum 17. August 1947 gibt es keine Eintragungen. Sie hätten schon festgestellt, sagt uns Hüttenwirtin Regina später, dass im Buch von 1947 etwas herausgenommen wurde. Wollte jemand nicht, dass man weiß, dass er hier war?

Ich gehe den Zeitraum noch mal von vorne durch. Irgendwann liegt mein Zeigefinger auf dem 27. August. An diesem Tag sind sie schon in Deutschland angekommen, sage ich mir. Kurz davor müssten sie sich also eingetragen haben. Diese Tage scheinen nicht entfernt worden zu sein. Ich suche erneut die letzten Tage vor dem 27. August ab, gehe jede Zeile, jeden Namen einzeln durch. Nichts. Ich sehe meine Mutter an, schüttle den Kopf und gebe auf.

»Da ist nichts«, seufze ich.

»Wäre auch zu schön gewesen«, sagt meine Mutter.

Ich klappe das Buch zu. Ich bin enttäuscht. Dann klappe ich das Buch wieder auf. Ich schaue meine Mutter an.

»Wir tragen die Namen nach«, sage ich.

Sie zögert. »Müssen wir nicht vorher fragen?«, sagt sie.

Ich schüttele den Kopf: »Wir machen das einfach.«

Ich nehme einen Zettel und meinen Stift. Danach sagt meine Mutter: »Ich mag es, wenn ihr solche Ideen habt.« Und meint damit meinen Bruder und mich.

Vielleicht, denke ich mir, werde ich in vielen Jahren noch einmal zum Purtschellerhaus aufsteigen. Vielleicht ist mein Sohn Noah an meiner Seite, vielleicht ist er schon fast erwachsen und vielleicht kann ich ihm dann zeigen, wo seine Großmutter als kleines Kind – damals, kurz nach dem Zweiten Weltkrieg – Station auf ihrer Flucht nach Deutschland gemacht hat. Vielleicht schlagen wir dann das Hüttenbuch von 1947 auf und finden den Zettel, den ich viele Jahre zuvor hineingelegt habe, im August 2017, als ich mit seiner Großmutter hier hinaufgestiegen bin und er noch ein kleines Baby in Berlin war. Und vielleicht lesen wir dann gemeinsam meinen Nachtrag im Hüttenbuch des Purtschellerhauses:

Aug. 47: MARIA ZIWEI, auf der Flucht
Aug. 47: ROSL LOCH, auf der Flucht
Aug. 47: ROSEMARIE LOCH, auf der Flucht
Aug. 47: KURT LOCH, auf der Flucht

nachgetragen von

ROSEMARIE WUNN, geb. LOCH
ANDREAS WUNN
am 11.8.2017.
In Gedenken.

Entlang der ungarischen Grenze

Zwei Tage später sitzen wir im Frühstücksraum des Art Hotel im Zentrum von Szeged im Süden Ungarns. Meiner Mutter gegenüber hat István Sinkovicz Platz genommen, der schon am frühen Morgen, während er seinen Kaffee trinkt, eine dunkle Ray-Ban-Sonnenbrille trägt. István ist Ende fünfzig, hat lange Haare, die er zu einem Zopf gebunden hat, und sein buschiger, weißgrauer Schnurrbart scheint sich jedes Mal in die Breite zu ziehen, wenn er laut lacht. István kennt quasi alles und jeden in diesem Land. Er ist seit fast drei Jahrzehnten der ZDF-Producer für Ungarn. Im August 1989 drehte er mit einem Kamerateam die historischen Bilder, auf denen ein paar Hundert DDR-Bürger zu sehen sind, die über die ungarisch-österreichische Grenze und in Richtung Freiheit drängen. Und im Sommer 2015 (sowie in den Monaten danach) hat er gemeinsam mit den ZDF-Korrespondenten aus Wien (die für Ungarn zuständig sind) über den Flüchtlingsstrom an der ungarisch-serbischen Grenze berichtet. Das Thema Flucht durch Ungarn begleitet ihn also seit Langem. Deshalb habe ich ihn gebeten, uns für einen Tag, während unserer Fahrt entlang der Grenze, zu begleiten.

Bei uns sitzt auch mein Bruder Claus, der gestern zu uns gestoßen ist. Vom Purtschellerhaus waren meine Mutter und ich bis nach Graz gefahren, wo wir ihn am Flughafen abholten. Wir bezogen unsere Zimmer in einem Hotel in der Altstadt mit habsburgischem Charme und schlenderten durch die Gassen im Abendsommer. Claus wird uns im zweiten Teil unseres Roadtrips durch Ungarn und Serbien begleiten. Er war schon immer mein engster Vertrauter, obwohl wir uns auch leidenschaftlich streiten können (unter Brüdern muss das wohl so sein). Wir haben uns vor der Reise gut abgesprochen. Claus wird ab jetzt, in unserer zweiten Reisewoche, viel organisieren und oft am Steuer sitzen. Nicht bei jedem Gespräch mit meiner Mutter wird er dabei sein, weil ich davon überzeugt bin, dass sie desto mehr erzählt, je weniger Menschen ihr zuhören. Meinem Bruder geht es mit meiner Mutter genau so wie mir: Wir fühlen uns sehr geliebt und lieben sie sehr, und gleichzeitig bleibt sie uns oft ein Rätsel.

Jetzt, beim Hotelfrühstück in Südungarn, sitzen István und wir nicht alleine im Raum. An den Tischen um uns herum hat sich ein gutes Dutzend deutsche Polizisten platziert – Männer und eine Frau von der Bundespolizei, wie ihre Uniformen uns wissen lassen. István ist, anders als ich, nicht überrascht. »Immer wieder schickt Deutschland Polizisten zum Einsatz an die EU-Außengrenze«, sagt er. Serbien ist von hier nur ein paar Kilometer entfernt.

Gestern haben wir in nur wenigen Stunden auf der Autobahn halb Ungarn durchquert, haben Budapest links liegen gelassen und sind Richtung Süden bis nach Szeged gefahren, wo István uns erwartete. Gleich nach der Ankunft sind wir – meine Mutter, mein Bruder Claus, István und ich – durch die wunderschöne Altstadt mit ihren Jugendstilbauten geschlendert. Alles hat vibriert auf den Straßen und Plätzen an diesem warmen Sommerabend. Szeged ist Ungarns drittgrößte Stadt, bekannt für ihr Open-Air-Musikfestival (das zu dieser Zeit stattfand) und für ihre 30 000 Studenten, die der Stadt Jugend und Dynamik verleihen, aber in Prüfungszeiten im Anzug durch die Straßen laufen. Auf dem Markt haben wir Kürtöskalács, Baumstriezel, probiert, ein Hefeteig, der gleich einem Stockbrot über offenem Feuer drehend gebacken wird und zuletzt eine Zuckerglasur erhält. In einem Restaurant haben wir feuerrote Fischsuppe gegessen. Wir haben ungarisches Bier getrunken und saßen draußen auf einem Platz, alles fühlte sich leicht und frei an. Ich habe gemerkt, wie sehr meine Mutter in diesem Moment unsere Reise genießt und wie zufrieden sie ist, ihre beiden Söhne an ihrer Seite zu haben. An diesem Abend wirkt es unwirklich, dass sich hier vor den Toren der Stadt vor genau zwei Jahren ein humanitäres Flüchtlingsdrama entfaltete, das Deutschland und Europa für immer verändern würde.

*

Endlose Menschenströme, auf Trampelpfaden im Wald oder am Rande der Autobahn. Ausgezehrte Männer, Frauen und Kinder am Wegesrand, ihren Kopf auf Rucksäcke oder fleckige Schlafsäcke gebettet. Chaos, Stacheldraht, Verzweiflung, Grenzpolizisten, Erschöpfung, Tränengas, Wut. Spätestens seit August 2015 flimmerten uns Szenen wie diese millionenfach auf Fernsehern und Smartphones entgegen, sehr viele davon aus Ungarn. Ob dieser Masse sind es nur wenige Szenen, die konkret in Erinnerung bleiben. Die sich festgebrannt haben in unserem kollektiven Gedächtnis.

Eines dieser Bilder zeigt einen verzweifelten Vater aus Syrien mit seinem weinenden Sohn auf dem Arm und einer Plastiktüte in der Hand. Er hat sich gerade aus einem Menschenpulk gelöst, rennt über das Feld und wird von einem ungarischen Grenzer am Anorak festgehalten. Der Flüchtling kann sich losreißen, taumelt kurz, schwingt die Plastiktüte, hält den Sohn fest und läuft weiter. Plötzlich stolpert er, fällt ins Gras, begräbt sein Kind unter sich. Auf den Bildern ist zu sehen, dass eine Kamerafrau ihm ein Bein gestellt hat. Im Internet verbreitet sich diese Szene rasend schnell. Die Kamerafrau wird zum Symbol für ein herzloses Ungarn, das keine Flüchtlinge im Land will. Nur wenig später schließt Ungarn die letzten Lücken in seinem Grenzzaun.

»Das mit der ungarischen Kamerafrau, das war hier, auf diesem Feld.« István steht auf der Landstraße und zeigt Richtung Gleise.

Wir sind rausgefahren bis zur ungarisch-serbischen Grenze. Meine Mutter und ich mit István in seinem alten Ford Escort Kombi, mein Bruder in unserem Golf hinterher. Von Szeged bis ins Grenzstädtchen Röszke sind es nur zehn, zwölf Kilometer. Im August und September 2015 herrschte hier Ausnahmezustand. Zehntausende Flüchtlinge drangen binnen weniger Tage über die grüne Grenze von Serbien nach Ungarn, die meisten von ihnen aus Syrien, Afghanistan und Pakistan. Die ungarischen Grenztruppen waren völlig überfordert.

»Die Grenzpolizei hat die Leute aufgegriffen und einfach hier auf dem Feld festgehalten, manchmal zwei, dreitausend Menschen täglich«, sagt István. Genau wie jetzt brannte auch damals die Sonne aufs Feld. Und weit und breit kein Baum, der Schatten spendet.

Hunderte Polizisten bewachten die Flüchtlinge, die auf dem Ackerboden saßen und ausharrten, bis Busse sie abholten und in Zwischenlager brachten. Auf der Landstraße durfte sich nur die Polizei bewegen. Gegenüber den Flüchtlingen, auf der anderen Seite der Straße, stand die Weltpresse und berichtete. »15, 16 Satellitenwagen und Hunderte von Journalisten«, erzählt István. Manche Flüchtlinge mussten hier übernachten, bis sie weggebracht wurden, und es kamen immer neue. Schnell waren die hygienischen Verhältnisse katastrophal. Alle wurden krank: Flüchtlinge, Journalisten, Polizisten. Erst nach ein paar Tagen stellten die Behörden mobile Toiletten und Sonnenzelte auf. Viele Grenzpolizisten verrichteten ihren Dienst nur noch mit Gesichtsmaske. Hilfsorganisationen versorgten die Menschen mit Wasser und Essen.

Meine Mutter folgt stumm Istváns Schilderungen. Ich stelle viele Fragen. Wir stehen vor unseren Autos am Straßenrand, sehen die Maisfelder um uns herum und die Eisenbahngleise, die quer zur Landstraße verlaufen. István zeigt nach links. »Dort, am Ende der Gleise, sind die Grenze und der Zaun.« Wir können ihn von Weitem sehen, ein massives Drahtgeflecht, eine Wand aus Metallstreben, hundert, zweihundert Meter entfernt von uns. »Und dort«, István zeigt nach rechts, »führen die Gleise zu einer Tankstelle.« Als die Grenze noch offen war und nur ab und zu eine Patrouille vorbeifuhr, konnten die Flüchtlinge unbehelligt auf den Gleisen bis zur Tankstelle laufen, wo viele Dutzend ungarische Schlepper auf sie warteten. »Die standen da mit ihren alten Audis und Mercedes«, erzählt István. »Zwischen 300 und 1000 Euro wollten sie für die Fahrt. Den Flüchtlingen sagten sie, wir bringen euch bis nach Wien. Aber in Wirklichkeit fuhren sie sie nur nach Budapest und luden sie vor dem ›Hotel Wien‹ ab. Die waren dann erst mal beruhigt. Aber ein paar Stunden später kam die ungarische Polizei und nahm die Leute fest.«

»Das ist schlimm«, sagt meine Mutter.

*

In diesen Tagen des August 2015 beobachtete ein Reporter der *Neuen Zürcher Zeitung*, wie eine Gruppe Geflüchteter die Grenze von Serbien nach Ungarn übertritt. Er schrieb:

Da, wo die Grenze eine leichte Biegung macht, ist die Chance gekommen. Die ganze Gruppe löst sich aus dem Schilf. Über zwanzig Personen, die meisten von ihnen Männer, aber auch Frauen und Kinder. Einer kniet nieder und löst geschickt den Draht, der den Verhau mit einem Pfosten verbindet. Ein anderer zieht sich an einem Signalpfosten hoch und kann mit den Füßen das Hindernis etwas niederdrücken. Dann schwingt er sich vom Pfosten über den Stacheldraht. Auf ungarischem Boden reißt er triumphierend die Hände in die Luft. Es folgt der Nächste. Die Kinder werden hinübergereicht. Dann die Mutter. Aber der Draht ist tückisch und springt zurück. Die Frau stürzt nach vorn, kann von den andern aufgefangen werden. Ihre Hose färbt sich dunkel mit Blut. Die Kinder beginnen zu weinen. Aber es geht weiter. Eine junge Frau lacht hysterisch, während sie über den Stacheldraht gehievt wird. Und jetzt hat es der Letzte geschafft. Wenige Sekunden später sind alle im Maisfeld verschwunden. Die herbeigeraste Streife findet nur ein paar blutige Papiertaschentücher.

Und wo ist das Sonnenblumenfeld, in dem sich meine Mutter und ihre Familie versteckten, nachdem sie die Grenze überschritten hatten? Heute Nachmittag werden wir es suchen.

Wir wissen nicht, wie genau es für meine Mutter im August 1947 weiterging, nachdem sie Ungarn erreicht hatten. István hält es für wahrscheinlich, dass auch sie damals auf die Hilfe von Schleppern angewiesen waren, die sie nicht nur über die Grenze, sondern durch ganz Ungarn lotsten. In einem Lastwagen, in einem Bus, in einem Pferdewagen?

»Es kann auch sein, dass ihr mit dem Zug gefahren seid«, sagt István zu meiner Mutter. »Vielleicht hat euch ein ungarischer Schlepper begleitet und euch bei einer Kontrolle als seine ungarische Familie ausgegeben.«

*

Nur ein paar Minuten fahren wir weiter, schon wartet der nächste Ort auf uns, den István uns zeigen möchte. Heute, an unserem Tag an der ungarischen Grenze, geht es sowohl darum, zu verstehen, was hier vor zwei Jahren geschehen ist, als auch, was hier vor siebzig Jahren geschah. Flüchtlinge werden wir heute keine sehen, die ganze Gegend wirkt menschenleer. Viele von denen, die damals hier festgehalten wurden, leben heute in Deutschland.

»Das hier war das Zentrallager 1«, sagt István.

Hinter einem verrosteten Zaun mit Stacheldraht sehen wir eine große Wiese, auf der das Gras wuchert. Im Hintergrund ein blauer Zweckbau. Alles an diesem Areal wirkt verlassen. 2015 standen hier Zelte dicht an dicht, auch provisorische Duschen und Toiletten. Zeitweise hausten hier mehr als 3000 Flüchtlinge. »Da links waren die Zelte vom Roten Kreuz«, erzählt István. Wir stehen jetzt vor dem verrosteten Eingangstor, das mit einer Kette und einem Vorhängeschloss gesichert ist. Durch die Pflastersteine in der Einfahrt sprießt Unkraut. »Hier wurden die Flüchtlinge erst mal kontrolliert. Dann gab es eine sogenannte Desinfizierungsanlage. Alle mussten sich ausziehen, die Erwachsenen nicht ganz, aber die Kinder waren nackt. Es war ja Sommer. Danach kamen die ärztliche Untersuchung und die Impfung.«

Wir starren durch das rostige Tor auf das Areal.

István erzählt weiter: »Da vorne war die Essensausgabe. Es gab Sandwiches mit Schweinewurst und Leberwurst. Deshalb haben die arabischen Flüchtlinge alle Brötchen weggeworfen. Der Boden war bedeckt mit Brötchen.«

»Sie haben auch das Brot nicht gegessen?«, frage ich.

»Nein, weil das Brot schon mit der Wurst belegt war. Wir Journalisten haben den Behörden dann gesagt, hört mal, das ist eine andere Esskultur, die essen kein Schweinefleisch. Am nächsten Tag gab es das Brot und die Wurst getrennt.«

»Die hätten ja auch Käsebrötchen anbieten können«, sage ich.

»Haben sie dann auch. Aber zu diesem Zeitpunkt waren die Flüchtlinge schon zu skeptisch. Erst als der Rote Halbmond kam, gab es Fladenbrot und alles Mögliche. Dann aßen die Flüchtlinge auch. Aber am Anfang war es schlimm. Sie haben selbst die Suppe nicht gegessen, weil sie nicht wussten, was drin war.«

»Dann haben sie nicht genug Hunger gehabt«, sagt meine Mutter sehr bestimmt.

Ich muss lächeln. Da denkt sie ganz pragmatisch, Religion hin oder her.

»Doch, doch«, sagt István.

»Dann hätten sie doch alles gegessen. Die haben nicht richtig Hunger gehabt«, wiederholt sie.

»Es ist halt eine andere Kultur«, sagt István schulterzuckend.

»Ja, vielleicht«, sagt meine Mutter. »Aber trotzdem.«

»Das heißt, die Behörden waren völlig überfordert?«, frage ich István.

»Absolut. Auch bei der Registrierung. Irgendwann hatte sich unter den Flüchtlingen herumgesprochen, dass Syrer in Deutschland bleiben dürfen. Und plötzlich waren alle Syrer. Auch die Afghanen und die Afrikaner haben gesagt, sie kämen aus Syrien. Das lief dann so: Beim Einsteigen in die Busse, die sie weitertransportieren sollten, gab es eine Kontrolle. An der Bustür stand ein Polizist, der alles notierte. Er fragte jeden: ›Woher kommst du?‹ Alle sagten, sie seien aus Syrien. Der Polizist notierte: Syrien, Syrien, Syrien … Und zum Schluss sagte er: ›Ich wusste gar nicht, dass es so viele Schwarze in Syrien gibt.‹«

Wir müssen lachen.

»Aber hier war auch das mit dem Tränengas, oder?«, frage ich. Ende August 2015 setzte die Polizei Tränengas gegen rund 200 Flüchtlinge ein, die versuchten, aus diesem Lager auszubrechen. Außerdem hatten sie sich geweigert, ihre Fingerabdrücke abzugeben. Sie wollten dem Registrierungsverfahren entgehen, weil sich herumgesprochen hatte, dass Deutschland die Regeln für die Aufnahme von Syrern nach dem Dublin-Verfahren gelockert hat. Dieses Verfahren sieht vor, dass Asylsuchende in demjenigen Land ihren Antrag stellen müssen, in dem sie als Erstes die EU betreten.

»Ja, das war zwei-, dreihundert Meter von hier entfernt. Es wurde viel Tränengas eingesetzt. Wir, die Presse, waren hier, wo wir jetzt stehen. Wir wurden sofort verjagt. Erst als alles vorbei war, am nächsten Tag, durften wir zurück. Wir haben verbrannte Zelte gesehen, die Flüchtlinge haben Steine geworfen und Molotowcocktails.«

Damals schoss die politische Fieberkurve Ungarns steil nach oben. Die Situation der Flüchtlinge spitzte sich zu. Der Druck wuchs stetig. Zu diesem Zeitpunkt im Jahr waren bereits 100 000 nach Ungarn gekommen, doppelt so viele wie im ganzen Jahr zuvor. Während zu Beginn des Jahres vielleicht 150 Menschen pro Tag ins Land kamen, waren es im August 2000 Menschen pro Tag. Die Westbalkanroute über Serbien und Mazedonien hatte sich zu einem der Hauptfluchtwege entwickelt. Immer mehr Menschen aus dem Nahen Osten, aus Afrika und aus Asien nahmen diese Route auf ihrem langen Weg Richtung Europäische Union. Ungarns rechtsnationaler Präsident Viktor Orbán wollte sie nun aufhalten. Das Tränengas, der

Zaun, die ungarische Kamerafrau wurden Symbole ungarischer Härte.

Es sollte nicht der einzige gewaltsame Zusammenstoß zwischen Flüchtlingen und der ungarischen Polizei bleiben. Ein paar Wochen später, ein paar Kilometer von hier entfernt, eskalierte die Lage erneut. Die Grenze war inzwischen abgeriegelt. Hunderte auf der serbischen Seite gestrandete und frustrierte Flüchtlinge bewarfen die ungarischen Polizisten mit Steinen, Flaschen und Stöcken. Sie riefen: »Öffnen! Öffnen!« Sie rissen ein Grenztor ein. Die Polizei antwortete mit Tränengas und Wasserwerfern. Die Bilder von schreienden und weinenden Männern, Frauen und Kindern, die sich in Panik Wasser in die schmerzenden Augen schütten, gingen um die Welt.

»Die sind alle gerannt wie verrückt. Viele Kinder wurden verletzt. Man hat nur Weinen und Hilferufe gehört«, erzählt István.

Meine Mutter hat die ganze Zeit, während István sprach, nur wenig gesagt.

»Wie ist das für dich hier?«, frage ich sie schließlich.

»Bedrückend«, antwortet sie.

»Ja, das ist es«, sage ich.

»Ich bin froh, dass ich vor siebzig Jahren und nicht heute gekommen bin. Hier wurden die Flüchtlinge wie Verbrecher behandelt. Aber wir waren ja nicht so viele auf einmal. Wir waren nur zu viert. Wir haben uns durchgeschlichen.«

*

Wir sitzen im Auto und fahren Richtung Westen. Schnurgerade Straßen, die durch Felder führen. Flaches Land. Wir bewegen uns am Rand der ungarischen Tiefebene. Die Grenzregion zu Serbien ist eine der fruchtbarsten Landstriche Ungarns. Paprika, Tomaten, Mais und Sonnenblumen werden hier angebaut. Am Wegesrand sehen wir Bauern, die Kohl und Wassermelonen ernten. Es riecht nach Schweinezucht und gemähten Feldern. Der Weizen ist schon abgeerntet, Heuballen säumen die Straßen. Alles wirkt ruhig und warm und menschenleer. »Spätnachmittags«, sagt István, »wenn die Sonne schon tiefer steht, tummeln sich hier Wildschweine, Rehe, Hirsche und Fasane.«

Ich starre aus dem Autofenster und lasse die Felder an uns vorüberziehen. Ich stelle mir vor, wie heute in knapp siebzig Jahren ein Sohn mit seiner Mutter auf den Spuren ihrer Flucht diesen Weg entlangfährt, hier an der Grenze. Eine in Syrien geborene Frau, in Deutschland aufgewachsen und alt geworden, die als kleines Kind von ihrer Mutter über den Stacheldraht gehoben wurde. Vielleicht wird sie im Jahr 2085 ihrem Sohn zeigen wollen, wo sie siebzig Jahre zuvor, im Jahr 2015, die Europäische Union betreten hat. Wo sie mit brennenden Augen vor dem Tränengas geflüchtet ist; wo sie von der Polizei festgehalten wurde; wo sie sich im Zelt in den Schlaf geweint hat, ohne zu wissen, wie es morgen weitergeht. Vielleicht kann sie sich an alles erinnern. Oder wird sie alles vergessen und verdrängt haben? Aber vielleicht gibt es dann Handyfotos, TV-Bilder und GPS-Daten von ihren Tagen an der ungarisch-serbischen Grenze und ihrer Flucht nach Deutschland. Von der Flucht meiner Mutter wird es nicht viel mehr geben als ein Buch, das ich darüber schreibe.

*

István biegt ab Richtung Grenzzaun. »Hier entlang müssten wir eigentlich direkt auf ihn zusteuern«, sagt er. Sein Ford Escort Kombi holpert über einen Feldweg.

Schon im Juni 2015 hatte die Regierung in Budapest angeordnet, die ungarisch-serbische Grenze abzuriegeln.

Bis zum Herbst sollte ein Grenzzaun fertiggestellt werden. Aufgrund der Flüchtlingsmassen im Sommer wurden die Bauarbeiten beschleunigt, sodass bereits Mitte September das letzte offene Teilstück geschlossen wurde. Gleichzeitig verschärfte die ungarische Regierung die Gesetze. Schnellgerichte sollten künftig über Asylverfahren entscheiden. Illegaler Grenzübertritt galt fortan als Straftat, die mit einer Haftstrafe von bis zu drei Jahren geahnt werden kann. Geht der Grenzübertritt mit Sachbeschädigung einher – etwa wenn ein Flüchtling den Grenzzaun durchschneidet –, kann sich das maximale Strafmaß auf fünf Jahre erhöhen; anstelle der Haftstrafe ist auch eine Abschiebung möglich. Ungarn wurde dadurch zur Festung.

Wir fahren auf Sandwegen durch grüne Idylle. Wilde Oliven wachsen hier, Essigbäume und Akazien. Widerspenstiges Gras auf dem buckligen Mittelstreifen kratzt am Unterboden des Autos. Hier und da steht ein Bauer auf seinem Feld. Zweimal fragen wir nach dem Weg. Dann stehen wir vor Ungarns Grenzzaun.

»Zuerst haben sie einfach nur NATO-Draht gezogen«, erzählt István. NATO-Draht ist ein Bruder des Stacheldrahts. Statt Stacheln sind in den Drahtverlauf jedoch spitze, rasiermesserscharfe Metallzungen eingearbeitet – das macht den Zaun gefährlicher und abschreckender. Ungarische Grenztruppen legten den NATO-Draht in Dreierlinie: zwei Rollen hintereinander auf den Boden, dann eine Rolle mittig auf die beiden unteren Rollen, sodass eine Art langgezogene Pyramide aus Draht entstand – die erste Version des Zauns. »Wir sind rübergefahren nach Serbien und haben gefragt, was am meisten gekauft wird«, erzählt István. »Die Ladenbesitzer sagten: Zelte und Drahtscheren, weil man damit über die Grenze kommt.«

Dann erhöhte Ungarn das Tempo, ließ Tag und Nacht arbeiten und ersetzte Stück für Stück die provisorische

Drahtgrenze gegen einen ausgeklügelten Zaunbau, den wir jetzt, direkt vor uns, begutachten können. An der Oberkante des Zauns, auf vier Metern Höhe, ist an manchen Stellen noch NATO-Draht gewickelt. Doch die Absperrung selbst besteht aus Stahlpflöcken, Metallgittern und Maschendrahtzaun. Das Konstrukt gibt es an vielen Abschnitten seines 175 Kilometer langen Verlaufs – so auch hier – gleich doppelt, sodass eine Zaungasse mit einem Schotterweg entsteht, der den Grenztruppen als Patrouillenroute dient.

Ich stehe vor dem Zaun, lege den Kopf in den Nacken und blicke auf den NATO-Draht und seine Metallschlitze, die silbrig in der Sonne glitzern.

»Die Zäune sind meist auch mit Strom versetzt«, sagt István.

»Strom?«, frage ich und drehe mich zu István.

»Geh nicht so nah an den Zaun«, ruft meine Mutter.

»Nur Schwachstrom. Als eine Art Alarmanlage. Es gibt viele Kameras hier. Und alle paar Minuten kommt eine Patrouille vorbei«, erklärt István.

Meiner Mutter ist unser Besuch an der hoch gesicherten EU-Außengrenze nicht geheuer. Der Zaun bedrückt sie. Und sie ist sich auch nicht sicher, ob wir hier überhaupt stehen dürfen.

Nach ein paar Minuten kommt ein Polizeijeep auf dem Schotterweg innerhalb der beiden Zäune gefahren. Zwei Polizisten steigen aus, beide mit ernster Miene. István geht auf sie zu, erklärt ihnen durch das Drahtgeflecht hindurch auf Ungarisch, wer wir sind und was wir hier machen, er erzählt von meiner Mutter und mir, dem Buch und unserer Reise. Ich erkenne keine Reaktion in den Gesichtern der Polizisten. »Sie haben gefragt, ob wir vor ein paar Stunden schon mal in der Nähe des Zauns waren«, sagt István, als sie wieder weg sind. Sie hatten uns also schon bemerkt und gemeldet, als wir in Röszke in Sichtweite des Grenzzauns standen.

»Was haben sie gesagt?«, frage ich.

»Wir sollen uns nicht so nah am Zaun bewegen und nicht mehr lange bleiben«, antwortet István.

»Lass uns fahren«, sagt meine Mutter.

Mit der Fertigstellung des Zauns im September 2015 war Ungarns Grenze de facto abgeriegelt. Nun wichen die Flüchtlinge auf Kroatien und Slowenien aus. Im März 2016 beschloss Slowenien, keine Flüchtlinge mehr durchzulassen, Kroatien, Mazedonien und Serbien folgten. Vor allem der damalige österreichische Außenminister Sebastian Kurz hatte sich sehr für die mögliche Schließung der Balkanroute starkgemacht. Nur Tage später einigten sich in Brüssel die Staats- und Regierungschefs der EU und der türkische Ministerpräsident auf das sogenannte EU-Türkei-Abkommen. Es sah vor, Flüchtlinge, die von der türkischen Küste aus die griechischen Inseln erreicht hatten, wieder in die Türkei abzuschieben. Für jeden dieser abgeschobenen Flüchtlinge würde die Europäische Union einen anderen syrischen Flüchtling aus der Türkei aufnehmen. So wollte man verhindern, dass weiterhin Flüchtlinge die gefährliche Fahrt über das Mittelmeer antraten.

Die Maßnahmen griffen. Der Flüchtlingsstrom kam praktisch zum Erliegen.

»Trotzdem versuchen sie es auch hier immer noch«, sagt István, als er zurück zur Landstraße steuert. »Sie graben Tunnel oder Löcher, wo sie sich dann durchzwängen. Gestern hat die Grenzpolizei wieder sechzig Menschen ein paar Kilometer von hier entfernt aufgegriffen.«

*

Wir können relativ genau eingrenzen, an welcher Stelle meine Mutter damals die jugoslawisch-ungarische Grenze überquert haben muss. Das Lager Gakowa lag nur ein paar Kilometer von der Grenze zu Ungarn entfernt.

Während wir immer weiter nach Westen fahren, verfolge ich unseren Weg mit meinem Finger auf der Landkarte. Wir lassen uns zwar auch von unserem GPS leiten, aber ich bin froh, dass wir an einer Tankstelle in Österreich diese Karte von Ungarn und Serbien gekauft haben, auf der ich die Orte, durch die wir kommen, mit runden Kreisen markieren kann. Wir passieren beschauliche Dörfer, die immer kleiner werden, je weiter wir fahren. Hier müssen die Menschen Flüchtlinge erlebt haben, denke ich mir, vor zwei genauso wie vor siebzig Jahren. Vielleicht haben sie Geschichten zu erzählen.

Der ungarische Ort, der am nächsten an der Grenze und in etwa gegenüber von Gakowa liegt, trägt den komplizierten Namen Bácsszentgyörgy. Es ist früher Nachmittag, als wir eintreffen. Und es ist heiß. Das Dorf wirkt wie ausgestorben, wir begegnen kaum jemandem auf der Straße. Die Stromleitungen sind an hölzernen Pfosten aufgehängt, auf einem entdecke ich ein Storchennest. Die Häuser wirken nicht verlassen, aber viele Rollläden sind heruntergelassen. Die bescheidene Kirche im Ort muss vor Kurzem gestrichen worden sein, denn sie erstrahlt in leuchtendem Gelb. Oben, wo die Kirchturmuhr sein sollte, prangt nur ein Kreis mit zwei aufgezeichneten Zeigern. Auf einem Grabstein des winzigen Friedhofs lese ich deutsche Namen. Auch auf dieser Seite der Grenze haben Donauschwaben gelebt.

»Am anderen Ende des Dorfes wohnt ein alter Mann. Ich glaube, er ist ein Schwabe«, sagt die alte Frau zu István, die wir über ihren Gartenzaun hinweg in ein Gespräch verwickelt haben. Wir haben sie gefragt, wer uns im Dorf etwas über die Geschichte der deutschen Flüchtlinge von damals erzählen könnte. Die Frau steht in ihrem Gemüsegarten und trägt eine Schürze. Sie benutzt den Begriff Schwabe – wie viele hier – für alle Deutschstämmigen, die in dieser Gegend gelebt haben oder noch leben. Meiner Mutter ist es etwas peinlich, dass wir einfach fremde Leute ansprechen. Mein Bruder findet das völlig in Ordnung.

Wir fahren zurück und biegen von der Hauptstraße auf einen Feldweg, an dessen Ende nur zwei, drei Häuser stehen. Hier muss es sein. Wir klopfen an ein rostiges Gittertor, durch das wir einen verwahrlosten Garten sehen können. Sofort stürmen sieben bellende Hunde aller Größen auf das Tor zu. Ein schmächtiger, etwas ungepflegt wirkender alter Mann mit freiem Oberkörper trottet in unsere Richtung; ihm fehlt ein Arm.

Ich schaue meinen Bruder an und ziehe kurz die Augenbrauen nach oben. Diese Szene wirkt wie aus einem Film von Wes Anderson, in dem er Osteuropa überzeichnet auf die Schippe nimmt.

István fragt den Einarmigen nach seinem Namen. Die Hunde haben sich jetzt zu seinen Füßen versammelt. Der Einarmige sieht uns an und schüttelt den Kopf. Er zeigt nach links mit seinem Arm und steht einen Moment lang einfach nur so da. Um die Ecke, sagt er, da wohne der, den wir suchen. Zum Abschied nickt er.

Wir fahren also um die Ecke und parken unsere beiden Wagen vor dem Haus. Hier wirkt alles sehr gepflegt, die Blumenbeete sind akkurat angelegt. An der eisernen Wasserpumpe steht die Gießkanne griffbereit. Es blüht in allen Farben, der Rasen ist geschnitten. Hohe Bäume, darunter Pfirsich und Birne, begrenzen den Garten, hinter dem ein Maisfeld beginnt.

Zuerst kommt eine ältere Dame heraus, der wir freundlich erklären, wer wir sind und was wir wollen. Als uns wenig später ihr Mann begrüßt und begutachtet hat, werden wir hineingebeten. Auf die Frage, ob er deutschstämmig sei, antwortet er, ja, dies schon, aber nur ganz entfernt. Früher habe in diesem Haus eine schwäbische Familie gewohnt. Die sei aber schon lange nicht mehr hier. Die wohne jetzt in Stuttgart.

Jänö Hajzer ist 82 Jahre alt und von großer Statur, hat eine Halbglatze, trägt Brille und Polohemd und strahlt das zufriedene Selbstbewusstsein von einem aus, der es im Rahmen seiner Möglichkeiten zu etwas gebracht hat. Als Milch- und Käsemacher hat er, wie er erzählt, 1953 seinen Meister gemacht. 1955 musste er zum Militär, 1957 hat er geheiratet. Danach hat er sich fortgebildet und ist Buchhalter geworden. Auf sein Haus und seinen Garten ist er sichtlich stolz. Und darauf, dass seine Tochter einen Amerikaner geheiratet hat und heute in Massachusetts wohnt. Gerade waren sie alle da, mit den Kindern.

»Für meine Enkel war das hier Freiheit pur. Sie waren immer nur im Garten und in den Feldern«, erzählt er.

Über diese Felder kamen nach dem Zweiten Weltkrieg die deutschen Flüchtlinge aus Jugoslawien, unter ihnen meine Mutter. Die Grenze ist hier ganz nah, nur 800 Meter weiter liege das nächste serbische Dorf, sagt Herr Hajzer. Wir sitzen am Sofatisch, er hat sich zurückgelehnt und erzählt, was er von damals – er war zehn Jahre alt, als der Krieg endete – noch weiß.

»Die Partisanen haben auf die Schwaben im Maisfeld geschossen wie auf Vögel.« Meine Mutter schweigt bedrückt, als sie die Übersetzung von István hört. »Sogar hier, auf der ungarischen Seite, haben sie noch auf sie geschossen.«

Niemand kann uns sagen, wie viele Deutsche genau hier geflüchtet sind und wie viele dabei ihr Leben verloren haben. Herr Hajzer erinnert sich an ein deutsches Mädchen, das über die Grenze kam. Ihre ganze Familie wurde in Jugoslawien erschossen. Sie wurde von einer ungarischen Familie im Dorf aufgenommen.

»Lebt sie noch hier?«, frage ich sofort.

»Nein, schon lange nicht mehr«, sagt Herr Hajzer. »Es gab deutsche Familien, die sich nach dem Krieg hier niedergelassen haben. Aber die meisten sind irgendwann nach Deutschland.«

Und ohne, dass ich überhaupt danach gefragt habe, fährt er fort: »Die Schwaben haben nie erzählt, was ihnen passiert ist. Was man ihnen angetan hat. Sie haben nie mit jemandem darüber gesprochen. Sie wollten einfach alles vergessen.«

Meine Mutter bleibt stumm. Wir sehen uns an.

In diesem Moment, auf dem Sofa von Herrn Hajzer im Dorf Bácsszentgyörgy, empfand ich eine große Schwere. Sie legte sich über uns, weil meine Mutter, mein Bruder und ich wohl spürten, dass wir dem, was meiner Mutter passiert war, immer näher kamen. Räumlich – in ein paar Stunden würden wir die Grenze nach Serbien passieren –, aber auch gedanklich. Ich weiß nicht mehr genau, wie viel wir Herrn Hajzer und seiner Frau in diesem Moment unseres Gesprächs schon von unserer Geschichte erzählt hatten. Vielleicht war ihm gar nicht bewusst, was seine Worte für uns bedeuteten. Aber ich weiß noch, wie bedrückt ich war.

Ich versuchte – vielleicht um die Stimmung zu lockern oder um meine Mutter zu entlasten – das Thema zu wechseln. »Es ist doch kurios«, sage ich, »dass Sie an einem Ort wohnen, an dem es so viele Flüchtlinge gab und gibt, und das in ganz unterschiedlichen Momenten der europäischen Geschichte.« Eigentlich wollte ich damit das Gespräch auf die aktuelle Fluchtlingskrise lenken.

Doch er entgegnet: »Ja, ich erinnere mich – 1956, nach

dem gescheiterten Aufstand, sind viele ungarische Studenten von hier nach Serbien geflüchtet. Denn Serbien verhielt sich damals neutral.«

Fluchtbewegungen gab es hier also in beide Richtungen. Die massivste war jedoch die im Jahr 2015.

»An manchen Tagen kamen hier zehn bis zwölf Flüchtlingsgruppen über die Grenze«, erzählt Herr Hajzer nun von den Ereignissen von vor zwei Jahren. »Diese armen Leute, sie können ja nichts dafür, dass sie flüchten müssen.« Der Zaun habe einiges geändert, trotzdem, sagt er, gebe es immer noch Flüchtlinge, die es über die Grenze schaffen.

»Haben Sie mitbekommen, wie der Zaun gebaut wurde?«, frage ich.

»Einmal bin ich mit dem Fahrrad hingefahren und habe mir die Bauarbeiten angesehen. Ich hatte Kaffee dabei, den meine Frau gemacht hatte. Den habe ich den Arbeitern angeboten.«

»Was halten Sie von dem Zaun?«

»Was soll ich sagen? Ich glaube, er ist traurig, aber notwendig. Es können nicht alle Flüchtlinge zu uns kommen.«

Ich frage ihn vorsichtig nach dem ungarischen Präsidenten Viktor Orbán und dessen rechter Politik. Ich spüre, dass Herr Hajzer nicht über Politik sprechen möchte. In einem politisch polarisierten Land wie Ungarn – ich kenne das in ähnlicher Form aus Südamerika – vergiftet zu viel Politik schnell das zwischenmenschliche Klima.

Herr Hajzer geht nicht direkt auf meine Frage ein. Aber er antwortet: »Man hätte das Geld nehmen sollen, um den Menschen vor Ort in ihrer Heimat zu helfen. Damit sie nicht flüchten müssen. Ich als einfacher Mensch hätte es so gemacht.«

Etwas später sagen wir uns herzlich Auf Wiedersehen.

Wir werden jetzt gleich hinüberfahren nach Serbien, erzählen wir Herrn Hajzer und seiner Frau zum Abschied.

Doch bevor wir uns auch von István verabschieden, der uns ja nur in Ungarn begleitet, und bevor wir die Grenze überqueren, über die meine Mutter geflüchtet ist, wollen wir noch eine letzte Station machen auf unserer Fahrt entlang der ungarischen Grenze.

*

Der Anblick der Sonneblumenfelder – gelb und dicht und grün und irgendwie schön und voller Hoffnung – hat uns schon den ganzen Tag begleitet. Kilometer für Kilometer sind wir an ihnen vorbeigefahren, haben unseren Blick über sie schweifen lassen, mit tausend herumschwirrenden Gedanken im Kopf.

»Ich möchte ein Sonnenblumenfeld suchen, nah an der Grenze«, hatte ich zu István am Telefon gesagt, als wir unsere Reise vorbereiteten. Wie oft habe ich mir dieses Sonnenblumenfeld vorgestellt? Nun wollte ich es so sehen, wie es meine Mutter damals wahrscheinlich gesehen hat.

»Sonnenblumenfelder …«, hatte er geantwortet und in den Hörer gelacht (und sein Schnurrbart muss sich dabei in die Breite gezogen haben). »Die gibt es dort ohne Ende. Kein Problem.«

Von Bácsszentgyörgy fahren wir nur wenige Minuten Richtung Grenze. Bald bricht vor uns die asphaltierte Landstraße ab und endet in einer Baustelle, auf der jedoch in diesem Moment niemand zugange ist. Hier wird ein neuer Grenzübergang gebaut. Wir kehren um, biegen auf halbem Weg rechts auf einen Feldweg ab und parken unsere Autos.

»Lasst mich erst mal alleine mit ihr gehen«, sage ich. Mein Bruder und István bleiben zurück und warten. Meine

Mutter und ich laufen die paar Schritte Richtung Feld, das sich vor uns fast bis zum Horizont erstreckt. An seinem Rand bleiben wir stehen. Es ist später Nachmittag, die Sonne liegt warm und etwas drückend auf dem Land.

Meine Mutter und ich blicken auf das Feld und sind in Gedanken.

»Gehen wir hinein«, sage ich schließlich.

»Wirklich?«, fragt meine Mutter.

»Na klar«, antworte ich.

Kurz hinter der jugoslawisch-ungarischen Grenze versteckten sie sich tagsüber in einem Sonnenblumenfeld. Sie legten sich auf den staubigen Boden, um sich auszuruhen, und verschwanden in einem Meer aus Gelb und Grün.

Ich schiebe die dicken Pflanzenstiele auseinander und bahne uns einen Weg. Die Blumen wirken schwer und trocken, ihre Köpfe neigen sich schon Richtung Boden, die Blütenblätter sind an vielen Stellen braun ausgebrannt. Bald werden sie geerntet werden.

Jetzt stehen wir mittendrin. Die Blumen reichen mir bis zum Hals. Meine Mutter wird von ihnen überragt.

»Jetzt sind wir also hier«, sage ich.

»Hier kann man sich gut verstecken. Hier ist es schön schattig«, sagt meine Mutter.

»Ja«, sage ich.

Meine Urgroßmutter und die beiden Kinder waren im Schatten der Sonnenblumenköpfe eingeschlafen, nur meine Großmutter war noch wach.

Ich gehe in die Knie, und meine Mutter tut es mir nach. Jetzt hocken wir im Feld, sind völlig eingetaucht. Um uns herum die grünen Stiele und surrende Insekten.

»Eigentlich ein angenehmer Ort. Da wir so müde waren, haben wir geschlafen. Nur die Mutti hat gewacht«, sagt meine Mutter.

Plötzlich Hundegebell im Sonnenblumenfeld. Stiefel

Mein Urgroßvater Jakob Loch im Jahr 1940. Ein paar Jahre später waren drei seiner vier Söhne tot.

Mein Großvater mit seiner Mutter im Jahr 1939.

Eines von nur drei Farbfotos von der Familie meiner Mutter. Der Film war zunächst vergraben, dann auf der Flucht versteckt und wurde erst Jahre später entwickelt.

Mein Großvater war wahrscheinlich gerne Apotheker, aber er liebte die Musik.

Mutter mit Gartenzwerg im Garten ihres Elternhauses im Jahr 1943. Nur ein Jahr später war die Idylle für immer vorbei.

»Wir waren eine glückliche Familie, die zerstört wurde.«

Die katholischen Kirchen waren der Mittelpunkt der donauschwäbischen Dörfer.

Die Kirchweih und andere Dorffeste prägten das Landleben der Donauschwaben im Banat.

Zwischen Österreich und Bayern: Aufstieg zum Purtschellerhaus in den Alpen.

Dieses Foto von meiner Großmutter, meiner Mutter und meinem Onkel entstand 1948 in einem bayerischen Flüchtlingslager.

Der Gedenkstein in Allach wird kaum beachtet.

Im Wirtshaus Westermeier in Hohenfurch lebte meine Mutter
mit ihrer Familie in Stockbetten im Tanzsaal.

Gruppenfoto vor dem Gasthof Westermeier in Hohenfurch.
70 Jahre später ist meine Mutter die Einzige, die von der Familie übrig geblieben ist.

Die Schulklasse meiner Mutter und meines Onkels in Hohenfurch.

Hauenstein in der Pfalz, wo meine Mutter ab 1950 lebte.

Zu Besuch bei Gläßgens in Hauenstein. In diesem Haus wuchs meine Mutter auf.

Flüchtlinge unerwünscht: Am ungarischen Grenzzaun.

Das Sonnenblumenfeld ist das stärkste Bild, das ich vor meinem geistigen Auge von der Flucht meiner Mutter habe.

Erinnerung an die Toten von Gakowa.

Zeugen einer anderen Zeit: Drei Donauschwäbinnen in Gakowa.

Die alte Fabrik in Zrenjanin. Wahrscheinlich wurde hier mein Großvater erschossen.

Von der Mühle meiner Urgroßmutter ist nicht viel geblieben

Begegnung der anderen Art: So sieht der Flur im Haus meines Urgroßvaters heute aus.

Im Golf bis ins serbische Setschan, dem Geburtsort meiner Mutter.

Das Geburtshaus meiner Mutter in Setschan.

Wahrscheinlich war in diesem Teil die Apotheke meines Großvaters.

War das der Apothekenschreibtisch meines Großvaters?

Die Vergangenheit, endlich mal zum Anfassen: Hat mein Großvater mit diesen Apothekerfläschchen gearbeitet?

Der Bahnhof von Setschan war einmal ein Verkehrsknotenpunkt und Treffpunkt im Dorf. Heute steht er leer und verfällt.

Viele deutsche Friedhöfe im Banat sind verwildert.

Abschied aus Setschan.

Am Ende einer langen Reise: Mein Bruder Claus, meine Mutter und ich im Garten ihres Geburtshauses.

rammten sich ihren Weg durch die trockene Erde. Durch das Grün der Blätter sah sie die Schnauze zuerst. Der Hund kam schnüffelnd näher, Schritt für Schritt. Jetzt stand er direkt vor ihr und starrte sie an.

»Die Geschichte mit dem Hund hast du oft erzählt bekommen, oder?«

Meine Großmutter sah dem Hund in die Augen und bewegte sich nicht. Er starrte sie an. Sie starrten sich gegenseitig an.

»Ja, weil es doch fast ein Wunder war, dass der Hund uns nicht verraten hat.«

Und dann ging er. Machte kehrt und trottete davon. Ohne Hast, ohne Bellen. Niemand entdeckte meine Familie. Sie konnten ihre Flucht fortsetzen.

»Irgendwo hier könntet ihr euch versteckt haben.«

»Es ist ein gutes Versteck«, sagt meine Mutter.

»Irgendwie unwirklich, oder?«, sage ich.

»Ja. Vielleicht, weil es solange zurückliegt.«

»Kannst du dir deine Flucht jetzt besser vorstellen?«

»Es muss schlimm gewesen sein. Die Angst, nicht erwischt zu werden oder dass man nicht schnell genug vorankommt. Wir waren ja noch so klein. Für meine Mutter und meine Großmutter war das sicher nicht einfach. Es lag ja an uns Kindern, dass wir nicht so schnell vorankamen.«

Wann immer ich an die Flucht meiner Mutter denke, sehe ich zuerst das Sonnenblumenfeld vor meinem Auge. Ich sehe es aus der Vogelperspektive, es strahlt in leuchtenden Farben. Ich sehe es auch von Nahem, Wind weht durch das Feld. Und irgendwo darin stelle ich mir meine schlafende Mutter als kleines Kind auf der Flucht vor.

Wir reden nicht mehr viel. Es ist eine merkwürdige Situation, dass wir beide nun hier in diesem Sonnenblumenfeld hocken. Es fühlt sich inszeniert und echt zugleich an.

Wir stehen auf, kehren um und stiefeln zurück an den Rand des Feldes und auf den Weg. Ich winke meinem Bruder. Er kommt und fragt, wie es war.

»Interessant«, antwortet meine Mutter. Mehr nicht.

Ich sage ihm, dass ich noch ein Foto machen möchte und dass ich ihn dazu bräuchte. Er nimmt mich auf die Schultern, damit ich aus einer erhöhten Perspektive einen besseren Winkel für das Foto habe, sodass das Bild einen Horizont hat und wir nicht nur Sonnenblumen sehen. Ich sitze wackelig auf Claus' Schultern. Meine Mutter lacht. Wir lachen alle drei.

Und genau in diesem Moment fliegt ein Hubschrauber in einem Bogen relativ tief über uns hinweg, wie zur Kontrolle.

»Grenzpolizei«, ruft István vom Auto her.

Ich winke kurz in die Luft. Damals gab es hier keine Hubschrauber. Nur Hunde. Ein Glück.

Gakowa

Gestern Abend haben wir bei Bački Breg die Grenze nach Serbien überquert, wo wir den Rest unserer Reise verbringen werden. Uns kontrollierte ein freundlicher serbischer Grenzer, der kurz mit unseren Pässen in seinem Wachhäuschen verschwand. Als er wiederkam, fragte er mich: »Sind Sie der Journalist, der ein Buch schreibt?«

Ich stutzte und dachte, mich verhört zu haben. Verwirrt bejahte ich. Was kam denn jetzt?

»Dann gute Reise und viel Erfolg!«, sagte der Grenzbeamte nur und winkte uns durch.

»Warum weiß er davon?«, wunderte sich mein Bruder, der am Steuer saß.

»Keine Ahnung«, sagte ich. »Echt keine Ahnung.«

Doch ein paar Sekunden später fiel es mir wieder ein. »Ach so! Sicher hat Katarina uns angemeldet, weil wir ja vielleicht auch von serbischer Seite direkt an die Grenze wollen.«

»Ah!«, sagt mein Bruder.

»Ich habe ihr letzte Woche am Telefon unsere Passnummern durchgegeben. Hatte ich völlig vergessen.«

Katarina Rasulic wird uns während unserer Tage in Serbien begleiten. Ähnlich wie István arbeitet auch sie als Producerin für das ZDF, zuständig für Serbien. Schon als junge Journalistin hat sie 1999, während des Kosovo-Kriegs, gemeinsam mit den ZDF-Korrespondenten aus dem bombardierten Belgrad berichtet. Heute lehrt sie englische Literatur und Linguistik an der Belgrader Universität. Sie ist eine gut aussehende Endvierzigerin, die sich mit scharfem Verstand und einfühlsamen Fragen ihrem Gegenüber nähert. Sie wird uns eine große Hilfe bei unseren Begegnungen sein.

Am Abend dieses ersten Tages in Serbien – wir sind noch nicht im Banat, der westliche Teil Nordserbiens nennt sich Batschka – gehen wir mit ihr in ein Restaurant in der Stadt Sombor. Es ist spät noch sehr warm, wir sitzen draußen und trinken eiskaltes serbisches Bier.

»Die meisten Serben wissen nicht viel über das Schicksal der Donauschwaben«, erklärt Katarina in ihrer ruhigen, überlegten Art und steckt sich eine blonde Haarsträhne hinters Ohr. Sie findet unsere Geschichte und den Hintergrund unserer Reise berührend und schließt meine Mutter sofort ins Herz. Wir essen Ćevapčići und trinken zum Abschluss einen Sliwowitz, und irgendwie kommt mir das alles vertraut vor. Dabei gab es bei uns zu Hause eigentlich nie Ćevapčići. Aber meine Mutter hat oft Djuvec gekocht, das serbische Reisegericht mit Rindfleisch und Paprika. Und Pfannkuchen hießen bei uns eben Palatschinken, so wie man es in Österreich-Ungarn sagt und wie es auch die Donauschwaben in Jugoslawien gesagt haben. Viel mehr hat meine Mutter aus ihrer donauschwäbischen Heimat nicht mitgenommen.

Und vor allem spricht sie ganz normales Hochdeutsch. Dabei haben viele ihrer donauschwäbischen Landsleute diese typische Färbung in der deutschen Aussprache: das a ganz lang und offen, das i ebenso lang und hoch, das r genüsslich gerollt. Donauschwäbische Dialekte hören sich für mich süß und südlich an. Sie erinnern mich ein wenig ans Österreichische und ein wenig ans Schwäbische. Aber auch pfälzische, saarländische, fränkische und hessische

Dialekte sind vertreten. Manchmal wird das o wie ein u ausgesprochen (»kummen« statt »kommen«) und das a wie ein o (»host« statt »hast«), gerne in Verbindung mit verschluckten Silben (»ohg'habt« statt »angehabt«). Und statt »erzählen« sagen sie »verzählen«, statt »Kinder« heißt es »Kinner«.

Für mich klingt dieser donauschwäbische Dialekt vertraut und heimelig, nach brodelnden Kochtöpfen und alten Frauen in Schürzen. Wahrscheinlich habe ich es noch von meinen Großmüttern im Ohr, dabei hatten sie nur einen leichten Akzent, denke ich.

In der ferneren Verwandtschaft meiner Mutter, von denen auch viele nach Deutschland geflüchtet sind, ist das Donauschwäbische noch stärker zu hören. Vor allem in meiner Kindheit waren wir bei den Onkeln und Tanten, Cousins und Cousinen meiner Mutter oft zu Besuch. Sie haben – wie viele Donauschwaben und im Gegensatz zu meiner Mutter – ihren Singsang nie abgelegt.

*

Bei Anton Beck ist ein donauschwäbischer Dialekt ganz deutlich durchzuhören, er vermischt sich mit seinem leichten serbischen Akzent. Manchmal fehlen ihm die deutschen Worte. Manchmal auch nicht – meine Mutter hat er mit einem eleganten »Küss die Hand« begrüßt. So eloquent wie engagiert führt er uns nun durch die Räume seines Vereinshauses. Wir sind weiterhin im serbischen Sombor, einem Städtchen mit rund 60 000 Einwohnern und einem im klassizistischen Stil gebauten Nationaltheater. Sombor hat im Laufe der Geschichte viele Herrscher gesehen: die Osmanen, die Habsburger, die Ungarn und die Serben. Der Nationalrat der Deutschen Minderheit in Serbien und der Deutsche Humanitäre Verein

»St. Gerhard« haben hier ihren Sitz. Der Verein hält das donauschwäbische Erbe in Serbien am Leben – mit Sprachkursen, Tanzabenden, einem Blasorchester, Lesungen und Ausstellungen. Herr Beck, der Vereinsvorsitzende, wirbelt wie ein Professor, der sein Labor präsentiert, durch das Gebäude, das früher mal ein Kinderheim im bayerischen Rosenheim war. Dort wurde es abgerissen, dann als Spende nach Serbien transportiert und hier wieder aufgebaut. Im Flur hängen Infotafeln über die donauschwäbischen Siedlungsgebiete, aber auch über die Vertreibung und die Flucht. Im Raum hinten rechts sind Alltagsgegenstände ausgestellt: Trachten, Schuhe, Geschirr, alte Fotos …

»Für mich ist es wichtig, dass unsere Geschichte in zwanzig oder dreißig Jahren nicht vergessen ist«, sagt Herr Beck und zeigt uns schnell noch die Kursräume, in denen Deutschunterricht stattfindet, den Veranstaltungssaal und eine Powerpoint-Präsentation über den Verein. Er wurde 1950 hier in Sombor geboren, gehört also zur Nachkriegsgeneration. Er war Elektroingenieur und ist seit drei Jahren in Rente. Vor zwanzig Jahren gründete er den Verein. Seine Mutter hat eine Woche lang geweint, erzählt er, weil sie Angst um ihn hatte, dass er sich als Donauschwabe exponiere. Denn seine Eltern haben die Verfolgung noch miterlebt. Sein Vater war Donauschwabe, seine Mutter halb Donauschwäbin, halb Serbin. Sie kamen nicht ins Lager, weil sie sich nach dem Krieg als Ungarn ausgaben. Doch noch in den Fünfzigerjahren haben sie ihm verboten, auf der Straße Deutsch zu sprechen. Herrn Becks Familie gehört zu den wenigen Deutschstämmigen, die nach 1945 in Serbien blieben. Während gegen Ende des Zweiten Weltkriegs noch rund 550000 Donauschwaben hier lebten, soll es heute nur noch 4000 Deutschstämmige geben. Und viele von ihnen sind verarmt. Manche von ihnen verfügen über weniger als 200 Euro Rente im Monat.

Herr Becks Verein kümmert sich um sie. Letzte Weihnachten haben sie 2500 Hilfspakete mit Lebensmitteln und Haushaltswaren an 1600 bedürftige donauschwäbische Familien in Serbien geschickt, erzählt er.

»Gut, dass wir damals nach Deutschland sind«, sagt meine Mutter, »das hat die Mutti richtig gemacht.« Das wird sie in den kommenden Tagen öfter wiederholen.

Während der Verein sich um das kulturelle Erbe der Donauschwaben kümmert, steht der Nationalrat der Deutschen Minderheit in Serbien – Anton Beck ist der Vorsitzende des Exekutivausschusses – für die politische Vertretung der donauschwäbischen Interessen ein.

»Viele Serben wissen nicht oder wollen nicht wissen, was früher passiert ist«, sagt Herr Beck, »aber jetzt ändert sich etwas. Immer mehr Serben verstehen allmählich, was geschehen ist.«

Ein wichtiger Schritt in der Aufarbeitung der Geschichte der Vertreibung der Deutschen in Serbien war die Einweihung des Denkmals im ehemaligen Lager Jarek (Bački Jarak) in der Nähe von Novi Sad im Mai 2017, bei der auch der serbische Regierungschef Aleksandar Vučić teilnahm. Im Lager Jarek, das für deutsche Zivilisten errichtet wurde, sind zwischen Ende 1944 und Mitte 1946 als Folge von »Hunger, Krankheiten und Misshandlungen«, wie es in der Inschrift heißt, 6500 Menschen ums Leben gekommen, »hauptsächlich Frauen und Kinder«.

»Für die Gedenkstätte haben wir zwölf Jahre lang gekämpft«, sagt Anton Beck. Wir steigen in den vereinseigenen Minibus, denn Anton Beck will uns jetzt nach Gakowa (Gakovo) bringen, nur ein paar Kilometer nördlich von Sombor, ganz nahe an der ungarischen Grenze. Auch hier gibt es ein Denkmal. Es ist am Rande des Ortes auf einem Massengrab errichtet. Hier, in diesem Lager, verbrachte meine Mutter fast drei Monate, vom 16. Mai 1947 bis zum

7. August 1947. So steht es auf dem Zettel meiner Großmutter.

*

Es ist fast Mittag und brütend heiß, als wir aus dem klimatisierten Minibus steigen und den kurzen, mit Betonplatten ausgelegten Weg Richtung Mahnmal gehen. Das vier, fünf Meter hohe Kreuz steht auf einem Areal mit freier Wiese, vielleicht 200 Meter lang und 200 Meter breit, dahinter beginnt das Dorf. Der Sockel des Kreuzes ist mit vier schweren, brusthohen Marmorplatten eingerahmt, die schräg an den Sockel gelehnt sind. Auf einer der Platten steht eingraviert:

HIER RUHEN UNSERE DONAUSCHWÄBISCHEN
MITBÜRGER
SIE WERDEN FÜR IMMER
IN UNSEREN HERZEN SEIN
MIT DER ERRICHTUNG DES KREUZES
GEDENKEN WIR IHRER
IN WÜRDE UND EHRFURCHT

Wie viele Menschen in diesem Massengrab verscharrt wurden, lässt sich nicht genau sagen. Historiker gehen aber davon aus, dass im Lager Gakowa zwischen März 1945 und Januar 1948 mindestens 8500 Menschen starben, 5827 von ihnen sind namentlich dokumentiert.

Zeitzeugen berichten, der Abtransport der Leichen habe zum Alltag im Lager gehört. Ein Wagen fuhr durch das Lager und sammelte die Leichen ein, sie wurden wie Holzscheite auf den Karren geworfen. Manche Lagerinsassen besorgten sich eine Schubkarre, um einen toten Angehörigen selbst zum Friedhof zu bringen – Mütter ihre toten Kinder, Kinder ihre toten Mütter. Manche Leichen waren in ein Stück Stoff eingenäht, doch vielen wurden nur Gesicht und Lenden verhüllt. Auf dem Friedhof wurden die Toten in den Massengräbern aufgestapelt. Die Leichen wurden eng an eng nebeneinandergelegt und dann mit Erde bedeckt, bevor die nächste Schicht Leichen darauf gelegt wurde. Ein Priester vollzog eine Massensegnung. Am Ende wurde das Massengrab zugeschüttet.

Sollte ein Lagerinsasse bestraft werden – etwa weil er einen Fluchtversuch unternommen hatte –, kam es vor, dass derjenige selbst den Weg zum Massengrab antreten musste. Es gibt einen Bericht über eine Gruppe von Männern und Frauen im Lager Gakowa, an denen die Lagerleitung ein Exempel statuieren wollte. Einem der Männer hatte man ein großes Schild an die Brust geheftet, auf dem stand: »Wir werden erschossen, weil wir über die Grenze gehen wollten. So wird es allen ergehen, die Gleiches vorhaben.« Auf dem Weg zum Massengrab sollten es alle Lagerinsassen sehen und lesen. Die Männer und Frauen mussten sich ins Massengrab zu den anderen Leichen legen. Dann wurden sie erschossen und verscharrt.

Vielleicht war es einfach nur Glück, dass meine Mutter überlebt hat. Dass sie und ihre Familie nicht genau hier verscharrt wurden. Dass sie flüchten konnten. Dass wir – sie und ich und mein Bruder – siebzig Jahre später überhaupt hier sein können, an diesem Mahnmal.

Meine Mutter steht alleine an den Marmorplatten des Mahnmals und blickt hoch auf das Kreuz. Dann schaut sie auf die Wiese um sich herum. Dann senkt sich ihr Blick auf den mit Kies eingelassenen Sockel des Kreuzes und die Marmorplatten. Zwischen den Fugen entdeckt sie Unkraut und beginnt zu zupfen. Dann hält sie inne, blickt wieder hoch auf das Kreuz, das Unkraut noch in der Hand. Sie sagt nichts in diesen Momenten am Mahnmal.

»Es war ein Vernichtungslager«, sagt Herr Beck.

Kann man das so sagen? Wie bezeichnet man einen Ort wie das Lager Gakowa? Als Deutscher meiner Generation ist das nicht leicht zu beantworten. Denn für mich sind Begriffe wie »Vernichtungslager« oder »Konzentrationslager« eindeutig besetzt. Aufgrund der Unvergleichbarkeit der NS-Verbrechen möchte ich sie für nichts anderes verwenden. Nie in der Geschichte der Menschheit wurden Menschen so systematisch vernichtet – mit perfider Organisation und ausgeklügelter, tödlicher Logistik – wie in den Konzentrationslagern der Nationalsozialisten. »Todeslager« – auch diesen Begriff verwenden manche Donauschwaben für die Gefangenenlager nach dem Krieg. Er ist mir zu emotional. »Straflager« finde ich wiederum zu harmlos. »Internierungslager« ist für mich eine treffende, sachliche Bezeichnung. Letztlich aber verwende ich meist den für mich neutralsten Begriff, der von vielen Donauschwaben – auch von meiner Mutter – umgangssprachlich benutzt wird: »Lager«.

Ich erinnere mich an einen Moment vor vielen Jahren, in dem uns meine Mutter (mein Bruder und ich waren noch Kinder) vom Lager erzählte. Sie erklärte: »Die Lager waren ein bisschen wie die Konzentrationslager der Nazis. Aber die Serben haben die Deutschen nicht so systematisch umgebracht. Sie haben sie einfach verhungern lassen.«

Wenn jemand wie Anton Beck vom Nationalrat der Deutschen Minderheit in Serbien den Begriff Vernichtungslager verwendet, hat dies natürlich auch eine politische Dimension. »Mit dem Denkmal hier in Gakowa wollen wir zeigen, dass die Donauschwaben Opfer waren. Siebzig Jahre lang wurden wir hier in Serbien kollektiv für den Zweiten Weltkrieg verantwortlich gemacht.« Wir stehen wieder am Minibus, abseits vom Mahnmal. Herr Beck ist jetzt ein wenig aufgebracht: »Wir sind doch nicht an diesem idiotischen Zweiten Weltkrieg schuld!«

»Das nicht. Aber es gab Donauschwaben, die mit den Nazis sympathisiert haben, und nicht nur das«, erwidere ich.

»Die gab es«, räumt Herr Beck ein, jetzt wieder etwas ruhiger. »Es waren auch einige für den Zweiten Weltkrieg, oh ja. Aber es gibt keine Kollektivschuld.«

*

War mein Großvater für Hitler? Jubelte er den deutschen Soldaten zu? Ich werde es nie erfahren. Meine Mutter hat mir erzählt, dass ihr erzählt wurde, er habe keine deutsche Uniform getragen und als Apotheker nicht für Deutschland in den Krieg gemusst. Für seine drei Brüder galt das nicht. Einer oder möglicherweise mehrere von ihnen, auch das erzählt man sich in unserer Familie, waren bei der SS. Sicher kann ich das heute nur für einen meiner Großonkel sagen. Im Bundesarchiv in Berlin findet sich eine SS-Führerkarteikarte für meinen Großonkel, die ihn als Angehörigen und Obersturmführer der Waffen-SS ausweist. Unabhängig davon, ob er freiwillig oder zwangsweise den Dienst bei der SS-Division »Prinz Eugen« antrat, ist es sehr wahrscheinlich, dass nicht nur er, sondern auch andere Mitglieder meiner Familie sich schuldig gemacht haben.

Niemand kann heute sagen, wie viele der Donauschwaben mit dem Nationalsozialismus sympathisierten. Fest steht, dass 1941 in den meisten deutschen Dörfern des Banats die Wehrmacht auf ihrem Balkanfeldzug begeistert begrüßt wurde. Dabei schwang bei manchen Donauschwaben gewalttätiger Übermut mit, es kam zu Misshandlungen, Schikanen und Racheakten von Donauschwaben gegenüber Serben und Juden. Dabei sollte es nicht bleiben. Die Donauschwaben hatten Oberwasser, ohne dessen braune Farbe wahrnehmen zu können oder zu wollen. Und fühlten sich wohl deutscher denn je.

Das deutsche Mutterland wurde aus der Ferne verherrlicht, es wurde in einer Turnvater-Jahn-Romantik idealisiert. Es war eine Begeisterung für Deutschland, die viele dann doch zu Anhängern der NS-Ideologie werden ließ. Bei vielen Donauschwaben entstand der Eindruck: Deutsch sein heißt Nationalsozialist sein. Begriffen sie, was das im Kern bedeutete? Antisemitismus war in den donauschwäbischen Gemeinden durchaus verbreitet. Und an Hitler selbst dürften viele Gefallen gefunden haben. Nach der Weltwirtschaftskrise, die auch Südosteuropa und seine Bauern nicht verschont hatte – ihre Überschüsse fanden keinen Absatz mehr –, versprach der starke Mann aus Berlin wieder Zuversicht, Stolz, Respekt. Damit traf er mitten ins Herz der donauschwäbischen Seelenwelt und derer, die sich von Jugoslawien stiefmütterlich behandelt fühlten. Viele Donauschwaben waren dort unzufrieden: wegen fehlender Chancen als Minderheit in Jugoslawien, wegen begrenzter politischer Mitsprache, wegen hoher Steuern und eines schwachen deutschen Schulwesens.

Ich erinnere mich, dass ich mich schon als Kind darüber gewundert habe, wie es denn deutsche Dörfer in Jugoslawien geben konnte, wenn meine Mutter erzählt hat, wo sie geboren wurde. Und je mehr ich nun über die Geschichte der Donauschwaben lese und höre, desto deutlicher wird mir bewusst, dass das Banat zwar Heimat war, dass die Donauschwaben aber in dieser jugoslawischen Heimat gerne unter sich blieben. Sie integrierten sich nicht, sie heirateten so gut wie keine Serben oder Ungarn, sie lebten in einer deutschen Parallelwelt.

All dies bereitete den Boden für eine Offenheit gegenüber dem Nationalsozialismus. Nicht erst ab 1933 war die ferne deutsche Heimat näher gerückt – nicht zuletzt durch den Rundfunk. Aber jetzt hörten die Donauschwaben im Radio nicht nur ergriffen die Glocken der deutschen Dome zu Weihnachten und »Stille Nacht, heilige Nacht«, sondern auch das ganze Jahr über die Propaganda aus Berlin. Sie und die Tätigkeit der eigenen nationalsozialistisch ausgerichteten Elite zeigten Wirkung, vor allem bei den Jüngeren. Repräsentiert wurde die deutsche Minderheit in Jugoslawien vom Schwäbisch-Deutschen Kulturbund, der 1939 von einer nationalsozialistisch geprägten Führung übernommen wurde und die Banater Schwaben seit Mitte 1941 als weitgehend selbstverwaltete Volksgruppe nach NS-Muster organisierte; sie beschwor eine Schicksalsgemeinschaft mit Großdeutschland.

Die brutale Vorgehensweise der Wehrmacht gegenüber den jugoslawischen Partisanen sowie die Enteignung und systematische Vernichtung der Juden in Jugoslawien, an deren Güter sich auch Donauschwaben bereichert haben, sollte der deutschen Minderheit nach Kriegsende kollektiv angelastet und zum Verhängnis werden. Auch die volksdeutschen Bürgerwehren, die während des Balkanfeldzuges in den deutschen Dörfern installiert wurden, zogen den Zorn der kommunistischen Partisanen auf sich. Doch vor allem war es die 1942 gebildete SS-Division »Prinz Eugen«, die in Jugoslawien zu einem Symbol für das brutale Nazi-Deutschland wurde – ihr werden zahlreiche Massaker an Zivilisten angelastet. Sie bestand fast ausschließlich aus Donauschwaben, die sich anfangs, nach dem Einmarsch der Deutschen in Jugoslawien 1941, noch freiwillig zum Dienst meldeten. Sepp Janko, SS-Obersturmführer und Volksgruppenführer der deutschen Volksgruppe im Banat, der sich bei Kriegsende nach Österreich absetzte und dann unter falschem Namen nach Argentinien auswanderte, schreibt noch rückblickend in seinen

Memoiren so begeistert wie beschönigend: »Aus allen Teilen unseres Siedlungsgebietes und aus allen Schichten unseres Volkes meldete sich die Jugend, denn es kann nicht geleugnet werden, dass der deutsche Soldat in der Art seines Auftretens, mit seinem Erscheinungsbild, aber auch auf Grund des Rufes, der ihm vorausging, eine starke Anziehungskraft ausübte.«

Ob diese »Anziehungskraft« wirklich so stark war, sei daningestellt. Denn ab August 1942 wurde zwangseinberufen – flächendeckend und unter Strafandrohung. Bis zum Januar 1944 sollen 15 000 Donauschwaben in der Waffen-SS gedient haben.

Nach Kriegsende schlug die Rache der Sieger auf die Donauschwaben zurück. Titos Partisanen unterschieden nicht zwischen Tätern, Mitläufern oder Unschuldigen. Sie versuchten nicht, Schuldige zu ermitteln und zu verurteilen, sondern betrachteten, von Ausnahmen abgesehen, alle Deutschen in Jugoslawien als faschistisch und schuldig. Alle sollten bestraft werden. Ob der Antifaschistische Rat der Volksbefreiung Jugoslawiens (AVNOJ) bereits im November 1944 beschloss, dass alle in Jugoslawien lebenden Personen deutscher Volkszugehörigkeit automatisch die jugoslawische Staatsbürgerschaft und alle staatsbürgerlichen Rechte verlieren sollten, ist in der Forschung umstritten. Zweifellos steht fest, dass mit dem AVNOJ-Beschluss vom 21. November 1944 der Besitz reichsdeutscher Bürger und der deutschen Minderheit beschlagnahmt wurde und automatisch in den Besitz des Staates überging. Der Beschluss bildete die Grundlage für weitere Beschlüsse nach Kriegsende. Fast alle Deutschen in Jugoslawien wurden enteignet und verfolgt. Die Rache der Partisanen war grausam: Massenmorde, Vergewaltigungen, Plünderungen, Deportation nach Russland.

Von den ursprünglich rund 550 000 Donauschwaben

in Jugoslawien hatten 1944 bereits mehr als die Hälfte aus Furcht vor der russischen Armee und den kommunistischen Partisanen das Land verlassen. Bis zu 200 000, so schreiben Historiker, blieben nach dem Herbst 1944 zurück, über 60 000 von ihnen kamen zu Tode, davon bis zu 48 000 in den vielen Lagern. Für die Verbrechen der Nazis – auch der Nazis aus den eigenen Reihen – bezahlten vor allem Frauen, Kinder und Greise mit ihrem Leben.

»Es gibt keine Kollektivschuld«, sagt Anton Beck noch einmal. Wir steigen in unsere Wagen.

*

Das Dorf Gakowa besteht fast nur aus der langgezogenen, gepflasterten Hauptstraße, die mit Bäumen gesäumt ist, die jetzt üppiges Grün tragen. Von der Hauptstraße führen rechtwinklig kleinere Querwege nach links und rechts ab. Wie viele donauschwäbische Dörfer ist auch Gakowa schachbrettartig angelegt. In der Mitte des Dorfes wurde ein Quadrat für Kirche, Pfarrhaus, Rathaus und Schule freigehalten. In Gakowa steht dort, wo früher die katholische Kirche war, heute ein orthodoxer Kirchenneubau. Viele der großzügigen Häuser sind – ebenfalls typisch donauschwäbisch – mit der Querseite zur Straße hin gebaut, manche Giebel sind geschmückt. Vorne befinden sich Stube und Küche, hinten die Zimmer, ein Hof, Schuppen, Stall und Gemüsegarten. Der offene Laubengang an der Längsseite der Häuser ist in der warmen Jahreszeit der Mittelpunkt des Hauses, hier spielt sich das familiäre Leben ab. Meist lebten drei Generationen unter einem Dach. Beeindruckende, gepflegte Landhäuser waren das einmal. Doch heute bröckeln in Gakowa viele Fassaden, kaum ein Haus ist renoviert.

Ich zwinge mich, in meinem Kopf einen Schalter umzulegen und mir dieses verschlafene, ruhige, etwas heruntergekommene, aber trotzdem nette Dörfchen als Lager vorzustellen. Denn das Lager war genau hier. In diesem Dorf, in diesen Häusern. Bis vor Kurzem hatte ich mir die Lager, in denen meine Mutter und ihre Familie interniert waren, in ihrer Struktur ähnlich einem deutschen Konzentrationslager oder einem russischen Arbeitslager vorgestellt, in Bildern, die ich sowohl aus historischen TV-Dokumentationen als auch aus Kinofilmen kenne: Zäune, Baracken, provisorische Unterkünfte, ein Appellplatz, alles in Eile hochgezogen. Doch das Lager in Gakowa stand nicht vor den Toren des Dorfes, es wurden keine Zäune und Baracken auf ein Feld gebaut. Das Dorf selbst war das Lager. Die Bewohner wurden vertrieben, die Häuser ausgeräumt, die Möbel gegen Strohlager ausgetauscht und Lagerinsassen in die Häuser gepfercht. »In jedem Haus fünfzig, sechzig, siebzig Leute«, meint Herr Beck und zeigt auf die Häuser links und rechts vor uns.

Gesichert wurde das Lager (wenn auch nicht immer) von bewaffneten Bewachern, die Patrouille liefen. Oft standen diese Posten mehr als hundert Meter voneinander entfernt, sodass nachts die Möglichkeit bestand, sich durch die Posten hindurchzuschleichen. Keine Absperrung hinderte die Lagerinsassen daran, die Flucht zu versuchen, kein Stacheldraht, keine Wachtürme. Nur die Schüsse der Partisanen.

Im März 1945 zählte Gakowa nicht viel mehr Einwohner als heute, damals rund 2700 Menschen, von denen 2370 Deutsche waren. Ende 1945, so schätzen deutsche Historiker, drängten sich in dem ausgeräumten Lagerdorf 17000 Menschen. Nach Gakowa wurden vor allem nicht arbeitsfähige Männer, viele Alte und Kranke sowie Mütter mit kleinen Kindern gebracht. In Zimmern, Kammern, Küchen, aber auch in den Ställen der Häuser lagen und saßen all diese Leute auf dünnem Stroh. Morgens gab es einen Appell vor den Häusern. Unter Bewachung ging es danach zur Arbeit auf die umliegenden Felder.

All dies können wir uns an diesem ruhigen Sommertag in Gakowa nur schwer vorstellen. Wie auch?

Wir kehren zur Ortseinfahrt zurück und halten vor einem Plattenbau, der nichts mit den übrigen Hofhäusern des Dorfes gemein hat. Die rötliche Wandfarbe des Gebäudes ist an vielen Stellen aufgeplatzt. Viele der bräunlichen Rollläden sind heruntergelassen. Hier wohne noch eine »Schwäbin«, hatte Anton Beck am Steuer seines Minibusses gesagt, als wir in den Ort einfuhren – hier geboren, hier interniert, hier geblieben. Ich will sie unbedingt treffen. Von solchen Begegnungen lebt unsere Reise. Begegnungen, die man nicht planen kann. Und damit wir in solchen Fällen nie mit leeren Händen dastehen, haben wir zwei Kisten Mosel-Riesling in den Kofferraum unseres Golfs gepackt.

Schüchtern öffnet Resi Reinhofer die Tür. Sie kennt Herrn Beck, er stellt uns vor. Dann lässt er uns alleine, auch mein Bruder wartet unten, wir wollen niemanden überrumpeln. Resi Reinhofer bittet uns aufgeregt in ihre winzige Wohnung. Sie zupft schnell noch die Decke über dem Sofa zurecht und bittet meine Mutter, Katarina und mich, Platz zu nehmen.

»Ich bin froh über euren Besuch, denn ich will die Erinnerung wachhalten«, sagt sie.

Resi Reinhofer ist eine runde alte Frau mit einem lange nicht in Form gebrachten Pagenkopf. Ihr Blick ist ein wenig schief. Die Tränensäcke unter den Augen und ihre Mundwinkel scheinen von einem unsichtbaren Gewicht nach unten gezogen zu werden und zeugen von einem Leben, das hart und leidvoll gewesen sein muss. Sie strahlt hilflose Herzlichkeit aus, aber auch Unruhe, sie bewegt sich langsam und dennoch hektisch. Noch bevor wir beginnen, uns zu unterhalten, verschwindet sie in der Küche. Auf der gehäkelten Tischdecke des Couchtisches vor uns steht ein Aschenbecher, daneben liegt eine Fernbedienung, sonst nichts. Das wird sich in den kommenden Minuten ändern, denn Frau Reinhofer tischt auf: eine Kanne Kaffee, eine große Flasche Sinalco-Cola, eine Flasche serbisches Jelen-Bier (das sie ausdrücklich nur mir anbietet), Gebäckstangen, kleine Fruchtbonbons, einen Korb mit Äpfeln, Birnen und Pflaumen, dazu Tassen, Gläser, Besteck, Zuckerdöschen und einen Flaschenöffner.

»Setz dich einfach zu uns«, sagt meine Mutter wiederholt die beiden duzen sich sofort, und versucht, Resi Reinhofer, die flatternd und fahrig zwischen Wohnzimmer und Küche hin und her trippelt, zu beruhigen. Endlich setzt sie sich neben meine Mutter auf die braunkarierte Decke und atmet durch. Hinter den beiden erstreckt sich eine romantische Fototapete über die ganze Wand. Sie zeigt ein steiniges Flussbett mit einem schneebedeckten Berg im Hintergrund. Ich würde auf Montana tippen, aber wahrscheinlich liege ich falsch.

Frau Reinhofer spricht Serbisch mit uns (Katarina übersetzt) und flechtet immer wieder deutsche Worte ein. Als wir uns vorgestellt und die Geschichte meiner Mutter erzählt haben, schwingt sie die Hände zusammen, hebt sie gefaltet vor die Brust und ruft: »Jesses Maria!«

Anders als meine Mutter kann sich Resi Reinhofer an Szenen aus dem Lager erinnern. Sie erzählt von zwei Kindern, die auf dem Fußboden des Hauses, in dem sie alle untergebracht waren, spielten. Sie erzählt, wie sie versuchen, ihre Mutter, die neben ihnen liegt, zum Mitspielen zu animieren, mehrere Male stupsen sie sie an. Und merken und verstehen nicht, dass ihre Mutter tot ist.

»Sie lag neben den spielenden Kindern und war verhungert«, sagt Resi Reinhofer unter Tränen. Meine Mutter hält ihr die Hand.

Der Winter 1945/46, schreibt eine Zeitzeugin, war ein Massenmörder. Es gab immer mehr Tote. Das Stroh in den Häusern wurde knapp, weil es zum Heizen gebraucht wurde, und doch wurden die Zimmer nie warm, man verheizte sogar die Holzkreuze vom Friedhof. Es gab keine Winterkleidung, viele hatten keine Schuhe. Neben der Kälte im Winter und dem Ausbruch von Seuchen im Sommer war es vor allem der Hunger, der viele Lagerinsassen umbrachte. Zeitzeugen berichten, dass die Lagerkost vor allem aus Suppen bestand. Morgens Suppe mit Maisschrot oder harten, alten Erbsen; mittags Suppe mit aufgekochten Gerstenkörnern, abends, wenn überhaupt, Suppe aus Wasser und Kleie, ohne Fett und Salz. Oft schwammen in den Suppen Würmer und Käfer. Manchmal gab es Maisbrot, das beim Zerschneiden zerbröselte. Manchmal gab es tagelang auch gar nichts.

Der Hunger war allgegenwärtig und schien System zu sein. Als außerhalb des Lagers einmal ein Pferd krepiert war, schlichen sich Lagerinsassen hinaus, um Fleisch aus dem Kadaver zu schneiden. Auch Hunde und Katzen wurden gefangen und getötet. Da es im Lager kaum Brennmaterial gab, wurde das Fleisch oft halbroh gegessen.

»Mein Großvater Hans starb hier im Lager«, sagt Resi Reinhofer, »ich glaube, er liegt im Massengrab.«

Wir nicken stumm.

Ich führe das Gespräch mit Frau Reinhofer und taste mich langsam vor. Meine Mutter stellt nicht viele Fragen. Es ist, als wolle sie auch in diesem Gespräch die Vergangenheit möglichst schnell abhaken. Erst als wir auf die Zeit nach dem Lager zu sprechen kommen, stellt meine Mutter wieder mehr Fragen. Sie rutscht dabei unmerklich in eine donauschwäbische Färbung, sagt nicht: »Und ihr seid hiergeblieben nach dem Krieg?«, sondern: »Und ihr seid's hiergeblieben nach dem Krieg?«

Resi Reinhofer schluchzt nun fast die ganze Zeit. Ihre Hand liegt auf dem Knie meiner Mutter. Da ihr Stiefvater Serbe war, wollte die Mutter nicht nach Deutschland auswandern, erzählt sie. Also blieben sie in Gakowa und lebten dort weiter, wo sie interniert gewesen waren.

»Ich wäre auch gerne nach Deutschland, aber ich hatte keine Möglichkeit«, sagt sie und tupft sich mit einem Papiertaschentuch die Tränen aus den Augen. Der Stiefvater behandelte sie schlecht, schickte sie nicht in die Schule, sondern in die Ziegelei. Dort arbeitete sie 28 Jahre lang und bekommt dafür heute eine Rente von umgerechnet 170 Euro.

»Meine Mutter hat nie wieder geheiratet«, sagt meine Mutter.

»Wenn ich nach Deutschland gegangen wäre, ginge es mir jetzt besser«, behauptet Frau Reinhofer. In ihrer Schrankwand stehen gerahmte Fotos. Ihr Mann ist gestorben, ihr Sohn wohnt mit dem Enkel in Norwegen.

»Es ist traurig, dass dein Enkel so weit weg wohnt, aber es ist sicher besser für ihn«, sagt meine Mutter und hält ihre Hand.

»Ich wäre gerne zur Schule gegangen«, sagt Resi Reinhofer und weint.

Zwei Frauen sitzen da vor mir, fast gleich alt. Meine Mutter ist 1941 geboren, Resi Reinhofer 1942. Sie ist ein Jahr jünger als meine Mutter, aber wirkt auf mich mindestens zehn Jahre älter. Ich spüre eine Verbindung zwischen ihnen, obwohl sie immer wieder aneinander vorbeireden. Resi Reinhofer ist aufgelöst und sprunghaft in ihrer Erzählung, die Übersetzung lässt das Gespräch immer wieder stocken. Meine Mutter weiß manchmal nicht, was sie sagen soll. Und doch gibt es da diese Verbindung zwischen ihnen: zwei Donauschwäbinnen, beide als Kind im Lager Gakowa interniert. Die eine sieht in der anderen, was danach hätte sein können – und umgekehrt. Meine Mutter flüchtete nach Deutschland, studierte, wurde Lehrerin, baute ein Haus und reist heute mit ihren Söhnen zurück an diesen Ort. Resi Reinhofer hat letztes Weihnachten vom Verein der Donauschwaben ein Paket mit Bohnen, Zucker, Reis und Waschmittel bekommen.

Es klopft an der Tür. Resi Reinhofer weiß schon, wer es ist. Sie hat ihrer Nachbarin Theresia Gerber Bescheid gesagt, dass Besuch da ist. Theresia ist ein paar Jahre älter, Jahrgang 1936, auch sie ist deutscher Abstammung und hiergeblieben. Sie ist eine freundliche, agile alte Frau, die meiner Mutter zur Begrüßung zwei Fragen auf Deutsch stellt:

»Wo kommst du her?«

»Aus Setschan.«

»Wo wart ihr im Lager?« Dabei spricht sie Lager wie ›Loger‹ – mit offenem o – aus.

»Hier in Gakowa.«

Sie stehen sich gegenüber, reichen sich beide Hände und halten sich an den Armen fest.

»Meine Schwester ist im Massengrab«, sagt Theresia Gerber ernst, aber ohne Tränen, als auch sie auf dem Sofa sitzt. »Sie ist im Lager an einem Hundebiss gestorben.«

An Malaria, Bauch- und Flecktyphus, Ruhr, aber auch an herkömmlichen Wunden, Entzündungen und Fieber starben die Lagerinsassen in Gakowa. Ungezieferplagen und Läuseepidemien aufgrund katastrophaler hygienischer Bedingungen zehrten an der Gesundheit. Hinzu kamen die Misshandlungen. Die Wachen prügelten und vergewaltigten. Tagelang wurden Lagerinsassen in Kellerverliese gesperrt, manche wurden sogar gefoltert und verstümmelt. In einem Fall entdeckten Partisanen eine Frau, die ihre Kinder, entgegen den Anweisungen, nicht abgegeben hatte (phasenweise sollten Kinder in Heimen untergebracht werden). Die Frau sagte, sie werde ihre Kinder nicht hergeben. Als sie mit ihrem Säugling auf dem Arm zur Tür lief, schoss der Partisan ihr in den Hinterkopf. Sie brach zusammen und begrub das Kind unter sich.

Das hätte meine Großmutter sein können.

Die Härte der Bewacher im Lager Gakowa änderte sich im Laufe der Monate. Wurde das Lager anfangs von jugoslawischen Partisanen geleitet, ging das Kommando Mitte 1946 an reguläres Militär über. Dies, so berichten es Zeitzeugen, führte dazu, dass die gröbste Willkür nun eingeschränkt wurde. Offiziell wurde die physische Misshandlung von Lagerinsassen ab diesem Zeitpunkt verboten. Ebenfalls ab diesem Zeitpunkt durften Außenstehende Lebensmittelpakete ins Lager bringen. Immer mehr Gefangene versuchten nun auch, nachts aus dem Lager zu schleichen, um in der Umgebung nach Lebensmitteln zu betteln. Viele Serben und Ungarn in den umliegenden Dörfern halfen. Nicht nur Frauen stahlen sich nachts aus dem Lager, sondern auch Kinder. Manchmal verbrachten sie gleich zwei Nächte am Stück in den Feldern, eine, um auszubrechen und die nächste, um zurückzukehren. Es gibt Berichte über Kinder, die in strengen Winternächten beim Warten im Feld erfroren.

»Ich erinnere mich, dass Kinder immer wieder ins Feld gekrochen sind, um Korn zu holen«, erzählt Theresia. »Wenn sie erwischt wurden, bekamen sie von den Wachen Prügel. Aber ich erinnere mich an einen Soldaten, Krsta war sein Name, der hat immer weggeschaut. Ohne ihn wären wir verhungert.«

Theresia Gerber wurde nach ihrer Lagerzeit – Ende der 40er-Jahre wurden die Lager nach und nach aufgelöst – noch drei Jahre lang in jugoslawischen Kolchosen zur

Zwangsarbeit eingeteilt. Sie musste auf dem Feld und in Kuhställen arbeiten. Während bis zum Sommer 1946 die Flucht lebensgefährlich war und mit dem Tod bestraft wurde, drückte die Lagerleitung ab Ende 1946 bei Fluchtversuchen immer öfters beide Augen zu. Bereits zur Jahreswende 1945/46 bemühte sich die jugoslawische Regierung ohne Erfolg darum, dass die westlichen Alliierten der Ausweisung der Donauschwaben zustimmten. Historiker gehen davon aus, dass das Tito-Regime die Donauschwaben loswerden wollte. Es gibt auch Berichte, nach denen der Lagerkommandant inoffiziell mit Schleppern gemeinsame Sache machte und an den Flüchtlingen mitverdiente.

Trotzdem kam es zu dramatischen Fluchtszenen, die man nachlesen kann und deren Leid unvorstellbar ist. Als ich das folgende Schicksal las, musste ich wieder und wieder an meine Großmutter mit ihren beiden Kindern – meine Mutter und mein Onkel – denken: Eine junge Mutter überquerte mit einer Gruppe von Flüchtlingen auf einem schmalen Brett einen Kanal Richtung Grenze. Ihr älteres Kind trug sie auf dem Arm, das jüngere in einem Rucksack. Sie war aufgeregt, verfehlte einen Tritt und fiel ins Wasser. Als sie sich aufrappelte, bemerkte sie, dass das Baby nicht mehr im Rucksack war. Doch sie musste weiter, die Gruppe konnte nicht warten. Das Risiko, doch entdeckt und zurückgeschickt zu werden, war zu groß. Die Frau konnte nicht nach ihrem Kind suchen, sondern musste ihre Flucht fortsetzen.

Die Flucht aus dem Lager mag ab Mitte 1947 einfacher gewesen sein als vorher – von ungarischer Seite wurde sie ab diesem Zeitpunkt zunehmend erschwert. Die Ungarn waren immer weniger bereit, Flüchtlinge ins Land zu lassen. Es gibt Berichte aus dieser Zeit, nach denen die ungarische Grenzpolizei deutsche Flüchtlinge immer wieder zurück über die Grenze jagte. Deshalb die Angst bei meiner Großmutter in ihrem Versteck im ungarischen Sonnenblumenfeld. Doch sie schafften es und durchquerten Ungarn und Österreich. Sie liefen bei Nacht und rasteten bei Tag. Gewiss mussten sie dabei größere Ortschaften umgehen, da sie sonst wegen ihrer zerlumpten Kleidung aufgefallen wären. Gewiss mussten sie oft im Freien schlafen, in Feldern oder Scheunen oder unter einem Baum. Und gewiss mussten sie betteln, um etwas zu essen zu bekommen. Zwei Frauen mit zwei kleinen Kindern, die nach 21 Tagen die Grenze hoch in den Alpen überschritten und endlich Deutschland erreichten.

Es ist Zeit, sich zu verabschieden, obwohl Resi schon nervös aufgesprungen ist, um uns etwas zu kochen. Ob wir nicht bei ihr zu Mittag essen möchten? Wir verneinen und bedanken uns vielmals. Ich möchte noch ein Bild machen. Drei Donauschwäbinnen auf dem Sofa vor der Fototapete in Gakowa, siebzig Jahre später. Vielleicht sind sie sich ja früher einmal im Lager begegnet, als kleine Mädchen.

»Ich bereue es nicht, nicht nach Deutschland gegangen zu sein«, sagt Theresia, »ich hatte hier einen guten Mann. Jeder hat sein eigenes Schicksal.«

Resi sitzt neben ihr und weint. Meine Mutter nicht, aber fast.

*

Danach fahren wir noch einmal Richtung Grenze. Wir parken am Rande eines Maisfeldes und schauen Richtung Ungarn.

»Es gibt so viele Fluchtgeschichten«, sagt Anton Beck und zeigt auf die Felder um uns herum. »Manche haben die Partisanen, die Wache standen, auch bestochen. Dann wurde ein Zeichen verabredet für die Nacht. Wenn der Wachhabende zwei Mal an seiner Zigarette zog – das konnte man an der Glut in der Dunkelheit sehen –, war dies das Zeichen, dass er für einen Moment wegschaute und die Flüchtenden passieren konnten. Wenn aber die Wachen kurzfristig ausgewechselt wurden und die Flüchtenden wussten das nicht, dann starben hier Menschen.«

»Was weißt du noch von eurer Flucht von hier?«, frage ich meine Mutter, die neben uns steht und zugehört hat.

»Wir sind nachts über die Grenze und mehrfach zurückgeschickt worden, wahrscheinlich von den Ungarn. Irgendwann hat es geklappt.«

»Und deine Mutter hat gesagt, sonst wärt ihr verhungert?«

»Wir waren fast drei Monate hier im Lager Gakowa. Da hat die Mutti gesagt, wenn wir jetzt nicht gehen, dann verhungern wir. Sie hat alles auf sich genommen, damit wir überleben.«

»Hat sie sonst noch etwas erzählt von der Flucht von hier?«

»Nein. Nur, dass sie irgendjemanden bestochen hat mit Schmuck. Sonst nichts.«

»Dieser Turm, den Sie da vorne sehen, das ist schon Ungarn«, sagt Herr Beck und zeigt Richtung Grenze.

»Das ist der ungarische Grenzzaun«, sage ich.

»Ja, wegen der Flüchtlinge heute.«

Wir starren eine Weile in die Ferne.

»Wie reagieren denn die Deutschen, mit denen Sie hierher nach Gakowa kommen?«, frage ich Herrn Beck.

»Unterschiedlich, sehr unterschiedlich. Für manche ist es sehr schwer.«

Meine Mutter war den ganzen Tag sehr verschlossen. Das Gespräch mit Resi Reinhofer hat sie zwar berührt, aber von dem Ort, der früher mal das Lager war, den Häusern, den Straßen, den Geschichten hat sie sich nicht allzu sehr beeindrucken lassen. Sie lässt sich bewusst nicht auf das Kopfkino ein, das sich vor ihren Augen abspulen könnte.

»Ich habe einmal jemanden begleitet«, erzählt Herr Beck, »er kam zum ersten Mal wieder in dieses Dorf, in dem er aufgewachsen ist. Er war sehr glücklich. Dann kamen wir bis auf fünfzig Meter an das Haus heran, in dem er geboren wurde. Er zeigte darauf und sagte, das war mein Haus. Und im nächsten Moment blieb er stehen. Ich fragte: Gehen wir weiter? Doch er schüttelte den Kopf – nein, er gehe nicht weiter. Es geht nicht, meinte er.«

»Mein Bruder ist vor zwanzig Jahren in dem Dorf gewesen, wo wir geboren wurden«, sagte meine Mutter. »An der Apotheke, in der mein Vater gearbeitet hat, ist er nur vorbeigefahren. Er hat nicht gehalten, er ist nicht hineingegangen.«

»Das verstehen wir nicht«, sagt Herr Beck. »Aber wir haben das, was früher war, ja auch nicht erlebt.«

»Ich verstehe es auch nicht«, ergänze ich. »Verstehst du es, Mama?«

»Es wird sich zeigen. Es wird sich zeigen, wenn ich das Haus sehe.«

»Wir kommen ihm immer näher. Aber du bleibst distanziert. Heute zum Beispiel.«

»Ja, ich bin distanziert – unbewusst. Aber auch bewusst.« Sie lacht unsicher.

»Damit es dich nicht überwältigt?«

»Um bestehen zu können.«

»Was meinst du?«

»Um bestehen zu können, muss man irgendwann einen Schlussstrich ziehen. Das hier war die Heimat meiner Mutter und meiner Oma. Ich bin hier geboren, aber es ist nicht meine Heimat.«

»Verstehen Sie das?«, frage ich Herrn Beck.

»Ich verstehe, dass die Leute, wenn sie hierher zurückkehren, eher schweigsam sind und nicht viel erzählen«, antwortet Herr Beck. »Was ich nicht verstehe, ist, dass die Leute auch in Deutschland nicht davon erzählen. Die Eltern sprechen mit ihren Kindern nicht darüber. Das ist für mich unlogisch und auch unglaublich.«

»Die Eltern wollten die Kinder nicht belasten«, erklärt meine Mutter.

Herr Beck verabschiedet sich von uns, er hat am Nachmittag Termine in Sombor. Wir steigen in den Golf, und ich bitte meinen Bruder, noch einmal ins Dorf zu fahren, am Ortsschild umzukehren, noch mal den Weg Richtung Grenze einzuschlagen und diesmal so lange zu fahren, bis der Weg endet. Ich schaue auf den Tacho und merke mir die Kilometerstände am Ortsschild und am Ende des Weges, berechne die Differenz und notiere das Ergebnis als letzte Eintragung zu Gakowa in meine Kladde: Entfernung Gakowa – Grenze: 4,7 Kilometer.

Groß-Betschkerek

Heute fahren wir an den Ort, an dem sie meinen Großvater umgebracht haben.

Gestern Abend sind wir im Banat angekommen, im östlichen Teil Nordserbiens. Wir sind von Sombor Richtung Osten über schnurgerade, nicht enden wollende Landstraßen gefahren, an Mais- und Weizenfeldern vorbei. Keine Berge, keine Erhebung am Horizont – die untergehende Sonne senkte sich wie ein Feuerball über ferne Baumwipfel und legte ihr Licht über das flache Land. Wir haben die Theiß überquert, den Fluss, dessen Wasser die Böden hier so fruchtbar macht.

Das Banat liegt im Südosten der Vojvodina, der autonomen Provinz Nordserbiens, und erstreckt sich weit nach Rumänien und zu einem geringen Teil nach Ungarn hinein. Im Süden wird das Banat von der Donau begrenzt. Viele Schlachten wurden hier geschlagen, bevor die deutschen Siedler kamen. Nach dem Großen Türkenkrieg (1683–1699) und den erfolgreichen Feldzügen von Prinz Eugen von Savoyen brachten die Habsburger weite Teile der Region unter ihre Kontrolle. Neben der militärischen Grenzsicherung bestand für die Herrscher in Wien die Priorität darin, das Land zu besiedeln und die Landwirtschaft zu entwickeln. Mit bürokratischem Eifer machte sich die Habsburgische Verwaltung im Laufe des 18. Jahrhunderts daran, das verhältnismäßig dünn besiedelte Land an der Donau zu bevölkern. In drei sogenannten »Schwabenzügen« kamen insgesamt mehr als 150000 vor allem deutschsprachige Siedler in die Region. Dabei bildeten die Schwaben keineswegs die Mehrheit, angeworben wurden auch Siedler aus Franken, Bayern, Hessen, der Pfalz und Österreich und anderen Gebieten des Heiligen Römischen Reiches deutscher Nation – nur katholisch mussten sie zunächst sein. Meine Vorfahren, die Familie Loch, stammten wohl aus Lothringen und kamen mit dem dritten Schwabenzug zwischen 1781 und 1787 ins Banat. Vielleicht litten auch sie in ihrer Heimat, wie viele andere, unter Hunger und Unterdrückung, vielleicht suchten auch sie vor allem Freiheit und Wohlstand und machten sich deshalb auf Richtung Süden. Und vielleicht bestiegen auch sie die sogenannten »Ulmer Schachteln«, aus Holz gezimmerte Einwegschiffe, mit denen sie, schwer beladen, stromabwärts die Donau befuhren. Ulm war einer der zentralen Sammelpunkte der Siedler, bevor sie auf der Donau die Reise in ein unbekanntes Land antraten. Der Name »Donauschwaben« wurde erst zu Beginn des 20. Jahrhunderts von einem Wissenschaftler für alle Nachkommen dieser Siedler eingeführt, ohne dass die einzelnen Siedlergruppen ihn zunächst als Selbstbezeichnung benutzt hätten.

Das Leben in der neuen Heimat begann für die Siedler mit großen Entbehrungen und harter Arbeit. Sümpfe mussten trockengelegt werden, Pest und Sumpffieber bedrohten ganze Familien. Wenn man eines immer wieder über die Siedler im Banat hört, sowohl von deutscher als auch von serbischer Seite, so ist es ihr Fleiß und ihr Durchhaltevermögen. Bis heute sind die Nachfahren der Donauschwaben, so scheint es mir, stolz auf die Hartnäckigkeit und Disziplin, mit der sich die Generationen vor ihnen gegen alle Widrigkeiten des Siedler- und Bauernlebens durchgesetzt haben. Als »Kornkammer Wiens« wurde das

Banat später bezeichnet, voller Bewunderung darüber, dass aus einem öden Sumpfland innerhalb eines Jahrhunderts eine florierende landwirtschaftliche Region entstand.

Das Banat war mir schon früh ein Begriff. Auch wenn meine Mutter nie viel über ihre Kindheit erzählte – dass sie aus dem Banat stammte, das wusste ich schon als Kind. Das Banat war mir als Wort stets präsent, als Ort war es für mich weit entfernt, räumlich wie zeitlich. Vielleicht habe ich mir hin und wieder ausgemalt, wie es früher dort ausgesehen haben mochte – staubige Dorfstraßen mit Pferdewagen, Männer in Anzug und Krawatte und Frauen in weiten schwarzen Röcken, mit dem typischen Kopftuch. Doch wie es dort heute aussah, darum habe ich mir nie viele Gedanken gemacht.

Als die Schriftstellerin Herta Müller 2009 den Literaturnobelpreis bekam, war das Banat plötzlich in aller Munde. Denn sie kommt aus dem rumänischen, größeren Teil des historischen Banats. Sie gehörte dort der deutschen Minderheit an und ist also – genau wie meine Mutter – eine Donauschwäbin, eine Banater Schwäbin. Aber sie wurde erst nach dem Zweiten Weltkrieg geboren, ist in Rumänien aufgewachsen, wo die Deutschen nach dem Zweiten Weltkrieg nicht im gleichen Maße wie in Jugoslawien ausgewiesen wurden. Erst Ende der Achtzigerjahre ist Herta Müller als Aussiedlerin nach Deutschland ausgereist. Ihre Geschichte ist eine andere, doch ihre Wurzeln ähneln denen meiner Mutter.

Unsere Fahrt über die langen Landstraßen gibt meiner Mutter Gelegenheit, erst einmal die Landschaft an sich vorüberziehen und auf sich wirken zu lassen. Ihr gefällt das flache Land und die Weite. Ihr gefällt der Eindruck, dass wir scheinbar ewig auf dieser Straße weiterfahren könnten, ohne in eine einzige Kurve zu lenken. Ihr gefällt die Sommersonne auf den Feldern. Und langsam dürfte sich bei ihr auch der Gedanke verfestigen, dass wir wirklich ankommen werden. Dass wir in der Tat ins Banat fahren und nach Setschan und an all die Orte, die sie bereits mit Kinderaugen gesehen hat, die sie aber eigentlich nur aus Erzählungen kennt.

*

Unsere erste Station im Banat ist die Provinzhauptstadt Zrenjanin, die früher Groß-Betschkerek hieß. Benannt ist Zrenjanin nach dem jugoslawischen Partisanen und Volkshelden Žarko Zrenjanin, der 1942 von der deutschen Gestapo ermordet wurde.

Es ist schon dunkel, als wir in unserem Hotel ankommen, einem modernen Businesshotel, das direkt am großen Hauptplatz der Stadt liegt. Frauen in kurzen Röcken und Männer in engen T-Shirts flanieren durch die Fußgängerzone und trinken in den Straßencafés. Es ist heiß bis spät in die Nacht; die Hitze und die sanfte Beleuchtung der historischen Fassaden – des neobarocken Rathauses, des klassizistischen Theaters und der orthodoxen Kirchen – verleihen der Stadt eine durchaus heimelige Atmosphäre. Mag sein, dass mein Großvater sich in diesem Städtchen wohlfühlte, als er in Schuluniform und mit Schirmmütze das hiesige Gymnasium besuchte. Jahre später wurde er hier ermordet.

Nach dem Frühstück fahren wir los. Es ist nicht weit von unserem Hotel zu dem verfallenen Fabrikgebäude, das die jugoslawischen Partisanen ab Oktober 1944 als zentrales Lager für deutsche Gefangene nutzten. Wahrscheinlich wurde mein Großvater in diesem Gebäude erschossen. Wie eine Kulisse aus einem Kriegsfilm steht es da am Straßenrand in der gleißenden Sonne. In seiner Breite umfasst es fast einen ganzen Häuserblock, es gibt ein Erdgeschoss, ein Obergeschoss und einen Dachboden. Der sandfarbene Putz ist an vielen Stellen abgeblättert, so dass der rohe Backstein großflächig zu sehen ist. Die Fenster sind entweder verrammelt oder ihre Scheiben eingeschlagen. Wie zackige Scherenschnitte stehen die verbliebenen, scharfkantig gebrochenen Glaselemente in den Fensterrahmen. Aus der Nähe erkenne ich, dass die offenen Fenster mit Maschendrahtzaun gesichert sind. Die Wände der Räume, die man von außen erkennen kann, sind mit wilden Graffiti besprüht.

Stumm und in langsamen Schritten gehen wir an der Fassade entlang. Das Gebäude wirkt verlassen und tot.

Eine alte Frau im Kittel und mit einer Tüte in der Hand kommt uns auf dem Bürgersteig entgegen.

»Entschuldigen Sie«, spreche ich sie an, »wissen Sie etwas über das Gebäude? Was war das für eine Fabrik?«

»Eine Strumpffabrik«, antwortet die Frau. »Aber seit zehn Jahren steht es komplett leer. Eine Schande. Man könnte es doch wenigstens für die Flüchtlinge nutzen.«

»Können Sie sich erinnern, dass hier mal Deutsche eingesperrt waren?«, fragt meine Mutter unvermittelt.

Die Frau überlegt. »Ich weiß nicht«, sagt sie. Dann: »Vor dem Krieg war das eine Makkaroni-Fabrik.«

Wir danken ihr, sie geht weiter. Die Plakette an der Seitenwand des Gebäudes hat sie nicht erwähnt. Denn dort steht auf Serbisch geschrieben, wofür die alte Fabrik während des Zweiten Weltkrieges von den deutschen Soldaten genutzt wurde. Unsere Begleiterin Katarina übersetzt für uns:

> In diesem Haus gab es seit 1942 ein Konzentrationslager, in dem während des Krieges mehr als 5000 Patrioten aus dem ganzen Banat bestialisch gefoltert wurden. Viele von ihnen haben den geliebten Frieden, für den sie ihr nobles Leben gegeben haben, nicht mehr erlebt.

Der Stadtrat zum 20. Jahrestag des Aufstandes in Zrenjanin,
2. Oktober 1961

Katarina hat für uns in Archiven und Veröffentlichungen die Geschichte des Gebäudes recherchiert. Erst haben die Nazis hier Serben umgebracht – Partisanen, Kommunisten, Juden, Sinti und Roma. Dann haben die Serben hier Deutsche umgebracht. Die deutschen Soldaten haben hier Grausamkeiten begangen. Die jugoslawischen Partisanen haben hier Grausamkeiten begangen.

Noch heute wird das Gebäude von manchen »Alte Mühle« genannt, denn ursprünglich wurde hier Weizen und Mais gemahlen, ab Ende des 19. Jahrhunderts auch mittels Dampfkraft. 1923 entstand hier die erste Nudelfabrik im Banat, man produzierte hier also in der Tat Makkaroni. 1937 wurde das Gebäude verstaatlicht und vom jugoslawischen Militär genutzt. Während des Balkanfeldzuges der Wehrmacht richteten die Nationalsozialisten ab Juli 1942 hier ein Konzentrationslager ein. Nach dem Einmarsch der Russen im Oktober 1944 wurden in diesen Mauern bis 1947/48 Donauschwaben eingesperrt und viele von ihnen ermordet. Nach dem Zweiten Weltkrieg ging das Gebäude wieder in die Obhut der jugoslawischen Armee über. Ab 1968 lagerten hier dann Strumpfprodukte.

Meine Mutter steht etwas ratlos vor der Ruine und wirkt nervös. Ich spüre, dass sie nicht länger als nötig hierbleiben möchte.«

»Ich will mir das gar nicht ausmalen«, sagt sie leise. »Vielleicht ist es besser, nicht zu viel zu wissen.«

Nicht alles, was ich später aufschreibe, habe ich meiner Mutter auf unserer Reise erzählt. Mehrere Quellen, mehrere Listen, die ich im Haus der Donauschwaben in Sindelfingen gefunden habe, weisen darauf hin, dass mein Großvater aus Setschan nach Groß-Betschkerek gebracht wurde. Ob er wirklich in die Alte Mühle verschleppt wurde, kann niemand genau sagen, es ist jedoch wahrscheinlich, weil die Fabrik ein zentrales Gebäude der Partisanen in der Stadt war und zum Sammellager für die deutschen Männer aus der ganzen Region wurde. Das Gebäude hatte drei große Maschinenräume, in jeden von ihnen wurden rund dreihundert Männer auf zweistöckigen Pritschen gepfercht. Es gab pro Saal zwei große Fässer für die Notdurft, die regelmäßig überliefen.

Schnell war bekannt, dass die Partisanen ihre Gefangenen gerne nachts zum Verhör luden und sie während der Befragung folterten. Ihre Platz- und Hiebwunden blieben ohne ärztliche Versorgung, sodass sie schnell zu eitern begannen. Und immer wieder kehrten Gefangene nach der nächtlichen Folter am nächsten Morgen nicht in ihr Schlaflager zurück, sondern blieben verschwunden.

Ein Donauschwabe, der die Gefangenschaft in der Alten Mühle überlebte, schreibt:

> Gleich beim Eingang in das Gebäude dieser alten Mühle befand sich ein kleiner Raum. Dieser wurde von den Partisanen als Folterkammer eingerichtet. Jede Nacht, wann immer eine Partisanengruppe Lust empfand, deutsches Blut zu sehen und deutsche Menschen umzubringen, wurden diese in Gruppen oder einzeln aus den übrigen Räumen dieses Vernichtungslagers in diese Folterkammer geholt. Schon in der ersten Nacht massakrierten die Partisanen 25 Männer, einen nach dem anderen. Man schlug ihnen zuerst die Zähne ein, brachte ihnen dann mit Gewehrkolbenstößen von rückwärts Nierenverletzungen bei, brach ihnen durch Kolbenhiebe das Schlüsselbein, warf sie zu Boden, sprang ihnen mit aller Wucht

auf den Bauch, brach ihnen die Rippen und tötete sie schließlich, wenn sie immer noch lebten, durch Einschlagen der Köpfe mit Gewehrkolben oder Stöcken.

Starb so mein Großvater?

Weiter schreibt der Augenzeuge: »Sehr häufig geschah dies, während andere Partisanen hierzu Musik machten oder Lieder sangen, und je lauter die Opfer jammerten, desto lauter wurde gesungen und desto stärker die Ziehharmonika gespielt.«

Es klingt nach einem Blutrausch. Nach einem hasserfüllten Töten, das sich wie eine Explosion entlud. Es klingt nach Rache.

Aber nicht nur hier, sondern auch in anderen Teilen der Stadt wurden Deutsche ermordet. Ein Augenzeuge beschreibt eine Situation ebenfalls aus dem Oktober 1944 in Groß-Betschkerek: »Im Hofe eines dort stehenden Hauses mussten sie sich ausziehen. Dann wurden sie aus dem Hof, jedes Mal in Gruppen zu zehnt, auf die Gasse getrieben. An einer Gassenseite befand sich dort eine lange Ziegelmauer. Vor diese mussten sie sich hinknien und wurden von hinten erschossen. Daraufhin brachten die Partisanen Wagen herbei und warfen die toten Deutschen darauf.«

»Ich verstehe nicht, wie man das Menschen antun kann«, sagt meine Mutter. Sie will gehen, nicht länger hierbleiben. Sie will auch nicht mehr reden.

»Ich fühle keinen Hass gegenüber den Serben«, sagt sie noch, bevor sie ins Auto steigt.

*

Am nächsten Tag sitzen mein Bruder, meine Mutter und ich beim Frühstück in unserem Hotel in Zrenjanin. In dem unschönen Raum mit großem Buffet begann gestern noch eine serbische Handballmannschaft lautstark ihren Tag, heute sind die Tische um uns herum fast leer. Wir sind fast fertig, als meine Mutter plötzlich sagt:

»Ich habe gerade an das letzte Familienfoto von uns damals gedacht. Das in Farbe. An das Bild, das vergraben war.«

Auch diese Geschichte hatte ich erst kurz vor unserer Reise erfahren, obwohl ich die Fotos schon mal vor vielen Jahren in einem Fotoalbum meiner Mutter entdeckt hatte. Warum sie gerade jetzt darauf zu sprechen kommt, weiß ich nicht.

Offenbar zeichnete sich für meine Großeltern irgendwann im Jahr 1944 ab, dass Schlimmes bevorstehen könnte. Sie vergruben ein paar ihrer Wertsachen im Garten, darunter auch einen belichteten Farbfilm mit Familienfotos. Viele Donauschwaben versteckten ihre Habseligkeiten damals im Garten oder im Kuhstall und bedeckten die Gruben mit Erde, Stroh und Maislaub. Viele hofften wohl, die deutsche Wehrmacht werde sie bald wieder befreien, manche glaubten, dies sei nur eine Frage von Tagen. Doch nichts dergleichen geschah. Trotzdem schaffte es meine Großmutter, ihre Wertsachen und die Fotos zu retten. Nachdem mein Großvater abgeholt worden war und bevor meine Großmutter mit den beiden Kindern am 20. April 1945 ihren Aufenthalt im ersten Lager in Setschan antreten musste, buddelte sie alles wieder aus der Erde. Es gelang ihr, den Film mitzunehmen und ihn während der Lagerzeit und ihrer Flucht sicher bei sich zu tragen. Erst in Deutschland ließ sie die Bilder entwickeln.

Es ist für mich nicht zu ermessen, wie schmerzhaft es für meine Großmutter gewesen sein musste, nach Jahren und all dem Leid diese Bilder zu sehen. Es sind drei Fotos, die noch heute im Fotoalbum meiner Mutter kleben. Das erste zeigt Bruder und Schwester in einem Korbsessel im

Garten: meine Mutter im Kleidchen, mit weißen Söckchen und Sandalen, ein kleines Körbchen in der Hand, mein Onkel pausbäckig und prall. Auf dem zweiten Foto sind meine Großeltern zu sehen. Sie sind jung und wirken glücklich – mein Großvater im hellen Leinenanzug, meine Großmutter in Rock und Bluse. Er lächelt selbstbewusst, sie wirkt ein wenig verträumt. Auf dem dritten Bild ist die ganze Familie abgelichtet: mein Onkel auf dem Arm seiner Mutter, meine Mutter auf dem Arm ihres Vaters. Im Hintergrund blühen die Blumen des Gartens in Gelb und Rosa. Es sind die einzigen Bilder in Farbe, die meine Mutter von ihren Eltern hat. Es muss damals etwas Besonderes gewesen sein, ein Farbfoto zu machen.

Man sieht den Bildern an, dass der Film ramponiert wurde. Sie sind sehr körnig und weisen viele Kerben und Kratzer auf, so als habe jemand mit einer Messer- oder Scherenspitze auf dem Filmband herumgeritzt. All dies mitsamt der leichten Unschärfe gibt den Bildern etwas Verletzliches, etwas Verblichenes. Und doch ist eines nicht zu übersehen: Meine Großeltern strahlen.

»Wir waren damals eine glückliche Familie, die zerstört wurde«, sagt meine Mutter und hat Tränen in den Augen. Es ist selten, dass sie so ungeschützt über ihre Gefühle spricht, das wissen mein Bruder und ich in diesem Moment genau. »Aber daraus ist eine neue glückliche Familie entstanden«, sagt sie und schaut uns an, ihre beiden erwachsenen Söhne. »Ohne den Krieg gäbe es euch nicht.« Dann wiederholt sie es noch einmal, diesmal mit festerer Stimme: »Wir waren damals eine glückliche Familie, die zerstört wurde. Aber daraus ist eine neue glückliche Familie entstanden.«

Wir halten uns alle drei an den Händen.

Molidorf

Eingepfercht auf Pferdewagen, begann für die Männer, Frauen und Kinder der Transport ins Lager Molidorf, im September 1945. Am Bahnhof angekommen, wurden sie in Viehwaggons getrieben. Eng an eng standen und saßen sie, es war so voll, dass sich niemand hinlegen konnte.

Der Zug setzte sich langsam und keuchend in Bewegung, wurde immer schneller und ratterte auf den Gleisen Richtung Westen. Aus den Sichtschlitzen der Viehwaggons mussten sie die Landschaft, ihr Land und ihre Felder, gesehen haben. Nichts würde jemals sein wie früher. Sie wurden nach Groß-Betschkerek gebracht, wo sie in die Schmalspurbahn mit offenen Waggons umsteigen mussten. Es war schon Nacht, als der Zug schließlich anhielt. Nichts passierte. Angst und Panik waren längst in die Bäuche und Köpfe der Gefangenen gekrochen. Fast nur alte Männer und Frauen und junge Mütter mit kleinen Kindern waren im Zug. Sie wussten nicht, was ihnen bevorstand. Wussten nicht, ob sie überleben würden.

Dann plötzlich ertönte serbisches Geschrei. Die Waggons wurden aufgerissen. Mit Pferdewagen brachten sie die Neuankömmlinge ins Lager. Dort wurden sie in leere Häuser eingewiesen.

In den Zimmern hausten bis zu 25 Personen, viele davon Kinder, die vor Hunger nicht schlafen konnten. Die Toten im Lager wurden in die Ställe getragen, wo man sie erst nach Tagen abholte, schon von den Ratten angefressen. Die zwei Dutzend alte Männer, die als Totengräber eingesetzt wurden, arbeiteten oft bis spät in die Nacht. Viele dieser Zeitzeugenberichte kann man im *Setschaner Rundbrief* nachlesen, einer Art historischer Heimatzeitung, die man noch Jahrzehnte nach dem Krieg in Deutschland abonnieren konnte.

Am 16. September 1945 traf meine Mutter mit ihrer Mutter, Großmutter und ihrem Bruder Kurt im Lager Molidorf ein, nachdem sie seit April bereits in ihrem Heimatdorf Setschan eingesperrt gewesen waren. Einen Tag später feierte meine Mutter in Molidorf ihren vierten Geburtstag. Beim Blättern im *Setschaner Rundbrief* fand ich eine Passage, in der eine Lagerinsassin, die neu im Lager eingetroffen war, eine Begegnung mit meiner Großmutter beschreibt: »Wir wurden in leere Häuser eingewiesen, bei mir und meinen zwei Kindern war noch die Loch-Apothekerin mit ihren Kindern im Zimmer. Wir mussten uns selbst Stroh in die Zimmer bringen. Am 1. Tag bekamen wir noch eine Suppe und Brot, aber dann gab es die ersten Tage fast nichts zu essen. Wir haben auf dem Dachboden Weizenkörner zusammengefegt und die Frauen haben daraus Schrot gemacht und damit konnten wir uns eine Suppe kochen. Tagsüber mussten wir auf dem Feld arbeiten und die Kinder waren bei den Großmüttern.«

Diese Zeilen und noch eine andere Stelle in einem alten Rundbrief, die meine Mutter schon vor Jahren entdeckt hat, sind die einzigen Zeugnisse, die vom Schicksal meiner Familie in den jugoslawischen Lagern berichten können. Die Erinnerung meiner Mutter daran scheint komplett gelöscht. Meine Großmutter, Urgroßmutter und auch meinen Onkel kann ich nicht mehr fragen.

*

Unsere Fahrt nach Molidorf beginnt mit einer Suche in der Karten-App meines Smartphones. Doch Molidorf, auf Serbisch Molin, ist auf keiner Karte verzeichnet, das Dorf gibt es schon lange nicht mehr. Vor unserer Reise habe ich noch die GPS-Koordinaten von Molidorf recherchiert. Ich tippe 45°38'37 N, 20°32'21E in unser Navigationssystem ein und wir folgen den Pfeilen. Schon bald biegen wir von der Landstraße auf einen Feldweg ab. Zwei Traktoren kommen uns entgegen, wir fahren langsam und rangieren an ihnen vorbei. Um uns herum sehen wir nur Ackerland. Wir gelangen an eine Wegkreuzung, die ziemlich nahe an den Koordinaten liegt. Ich lasse den Blick nach links und nach rechts schweifen. Und sehe nur plattes Land. Nichts!

Nein, nichts deutet darauf hin, dass hier einmal ein Dorf stand. Nichts weist darauf hin, dass hier in einem Zeitraum von zwanzig Monaten, von September 1945 bis April 1947, ständig zwischen 5000 und 7000 Menschen interniert waren. Dass hier rund 3000 Menschen gestorben sind. Und nichts deutet darauf hin, dass in diesem Lager ein Kommandant herrschte, der für seine Unbarmherzigkeit gefürchtet war.

*

Als der Winter 1945/46 das Lager mit seiner klirrenden Kälte heimsuchte, litten die Gefangenen längst an den unterschiedlichsten Krankheiten. Die Mangelernährung setzte vor allem den Kindern zu. Sie bekamen Skorbut, ihnen fielen die Zähne aus. Aufgrund der prekären hygienischen Situation breiteten sich Läuse und Krätze aus. Typhus brach aus und raffte viele Lagerinsassen dahin. Die Setschaner Frauen, zu denen auch meine Großmutter zählte, teilten sich die Arbeit auf den Feldern, zu der sie gezwungen waren, so auf, dass immer jemand bei den Kindern bleiben konnte. Das fiel wohl angesichts von Tausenden von Gefangenen, chaotischen Verhältnissen und mit Menschen vollgestopften Häusern den Lageroberen nicht sofort auf. Doch irgendwann bemerkte es der Lagerkommandant eben doch. Er kam ins Zimmer und befahl, zur Strafe die Fenster auszuhängen. Es war Februar 1946 und bitterkalt. Die Frauen widersetzten sich und befolgten seinen Befehl nicht. Beim Appell am nächsten Morgen schrie der Kommandant lauthals vor Wut. Er ließ dreißig Frauen in einen Wassergaben treiben, wo sie bei eisigen Temperaturen in fast gefrorenem Wasser und Schlamm eine halbe Stunde lang ausharren mussten. Danach wurden sie gezwungen, im winterlichen Frost, während ihre Kleider klamm und kalt an ihren Körpern klebten, sieben Kilometer weit in ein Nachbardorf zu laufen. Nach einem Tag voller Arbeit und ohne Essen mussten sie abends den Rückweg antreten. Zwei junge Frauen – Mütter kleiner Kinder – brachen unterwegs zusammen. Eine von ihnen schaffte es fast zurück ins Lager, ihre Hilferufe waren dort schon zu hören. Doch niemand durfte zu ihr eilen. Beide Frauen erfroren.

*

Aus der Ferne erspähe ich eine überwucherte Ruine mit teils abgedeckten Dächern. Wir fahren hin und steigen aus. Die Mittagssonne brennt. Pflaumenbäume, Birnbäume und Holundersträuche wachsen hier. Es ist still bis auf das monotone Zirpen der Insekten.

Ich wünsche mir, dass wir hier irgendetwas finden – von dem ich gar nicht sagen kann, was das genau sein könnte. Ich fühle mich wie ein Detektiv, der etwas Verdächtigem nachgeht. Meine Mutter ist, wie so oft, skeptisch.

Wir blicken in die ausgehöhlten Räume der Ruine, manche Mauern sind abgerissen. Ein zugewachsener Weg führt zu einem hinteren Teil. Nur Katarina und ich gehen ihn entlang, er führt an weiteren Mauerresten und offenen Dächern vorbei und endet vor einem Sonnenblumenfeld.

Hier gibt es nichts, das irgendetwas mit uns und unserer Geschichte zu tun hat. Die Ruine dürfte nach dem Zweiten Weltkrieg gebaut worden sein. Aber muss nicht irgendwo hier das Dorf und dann das Lager Molidorf existiert haben?

Wir gehen zurück, steigen wieder in unseren Golf und fahren genau an die Koordinaten, die ich recherchiert hatte, und halten. Wir stehen an der Ecke eines abgemähten Feldes. Nein, nichts, weit und breit.

Ich bin enttäuscht, aber meine Mutter winkt ab. »Vergangen und vergessen«, sagt sie.

Bevor wir zurückfahren, mache ich trotz allem noch ein Foto von unserem Auto vor dem leeren Feld. So also kann Geschichte aus den Augen verschwinden.

*

Aber nicht aus der Erinnerung – jedenfalls nicht bei meiner Tante Erna. Sie wohnt in Kalifornien, und wir nennen sie alle nur »Erna-Tante« – nach donauschwäbischer Tradition mit dem Vornamen zuerst. Ich kenne sie seit 1984, als sie mit ihrer Familie zum ersten Mal auf Deutschlandbesuch kam. Sie ist die Cousine meiner Mutter und war ebenfalls als Kind im Lager Molidorf. Mein Großvater war ihr Onkel und Taufpate. Genau wie er wurde auch ihr Vater von jugoslawischen Partisanen ermordet. Nachdem ihre Mutter und sie 1947 nach Österreich geflüchtet waren, wanderten sie wie viele in Österreich gestrandete und dort als Displaced Persons und Ausländer eingestufte Donauschwaben in den Fünfzigerjahren in die USA aus.

»Im Lager habe ich singen und stehlen gelernt«, sagte

Erna-Tante, als ich in ihrer Küche in den Westwood Hills in Los Angeles saß. Ein paar Monate nach unserer Reise besuchte ich sie in den USA. Sie ist zwei Jahre älter als meine Mutter und war sieben Jahre alt, als sie ins Lager kam. Im Gegensatz zu meiner Mutter kann sie sich erinnern – gut sogar. An den Hunger und den Terror. Und an die Toten.

Sie war nervös, als wir uns an den Tisch setzten, um zu reden. In der Nacht zuvor habe sie vor Aufregung kaum geschlafen, sagte sie. Während meine Mutter ihre Erlebnisse tief im Grund ihrer Erinnerungen begraben konnte, tauchen bei meiner Tante die traumatischen Szenen aus ihrer Kindheit immer wieder auf – gerade jetzt, da sie sie für mich abrufen, sie mir erzählen sollte.

»Das war arg«, sagte sie und meinte das Lager, und in ihrem Deutsch hörte ich sowohl das Donauschwäbische als auch das Amerikanische heraus. Stehlen gelernt habe sie, weil sie jeden Tag verzweifelt etwas zu essen gesucht habe. Sie erinnerte sich an den Hunger, an die dick aufgeblähten, aber leeren Bäuche der Kinder. Und daran, dass sie die Wege im Lager nach Grashalmen absuchte, um sie zu essen. Aber sie erinnerte sich auch an die guten Dinge im Lager. Gesungen hätten sie dort, erzählte sie, irgendjemand habe die Kinder zusammengetrommelt, ihnen Lieder beigebracht, mit ihnen Gedichte auswendig gelernt und Theaterstücke eingeübt. Immer sonntags habe der Kinderchor ein Konzert gegeben. An meine Mutter, meinen Onkel und an meine Großmutter konnte sie sich nicht konkret erinnern. Aber sie wusste – wie alle in unserer Familie –, dass meine Großmutter sechs Kinder in ihrer Obhut hatte: die beiden eigenen und vier von ihren Schwägerinnen. Ernas Mutter und eine andere Schwägerin waren in einem anderen Arbeitslager interniert.

»Ich bin so aufgeregt«, sagte sie immer wieder und sah

mich an und erzählte trotzdem immer weiter, fahrig und sprunghaft. »Da lag dieses tote Kind am Wegesrand.«

Kinder versuchten sich nachts aus dem Lager zu schleichen, um in den umliegenden Dörfern nach Essen zu betteln. Viele Serben hatten Mitleid mit den Deutschen und halfen. Doch wenn die Wachen ein Kind erwischten, wurde es bestraft, manchmal mit dem Tod.

»Es war ein sechsjähriges Mädchen. Sie haben sie erschossen, weil sie sich aus dem Lager geschlichen hatte. Sie haben sie mit aufgeplatztem Bauch und heraushängenden Gedärmen am Wegesrand liegen lassen, damit die anderen Kinder sie sehen. Wir sind an ihr vorbeigegangen.«

Auch Erna-Tante hat so gut wie nie darüber gesprochen, was passiert ist, was sie gesehen und erlitten hat. Das Verdrängen zieht sich durch die ganze Generation, über Kontinente hinweg. Erna-Tante sagte: »Meine Mutter dachte, wenn wir das einfach vergessen, wird alles gut. Aber ich habe immer wieder davon geträumt.«

Am Ende unseres Gesprächs fragte ich sie nach ihrer Heimat. Hatte sie überhaupt eine?

Erna-Tante richtete sich auf, und zum ersten Mal war ihre Stimme fest und bestimmt: »*I am a citizen of the United States of America*!«

Nach ein paar Jahren in Österreich bestieg sie 1952 mit ihrer Mutter einen Dampfer in Bremen. Sie war 12 Jahre alt, als sie in New Orleans von Bord ging, und erinnert sich an ihre erste Coca-Cola, die wie Gummi schmeckte, an die Zugfahrt nach Kalifornien und an das große Erdbeben im selben Jahr. Viele Donauschwaben sind nach Los Angeles ausgewandert, ein katholischer Priester bürgte damals für ihre Visa. Ernas Mutter Jolan bekam eine Arbeit in einer Textilfabrik und nähte Badeanzüge.

Vor mehr als 25 Jahren saß ich schon einmal hier in der Küche von Erna-Tante, deren Schränke damals wie heute mit Gummis gegen ein mögliches erneutes Beben gesichert waren. Ich sprach mit ihrer Mutter, Jolan-Tante, die damals noch lebte und mich, den jungen Besucher der deutschen Verwandten, sofort ins Herz geschlossen hatte.

Jolan-Tante fragte mich nach meiner Mutter und meinem Onkel, nach meinem Bruder und meinen Cousinen. Sie schimpfte auf die Serben. Und sie sagte über meine Großmutter: »Du weißt, dass sie sich um die Kinder gekümmert hat. Sie hat im Lager auf sie aufgepasst. Und alle haben überlebt. Das werden wir ihr ewig danken.«

*

Was meine Großtante damit genau meinte, habe ich erst Jahre später verstanden, als meine Mutter mir eine Passage aus einer Ausgabe des *Setschaner Rundbriefes* zeigte, den sie abonniert hatte. Eine Zeitzeugin berichtete dort aus dem Lager Molidorf. Wieder ging es um den Lagerkommandanten und wieder darum, dass die Frauen aus Setschan ihm Paroli boten.

Die Zeitzeugin schrieb: »Wir Setschaner bildeten einen Block, dabei waren z.B. die Loch-Rosi (Frau vom Apotheker).« Im Winter 1945/46 war der Lagerkommandant mit der Arbeitsleistung der Mütter nicht zufrieden. Er wollte nicht zulassen, dass einige der Mütter nicht raus aufs Feld gingen, sondern stattdessen bei den Kindern blieben. Deshalb wollte er nun die Mütter von den Kindern trennen, um diese in Heimen fernab vom Lager unterzubringen.

Das war Methode. Immer wieder wurden donauschwäbische Kinder vom Tito-Regime in eigene Kinderheime gebracht, wo sie umerzogen werden sollten. Bewusst von ihren Eltern und Geschwistern getrennt, sollten sie kein Deutsch mehr sprechen und ihre ethnische Identität verlieren. In mehr als hundert Kinderheimen in ganz Jugoslawien verteilt, wurden damals deutsche Kinder teils jahrelang festgehalten.

Im Lager Molidorf müssen sich dramatische Szenen abgespielt haben. Als die Partisanen, die als Wachen im Lager eingesetzt wurden, den Müttern ihre Kinder entreißen wollten, wehrten die Frauen sich. Sie begannen zu schreien und hielten ihre Kinder fest. Daraufhin sperrten die Wachen Mütter und Kinder in einen Holzschuppen. Der Schuppen war nicht beheizt und eiskalt. Meine Mutter und ihr Bruder kauerten sich an ihre Mutter, frierend und voller Angst. So jedenfalls stelle ich es mir vor.

Ein paar Stunden später kam der Kommandant. »Gebt ihr uns nun eure Kinder oder nicht?«, herrschte er die Frauen an.

»Nein«, schrien die Mütter. »Nein!«

Der Kommandant packte eine der Mütter und schleifte sie nach draußen vor den Holzschuppen. Ein Schuss fiel. Im Schuppen dachten die anderen, der Kommandant habe die Frau erschossen. Erst später erfuhren sie, dass er sie nur in den Keller gesperrt hatte.

Die Nacht verbrachten Frauen und Kinder eingesperrt im Schuppen. Am nächsten Tag kam der Kommandant noch einmal zu den Müttern und sagte: »Entweder ihr gebt uns eure Kinder oder ihr werdet alle erschossen.«

Da trat meine Großmutter vor, schreibt die Zeitzeugin. Meine Großmutter war damals Mitte zwanzig. Sie sagte: »Ihr habt mir alles genommen. Meinen Mann habt ihr in Betschkerek ermordet, ihr könnt mich erschießen.« Sie zeigte auf einen Holzklotz, der neben ihr stand. »Ihr könnt mir den Kopf abhacken, macht mit mir, was ihr wollt. Aber meine Kinder bekommt ihr freiwillig nicht.«

Der Kommandant fluchte und ging fort. Die Frauen machten sich wieder an die Arbeit. Die Kinder blieben bei ihren Müttern und wurden nicht in Heimen untergebracht.

*

Fast zwei Jahre ihrer Kindheit verbrachte meine Mutter im Lager Molidorf, von September 1945 bis Mai 1947. Eigentlich ist es unvorstellbar. Vielleicht will ich auch deshalb nicht aufgeben, will unbedingt die Überreste des Lagers finden. Deshalb fragen wir – eigentlich sind wir schon auf dem Rückweg – einen jungen Bauern mit Basecap und engem T-Shirt, den wir auf seinem Traktor angehalten haben, nach den Ruinen von Molidorf, die hier irgendwo sein müssten. Katarina, unsere Begleiterin, schildert ihm auf Serbisch unsere Geschichte. Er weiß nichts von und über Molidorf, aber er nimmt sein Handy und ruft seinen Vater an. Der verweist an einen Freund der Familie. Nach einem weiteren Telefongespräch, in dem der Bauer offenbar eine Wegbeschreibung bekommt, sagt er uns: »Fahrt mir nach!«

Wir nehmen wieder denselben Weg zurück und halten kurz vor der Weggabelung, von wo es zu der Hofruine geht, von der wir gerade gekommen sind. Ab hier, sagt der Bauer, gehe es mit dem Auto nicht mehr weiter. Wir müssten den Traktor nehmen. Irgendwo in den Feldern, hat der Freund seines Vaters gesagt – und er glaube nun zu wissen, wo das sein könnte –, stünden noch Ruinen und ein paar Gräber.

Ich sehe zuerst meinen Bruder und dann meine Mutter an. »Ich finde, wir sollten es versuchen«, sage ich.

»Auf dem Traktor?«, fragt meine Mutter.

»Nein«, antworte ich. »Ich finde, wir sollten alle fahren. Auf dem Anhänger.«

»Die Mama auf dem Anhänger?«, fragt mein Bruder ungläubig.

»Mama?«, sage ich und sehe zu ihr.

»Ich weiß nicht«, sagt sie lächelnd.

»Das geht schon«, sage ich.

Mein Bruder verdreht die Augen. Er ist immer wieder der Meinung, dass wir meiner Mutter zu viel zumuten, sowohl psychisch als auch physisch. Schon meine Idee, mit ihr zum Purtschellerhaus aufzusteigen, fand er nicht gut.

»Ja, das geht«, sagt meine Mutter aber nun.

Katarina erklärt dem verdutzten Bauern, dass wir meine 75-jährige Mutter auf den Anhänger hieven müssten. Er macht den Traktormotor aus. Wir helfen ihr auf die Anhängerkupplung und bilden für sie mit den Händen eine Räuberleiter. Ich bin schon oben und halte sie an den Armen, mein Bruder drückt von unten. Sie schwingt sich leichter als gedacht über die Frontseite des Anhängers.

Nachdem wir alle oben sind, geht es los. Die Feldwege werden immer holpriger, je weiter wir kommen. Wir müssen uns gut festhalten, meine Mutter steht vorne in ihrem Blümchenkostüm, das sie sich selbst genäht hat, die Handtasche über der Schulter, beide Hände fest auf dem Anhängerrand, die Knie nicht ganz durchgedrückt, damit sie das Ruckeln abfedern kann; wie ein Surfer, der die Kraft der Wellen abfängt, hat sie ihren Körperschwerpunkt nach unten verlegt.

Wir fahren Sonnenblumenfelder entlang, und das gar nicht so langsam, der Sommerwind rauscht uns um die Ohren. Hier und da zeigt der Bauer, der vorne auf seinem Traktorschemel sitzt, in die Ferne. Er hupt, wenn wir an einem Baum vorbeifahren, dessen volle, grüne Zweige tief über dem Weg hängen. Wir müssen uns ducken, damit sie uns nicht das Gesicht zerkratzen. Mein Bruder und ich lassen meine Mutter nicht aus den Augen, immer wieder stützen wir sie an der Schulter. Mein Bruder sorgt sich, dass sie fällt, er steht so, dass er sie jederzeit auffangen könnte. Er denkt an ihre Rücken-OP vor wenigen Monaten. Ich bin davon überzeugt, dass sie sich gut festhält, und mache mir weniger Sorgen als er. Warum auch? Meine Mutter ist eine starke Frau. Sie sagt nicht viel, doch ich habe den Eindruck, dass sie die Fahrt genießt. Es ist schwer, in diesem rasanten Sommermoment daran zu denken, dass wir auf der Suche nach dem Ort sind, wo sie als kleines Kind Todesängste ausgestanden haben muss.

Mehrere Male halten wir an, denn der Bauer sucht nach dem Weg. Er scheint sich immer unsicherer zu werden. Wir spüren, dass wir nichts finden werden. Nach einer Dreiviertelstunde machen wir kehrt und rauschen zurück. Ich bin enttäuscht, aber meine Mutter sagt, dass sich die Traktorfahrt doch gelohnt habe.

Mitte der Fünfzigerjahre stieg das Grundwasser hier auf diesen Feldern, überschwemmte die ganze Gegend und zerstörte das, was von Molidorf übrig geblieben war. Wir haben es versucht, aber offenbar ist von Molidorf wirklich nichts mehr da. Geblieben sind nur schreckliche Erinnerungen.

Modosch

Pünktlich um 9 Uhr trifft Branko Stojkov im Café am Kirchplatz von Modosch ein, das Hemd gebügelt, die Brille geputzt, die Augen hinter seiner Hornbrille neugierig und voller Mitteilungsdrang. Den alten Dorfplan hat er auch dabei, er breitet ihn akkurat vor uns auf dem Café-Tisch aus und streicht ihn glatt. Herr Stojkov ist ein Serbe, der es ganz genau nimmt.

Es ist derselbe, wohl aus den Siebzigerjahren stammende Plan, den ich auch im Haus der Donauschwaben gefunden habe. Handgemalt, im Maßstab 1:5000, sind hier Häuser und Grundstücke eingezeichnet und nach den Besitzverhältnissen der Vorkriegszeit markiert. Die Parzellen sind je nach Volkszugehörigkeit unterschiedlich schraffiert. So erkennt man, dass im Norden des Ortes damals vor allem Serben lebten, im Süden vorwiegend Bulgaren. Hier und da gab es ein paar ungarische Häuser und ein paar jüdische Grundstücke, und am östlichsten Zipfel hatten sich Zigeuner (wie sie damals noch genannt wurden) niedergelassen. Mit Abstand die größte Zahl, sowohl im Zentrum des Dorfes als auch in den anderen Ortsteilen, bildeten die deutschen Häuser, die im Unterschied zu den anderen mit Familiennamen versehen sind. All dies wurde für das *Heimatbuch Modosch* akkurat mit Tusche zu Papier gebracht – eine Fleißarbeit gegen das Vergessen.

An der Ecke Mühlengasse und Bahngasse stand die

Mühle meiner Urgroßmutter. Im Kästchen ist notiert: »Mühle Zivey, Biebel«; das waren die Nachnamen meiner Urgroßmutter und ihres Bruders.

Wir sitzen im Schatten der durchaus renovierungsbedürftigen Kirche von Modosch und haben türkischen Kaffee bestellt. Jetzt ist Herr Stojkov in seinem Element und beginnt sofort, uns die Dorfstruktur zu erklären. Bis zu seiner Pensionierung hat er als Vermesser im Katasteramt gearbeitet. Niemand kennt Modosch so gut wie er. Er wird uns zur alten Mühle meiner Urgroßmutter führen – oder zu dem, was davon übrig blieb. Am Telefon kündigte er an, über weitere Kontakte zu verfügen, die uns nützlich sein könnten. Außerdem informierte er uns darüber, bis wie viel Uhr er heute Zeit hätte, denn mittags habe er noch einen Termin. Selten waren unsere Reisetage so exakt geplant wie heute. Es ist fast so, als wolle Herr Stojkov deutscher sein als die Deutschen, deren Fleiß und Disziplin er sehr bewundert. »Ohne die Deutschen wäre das Banat nicht, was es heute ist. Früher war hier nur Sumpfland«, sagt er anerkennend.

Die Familie von Herrn Stojkov lebt seit 1820 in Jaša Tomić, wie der Ort Modosch heute in Serbien genannt wird. Er wurde 1938 geboren und ist damit drei Jahre älter als meine Mutter. Sein Vater, erzählt er, war vor ihm ebenfalls im Katasteramt angestellt und kickte in seiner Freizeit in der örtlichen Fußballmannschaft, die zur Hälfte aus deutschen und zu anderen Hälfte aus serbischen Mitspielern bestand. Er selbst hatte in seiner Kindheit viel Umgang mit den deutschen Kindern im Ort, spielte mit ihnen auf der Straße. Modosch war ein florierendes Dorf mit vier Banken und elf Restaurants, erzählt er. Heute gebe es keine einzige Bank mehr im Ort und nur noch zwei Cafés.

»Es gab keine Probleme zwischen Deutschen und Serben«, sagt Herr Stojkov, die Vergangenheit etwas verklärend. »Bis die Partisanen kamen. Die Partisanen haben alles zerstört.« Er macht eine Pause, sieht sich kurz um und spricht dann etwas leiser: »Es waren keine Partisanen, sondern Banditen.«

»Wie hat sich Modosch nach dem Krieg verändert?«, frage ich ihn.

Wieder schaut Herr Stojkov um sich. Ich folge seinem Blick. Der Café-Besitzer hockt ein paar Tische weiter unter einem Sonnenschirm und hört Radio, serbischen Dudelfunk. Wir sind die einzigen Gäste.

»Das ist kein guter Ort, um darüber zu sprechen«, flüstert Herr Stojkov. Der Café-Besitzer sei Kommunist und sein Sohn Polizist. Er wechselt das Thema und erzählt meiner Mutter von seinem Onkel, der Metzger war und die Mühle ihrer Großmutter kannte. Sie nannten sie die ›Biebel‹-Mühle, nach dem Nachnamen der Familie. »Und das Haus nebenan war so schön, es wurde immer nur ›das Schloss‹ genannt.«

»Es war ein Eckhaus«, sagt meine Mutter. Sie kennt es nur aus Erzählungen.

»Genau!« Herr Stojkov lacht, während er sich erinnert. »Mit einer schönen Hecke.«

Bereits als Kind hatte ich von der Mühle meiner Urgroßmutter gehört. Wahrscheinlich erzählte mir meine Mutter schon früh davon. Oder vielleicht sogar mein Vater, dem es immer wichtig war zu erwähnen, dass meine Mutter zwar ein Flüchtlingskind sei, aber dennoch aus »guten Verhältnissen« stamme. Ich wusste also, dass meine Urgroßmutter Maria in ihrer Heimat Mühlenbesitzerin gewesen war, was für die damaligen Zeiten für einen gewissen Wohlstand und für Ansehen sorgte. Meine Urgroßmutter hatte schon als junge Frau ihren Mann verloren; er hatte die Mühle gemeinsam mit ihrem Bruder Sebastian erworben. Nach seinem Tod musste sie ihre Tochter

– meine Großmutter Rosalia – und den Sohn alleine großziehen und betrieb die Mühle mit ihrem Bruder Sebastian weiter. Das Geschäft florierte. Bauern aus der ganzen Region kamen, um ihren Weizen mahlen zu lassen. Die Familie meiner Urgroßmutter etablierte sich damit im Dorf in der Klasse der »Herrischen«, die im Unterschied zu den »Baurischen« wohlhabender und gebildeter waren.

»Herrisch« und »baurisch« – in der gesellschaftlichen Hackordnung eines jeden Dorfes im Banat gab es damals klare Zugehörigkeiten. Zu den »Baurischen« zählte man Bauernfamilien und Landarbeiter. Zu den »Herrischen« zählten fast alle Handwerkerfamilien, die Kaufleute, die Studierten sowie die wenigen deutschen Beamten, Ärzte, Lehrer und Pfarrer. Äußerlich unterschieden sich beide Schichten vor allem in Kleidung und Sprache. Während die »Baurischen« starken Dialekt sprachen, der sehr an die Mundart der jeweiligen Herkunftsregion erinnerte, versuchten sich die »Herrischen« am Hochdeutsch, das freilich noch eine Dialektfärbung aufwies. Die Bauersfrauen im Banat trugen Anfang des 20. Jahrhunderts eine dunkle ortsspezifische Tracht aus Bluse, Schürze und weitem Rock, wobei sie darunter drei (oder sonntags bis zu fünf) Unterröcke anlegten. An Festtagen wurde ein Tuch um den Hals gebunden, und ein Kopftuch trugen viele verheiratete Frauen auch während der Woche. Bei ihren Männern überwog der schwarze oder dunkle Anzug mit weißem Hemd, breitkrempigem schwarzem Hut und Stiefeln. Halsbinde oder Krawatte waren lange Zeit den »Herrischen« vorbehalten. Die Bartmode veränderte sich mehrfach im Laufe der Generationen, zeitweise war es bei den »Herrischen« im Banat beliebt, sorgfältig gezwirbelte Schnurrbärte nach ungarischer und später, fein gestutzt, nach englischer Art zu tragen.

An den Schnurrbart meines Urgroßonkels Sebastian

kann ich mich noch gut erinnern. Er war buschig, dicht und grau und glich einer harten Bürste. Basti-Onkel, wie er von allen genannt wurde, war ein eindrucksvoller Mann von großer Statur und mit donnernder Stimme. Anfang des Jahrhunderts geboren, war er schon ein sehr alter Mann, als ich ihn als Kind erstmals bewusst wahrnahm. Mein Bruder und ich hatten immer ein bisschen Angst vor ihm, wenn wir zu Besuch waren. Wenn er sprach, waren alle still. Er wirkte stark und unerschütterlich. Doch nachts hörte die Familie seine Schreie, immer wieder holte ihn der Krieg in seinen Träumen ein. Was er als Soldat in deutscher Uniform erlebt hat, kann man nur erahnen.

Basti-Onkel wurde, während er mit meiner Urgroßmutter die Mühle betrieb, von den Deutschen zum Militär eingezogen. Nach Kriegsende schaffte er mit seiner Familie die Flucht nach Deutschland; sie ließen sich später in Kandel in der Pfalz nieder. Er, der in seiner Heimat, im Banat, schon mit 21 Jahren Mühlenbesitzer gewesen war, arbeitete nun in Deutschland mit Mitte 40 erst bei einem Winzer, dann lange Zeit als Maurer. Von dem Geld baute er sich ein neues Haus. Es wurde nicht mehr »das Schloss« genannt, aber es hatte einen großen Gemüsegarten, in dem er im Sommer oft saß. In meiner Kindheit kamen wir immer wieder dorthin zu Besuch.

Nach dem Tod meiner Großmutter zog meine Urgroßmutter in ein Seniorenheim in Kandel. Ihr Bruder Sebastian besuchte sie jeden Tag, sie unternahmen lange Spaziergänge.

Das Patriarchalische hat Basti-Onkel nie abgelegt. Im Flur hing ein Foto seiner Mühle. Wie groß muss sein Frust, seine Wut und seine Trauer über diesen Verlust gewesen sein? Hat er ihn je verkraftet? Hat er ihn irgendwie verarbeitet? Hat er seinen Frieden mit dem gemacht, was geschah? Mit denen, die ihm alles genommen haben? Ich bin mir nicht sicher. Wahrscheinlich nicht. Ganz am Ende seines langen Lebens erlebte er noch den Ausbruch der Jugoslawienkriege Anfang der Neunzigerjahre. Kroatien, Bosnien, Serbien – immer tiefer wurde der Balkan in den Strudel des Krieges gerissen. Es muss bei einem unserer letzten Besuche bei ihm gewesen sein, da saß er im Gartenstuhl, schimpfte über die Nachrichten, die aus Jugoslawien kamen, und rief voller Wut: »Die sollen sich ruhig alle gegenseitig umbringen. Und der Letzte soll sich aufhängen.«

*

Ich zahle den Kaffee, Herr Stojkov steigt zu uns in den Golf. Wir fahren durch das Dorf, vorbei an den alten deutschen Häusern, die sicher schon einmal bessere Zeiten gesehen haben. Herr Stojkov erzählt: Hier habe diese Familie gewohnt, dort jene. Kessering, Weissmüller, Kausch – meiner Mutter kommen fast alle Familiennamen, die er erwähnt, bekannt vor.

Im Dorfpark sind die Hecken von der trockenen Hitze hellbraun geworden. Wir schlendern durch den Park und sind froh über den Schatten, den die belaubten Bäume dort spenden. Am Rande des Parks wohnt Irena Marinić, die uns schon von ihrer Fensterbank aus begrüßt. Sie drückt uns ihren Haustürschlüssel in die Hand, wir lassen uns selbst hinein. Die alten Mauern des Hauses sorgen für Kühle unter den hohen Decken. Frau Marinić ist eine alte Dame von 92 Jahren, die sich für unseren Besuch, den Herr Stojkov arrangiert hat, offenbar extra fein gemacht hat. Sie trägt einen türkis gemusterten Rock und eine lachsfarbene Bluse; der schmale Peter-Pan-Kragen ist bis oben zugeknöpft. Sie ist aufgeregt wegen des Besuchs aus Deutschland. Sie geht ein wenig gebückt, aber ihre Augen blinzeln hellwach.

Wir setzen uns auf ihr Sofa, meine Mutter an ihre Seite, und Frau Marinić beginnt zu erzählen.

»Gegenüber der Mühle war eine Tanzschule. Mich haben sie dort nicht hineingelassen, weil ich noch zu jung war. Doch in der Mühle wohnte ein deutsches Mädchen. Ich erinnere mich an sie, sie war voller Energie. Und sie nahm mich dann mit dort hinein.«

»Das muss deine Mutter gewesen sein«, sage ich zu meiner Mutter. Sie lächelt. »Erinnern Sie sich an den Namen des deutschen Mädchens?«, frage ich Frau Marinić.

»Leider nein. Aber ich weiß noch, dass ich einmal zu einer Feier in die Mühle eingeladen wurde. Viele Kinder aus dem Dorf waren eingeladen. In der Mühle war es sehr sauber und aufgeräumt. ›So sauber wie bei den Schwaben‹, das ist ja heute noch ein Sprichwort hier bei uns. Der Garten der Mühle war wie ein Park. Und ich erinnere mich, dass es im Bad ein wundervolles Waschbecken mit einem Spiegel gab.«

Ob ich will oder nicht, wieder baut sich vor meinem geistigen Auge eine historische Idylle auf, und ich bin mir fast sicher, dass es meiner Mutter genauso geht. Ich stelle mir die unbeschwerte Kindheit meiner Großmutter vor, Halbwaise zwar, aber dennoch behütet und gut situiert. Voller Energie, so hatte die alte Dame sie beschrieben, das klingt positiv und lebensbejahend. Dem Dorf ging es gut, das Leben war beschaulich, sonntags gingen die älteren Mädchen und jungen Frauen mit weißen Handschuhen und Hut in die Kirche. Niemand konnte ahnen, dass nur wenige Jahre später all dies vorbei sein würde.

Irena Marinić erinnert sich an die Momente, in denen in Modosch eine neue Zeit anbrach. Als zuerst die Deutschen und später die Russen und die Partisanen kamen. Ihre beste Freundin war eine Deutsche, erzählt sie. Hedi hieß sie, ihre Eltern waren Feldarbeiter. »Sie war schön, hatte schwarzes Haar und blaue Augen«, erzählt die alte Dame.

Als die deutschen Soldaten kamen, nahm Hedis Vater sie, die serbische Freundin seiner Tochter, zur Seite: »Die Deutschen werden fragen, wie viele Schweine ihr habt. Sie werden sie euch wegnehmen. Ihr müsst sie verstecken.« Er war ganz ernst, erzählt sie. Dreimal ermahnte er sie, die Schweine zu verstecken: »Geh, sag es deinem Vater!« Sie tat wie geheißen, und ihre Familie versteckte die Schweine auf einem Feld.

Als ein paar Jahre später die Partisanen kamen, wurde Hedis Familie auseinandergerissen. Die jüngere Schwester wurde von der Mutter getrennt. Irena Marinić war dabei, sie erinnert sich an einen Partisanen auf einem Pferd, der die kleine Schwester mitnahm. »Sie hat geschrien, sie hat so laut geschrien«, erinnert sie sich, »ich konnte ein Jahr lang nicht schlafen.« Nach dem Krieg flüchtete ihre Freundin Hedi nach Deutschland. Sie haben sich nie wiedergesehen.

Es sind Erinnerungsfetzen, sie geben nur einen Eindruck, keinen Aufschluss. Frau Marinić erzählt anekdotisch und sprunghaft, mit vielen Lücken. Aber es gibt nicht mehr viele, die überhaupt noch davon erzählen können. An der Stelle mit den Partisanen beginnt sie zu weinen. Meine Mutter hält ihre Hand und lässt sie nicht mehr los.

Dann spricht Frau Marinić über die Zeit nach dem Krieg. Wie die Partisanen sie als Feindin betrachteten, weil sie es mochte, sich schick zu machen. Wie sie heiratete. Wie ihr Mann als Buchhalter arbeitete und sie als Bürogehilfin. Wie sie sich dieses Haus kauften. Und wie sie nach dem Krieg in der Apotheke in Setschan, dem Nachbardorf, immer ihre Medikamente kaufte – sie erinnert sich an die schönen Holzmöbel und die großen Gläser mit den weißen Pillen. Es muss die Apotheke gewesen sein, in der mein Großvater vor dem Krieg gearbeitet hat.

Ich lasse sie reden, frage nur selten nach. Wenn ich konkret einhake und nach den Partisanen oder nach der Apotheke frage, schüttelt meine Mutter unmerklich den Kopf, als hoffe sie bereits, keine konkrete Antwort zu bekommen. Manchmal nimmt sie auch eine Antwort vorweg und sagt, dass man sich daran ja wohl kaum erinnern könne. Immer wieder winkt sie ab – es ist doch so lange her. So als baue sie auf die Unfähigkeit, sich zu erinnern – oder das Recht darauf, sich nicht zu erinnern.

*

Wir wussten, dass die Mühle nicht mehr steht. Meine Mutter hatte es vor einiger Zeit von unseren Verwandten in Kandel erfahren. Nur eine Ruine würden wir vorfinden. Nicht zum ersten Mal auf dieser Reise denke ich, dass wir zu spät kommen. So wie es zu spät ist, um meine Großmütter zu befragen – sie und ihre Erinnerungen sind längst verschwunden. Außer ein paar Fotos und die paar Daten auf dem Zettel haben sie wenig hinterlassen, was an früher erinnert. Meine Mutter haben sie alleine gelassen mit ihren Erinnerungsfetzen, die kein klares Bild ergeben. Es wurde zwar viel gesprochen über die alte Heimat und viel Gutes erzählt, aber vieles wurde auch weggelassen.

Sehr viele Donauschwaben haben ihre Heimat verloren, doch meine Mutter kann noch nicht mal das wirklich für sich beanspruchen. Sie hat etwas verloren, das sie nie wirklich besaß. Und unser Versuch, dieser Art von Heimat näherzukommen, scheitert immer wieder daran, dass zu viel Zeit vergangen ist. Menschen, Häuser, Dörfer – vieles scheint unwiederbringlich versunken; unsere Reise kann die Vergangenheit oft nur erahnen lassen.

Herr Stojkov führt uns zur Ruine. Vom eigentlichen Mühlengebäude meiner Urgroßmutter erkennen wir nur noch das Fundament aus Beton. Durch die brüchigen Ritzen im Boden haben sich Gras und Unkraut nach oben gekämpft. Viele Halme sind durch die Trockenheit des Sommers verdorrt. Hinter dem Fundament steht noch ein Nebengebäude; es sieht verwundet aus, wie Schürfungen erscheinen mir die roten Ziegel, die an vielen Stellen den weißen Putz verdrängt haben. Löcher klaffen in der Hauswand, als hätte jemand mit einem großen Hammer zugeschlagen. Das Dach ist verformt, Ziegel fehlen, das Gebäude sieht aus wie nach einem Auffahrunfall. Es ist fast Mittag, und die Sonne brennt und heizt das Betonfundament auf, auf dem wir nun stehen. Wir sprechen nicht viel, sondern inspizieren das, was von der Mühle übrig blieb. Meine Mutter schreitet das Grundstück ab und betritt das baufällige Nebengebäude, wo sie in den wenigen Räumen nur Schutt und Müll findet. Vielleicht fünfzehn Minuten – ein Blick in jeden Raum, mehr nicht – braucht sie, bis sie ungeduldig wird und weiterwill. Das Ganze gleicht eher einer archäologischen Begehung als einem Eintauchen in eine ferne Vergangenheit. Sie will nicht innehalten und nachdenken. Sie will einen Blick werfen und weiterfahren.

»Es ist traurig. Und es ist vergangen«, sagt sie bloß.

Ich versuche mir vorzustellen, dass hier einmal Hochbetrieb herrschte. Dass die Bauern vor der Mühle Schlange standen mit ihrer Ernte. Dass mein Urgroßonkel und meine Urgroßmutter die Geschäfte organisierten und hart arbeiteten.

Bis irgendwann alles vorbei war. Spätestens im August 1944 zeichnete sich ab, dass die sowjetischen Truppen über Rumänien auch nach Serbien drängen würden und die deutsche Wehrmacht auf dem Rückzug war. Da

Modosch direkt an der Grenze lag, würde das Dorf eine der ersten Stationen der Roten Armee sein. Bereits Anfang September bereiteten sich viele donauschwäbische Einwohner von Modosch auf eine mögliche Evakuierung vor: Wagen wurden bepackt und mit wasserdichten Planen überdacht, Wertvolles versteckt oder vergraben. Doch Mitte September ordnete die Volksgruppenführung der Donauschwaben – auf Druck des SS-Kommandos in Belgrad – an, dass alle Deutschen bleiben müssten.

In der Nacht zum 30. September 1944 hatten sich die Russen bis auf Hörweite genähert. Trotz des strömenden Regens dieser Nacht venahmen die Modoscher am Rande ihres Dorfes russische Kommandorufe, Pferdegewieher und Kanonengerassel. Im Morgengrauen zogen sowjetische Truppen, begleitet von jugoslawischen Partisanen, nach Modosch ein. Die Gemeinde leistete, trotz anders lautender Befehle von deutscher Seite, keinen Widerstand.

»Es war, als breche die Hölle über uns herein«, sagt Herr Stojkov. Es kam zu Plünderungen, Erschießungen, Vergewaltigungen. Es gibt Berichte, nach denen Donauschwaben in Modosch mit der Axt erschlagen und zerstückelt wurden. Herr Stojkov sagt, allein in Modosch seien mindestens 16 Deutsche erschossen worden. Sieben hätten sich aus panischer Angst selbst das Leben genommen.

Vieles dürfte Herr Stojkov nur aus Erzählungen kennen, er war damals sechs Jahre alt, aber er erinnert sich, dass die Russen in der Straße vor seinem Haus ihre Feldküche aufgebaut hatten. »Sie rissen den Hühnern den Kopf ab und warfen sie mitsamt ihren Federn ins kochende Wasser«, erzählt er. Nach ein paar Tagen wurde sein deutscher Nachbar festgenommen und mit dem Zug nach Groß-Betschkerek gebracht. »Er weinte, als er abgeholt wurde«, erinnert sich Herr Stojkov, »er durfte sich nicht einmal von seiner Familie verabschieden.«

War es genau so, als sie meinen Großvater mitnahmen, nur ein paar Kilometer entfernt von hier, in Setschan?

Nach zehn Tagen zog die Rote Armee weiter und übergab das Kommando den jugoslawischen Partisanen. Nachts herrschte Ausgangssperre, tagsüber zwangen die Partisanen die Bewohner von Modosch, die Feldarbeit weiterzuführen. Die Plünderungen gingen weiter, doch viele Deutsche hatten ihre Wertsachen bei serbischen Nachbarn versteckt. Deshalb gingen die Partisanen mit einer Trommel durch die Straßen und Gassen des Dorfes und riefen alle serbischen Einwohner auf, die Wertsachen der Deutschen abzugeben. Auch Herr Stojkovs Vater gehörte zu denen, die den Deutschen helfen wollten. Für seinen deutschen Nachbarn versteckte er ein goldenes Besteck für 24 Personen, er verstaute es unter den Kopfkissen in seinem Bett.

Doch Herrn Stojkovs Onkel gehörte zu den Partisanen. »Bist du verrückt?«, rief der wütend seinem Bruder zu, als er davon erfuhr. »Du wirst ins Gefängnis kommen, genau wie die Deutschen!« Er zwang ihn, das Besteck herauszugeben. Später verkauften es die Partisanen, sagt Herr Stojkov: »Das habe ich meinem Onkel nie verziehen.«

Herr Stojkov muss gleich weiter, und das kommt meiner Mutter gerade recht. Sie will nicht länger an der Mühle bleiben. Als wir uns bei ihm bedanken, muss ich daran denken, dass auch er etwas verloren hat. Nicht seine Heimat, denn er wohnt ja immer noch hier, aber vielleicht die Unschuld der Heimat – und die Idylle seiner Kindheit. Bis ins hohe Alter hadert er mit dem, was den deutschen Nachbarn in seinem Dorf widerfahren ist, und bis heute findet er, dass der Ort den Donauschwaben viel zu verdanken hat. Das sehen hier vielleicht nicht alle so, aber für Herrn Stojkov hat die Erinnerung an das deutsche Erbe von Modosch auch mit der Erinnerung an eine bessere Zeit zu tun.

»Es tut mir leid, dass Modosch so ärmlich geworden ist. Es tut mir im Herzen weh«, sagt er entschuldigend zum Abschied.

*

Nach dem Mittagessen überzeuge ich meine Mutter, noch einmal zur Mühle zu fahren. Ich hatte bemerkt, dass in einem Anbau des heruntergekommenen Nebengebäudes alte Gardinen hinter den noch intakten Fensterscheiben hingen. Hier wohnt jemand.

Nedjo Peško will uns nicht hineinlassen. Er sei seit fünf Jahren geschieden, sagt er, er wohne alleine. Fragend sieht er uns an und erwartet, dass dies an Erklärung genug sei. Er ist ein zurückhaltender, aber freundlicher Mann Anfang sechzig, der trotz seines schütteren grauen Haares jünger wirkt, weil er so hager ist. Sein grüngestreiftes Kurzarmhemd ist ihm ein wenig zu weit, seine Jeans wurden länger nicht gewaschen. Er tritt vor die Haustür, um sich mit uns zu unterhalten.

»Die Mühle gehört einem Fleischfabrikanten«, sagt er und zündet sich eine Zigarette an. Erst vor vier, fünf Jahren sei das Hauptgebäude abgerissen worden, der Rest stehe seitdem leer. Er wohne in dem kleinen Anbau, um auf alles aufzupassen. Die Steine, Ziegel und Balken des Mühlengebäudes habe der Fleischfabrikant genutzt, um auf seinem Weingut ein Gästehaus zu bauen. »13 Meter lange Holzplanken«, sagt er, »alles von guter Qualität.«

Wir erzählen ihm, dass meine Urgroßmutter und mein Urgroßonkel die Mühle vor dem Krieg betrieben haben. Dass meine Großmutter hier aufgewachsen ist. Er schaut meine Mutter an, lächelt und sagt: »Wenn ich gewusst hätte, dass ihr kommt, hätte ich einen Stein der Mühle für euch behalten.«

Eigentlich wollen und müssen wir weiter, und meiner

Mutter ist es sowieso unangenehm, dass wir den Mühlenwächter so überfallen haben. Doch schon nach der ersten Zigarette schlägt Herr Peško vor, dass wir doch alle gemeinsam einen Kaffee trinken gehen sollten. Wir lehnen dankend ab – und willigen nach seiner dritten Nachfrage dann doch ein. Wir lassen unser Auto stehen und gehen die paar Schritte zu Fuß zu seinem Stammcafé. In diesem Moment kommt mir Modosch gar nicht so ärmlich vor, wie Herr Stojkov es vorhin noch beklagt hatte. Viele der Häuser wirken zwar nicht frisch renoviert, aber auch nicht heruntergekommen, außerdem stehen vor ihnen japanische Mittelklassewagen. Die Armut erkennt man vielleicht nicht auf der Straße, wohl aber an den Zähnen der Menschen. Viele Zahnlücken sehen wir. Nur wenige hier können sich neue Zähne leisten.

Wir setzen uns an einen Tisch an der Straßenecke und bestellen türkischen Kaffee und Cola. Nedjo Peško ist in Modosch geboren, doch seine Eltern stammen, wie so viele hier, aus Bosnien-Herzegowina, weil sie nach dem Krieg vom Tito-Regime in dieser Gegend angesiedelt wurden, um nach der Vertreibung der Deutschen die Felder zu übernehmen. Peško arbeitete lange als Antiquitätenhändler. In den alten Möbeln, erzählt er, fand er oft vergilbte Papiere, Grundbücher, Geburtsurkunden, Briefe, oft auch auf Deutsch. Vieles von dem, was er fand, gab er dem katholischen Pfarrer der Gemeinde zur Aufbewahrung. Aber all dies sei bestimmt schon 15 Jahre her. Auch Geschirr und Tischdecken habe er verkauft. Und eben immer wieder die alten deutschen Möbel.

»Das waren die besten Stücke«, sagt er, zieht an seiner Zigarette und nickt anerkennend.

»Die Familie meiner Mutter hatte einen Flügel«, sage ich, »den würde ich sofort kaufen.« Mein Bruder lacht. Herr Peško lächelt. Ja, er habe früher auch Klaviere und

Flügel verkauft. »Inzwischen haben die Leute kein Geld mehr, um Antiquitäten zu kaufen«, fährt er fort, jetzt wieder ernst. Die wirtschaftliche Situation sei sehr schwierig. In der Fleischfabrik im Ort verdienten die Arbeiter rund 250 Euro im Monat.

»Glauben Sie, dass es gut wäre, wenn Serbien der EU beitreten würde?«, frage ich.

»Ja, vielleicht ginge es uns dann besser«, antwortet er. Und dann, ohne dass wir danach gefragt haben, fügt er hinzu: »Ich habe nie verstanden, warum die Deutschen von hier vertrieben wurden. Sie wurden vertrieben, dabei haben sie das Land kultiviert. Ich hätte es verstanden, wenn man nur die vertrieben hätte, die in der SS waren. Aber warum alle anderen? Wir denken nichts Schlechtes über die Deutschen.«

Wir gehen zurück zur Mühle und verabschieden uns von Nedjo Peško. Er verschwindet hinter seiner Tür und seinen Gardinen. Wir werfen einen letzten Blick auf die Ruine und steigen in unseren Wagen, den wir direkt davor geparkt haben. Bevor mein Bruder den Zündschlüssel umdreht, fragen wir meine Mutter, wie es ihr geht. Modosch war das erste von drei Dörfern, die wir besuchen würden, aus denen ihre Familie stammt. Zum ersten Mal betrat sie Grund und Boden, der einmal ihrer Familie gehörte, bevor sie alles verlor. Zum ersten Mal sah sie etwas mit eigenen Augen, was sie nur aus den vagen Erzählungen ihrer Mutter und Großmutter kannte.

Meine Mutter bleibt einen Moment stumm und ernst, dann antwortet sie. Sie erwähnt den Zahn der Zeit und dass nichts ewig bleibe. »Es ist vorbei«, sagt sie – wieder einmal – und lächelt die Erinnerung weg.

Sartscha

Mein Urgroßvater Jakob Loch ist 99 Jahre vor mir geboren. Er ist der Großvater meiner Mutter und sieht auf den alten Fotos streng und wortkarg aus. Die Anzugjacke zugeknöpft, die Krawatte fest gebunden, geht sein Blick starr an der Kamera vorbei. Sein Schnurrbart, dessen spitze Enden links und rechts akkurat nach oben gezwirbelt sind, ist weiß und buschig. Er verdeckt die Oberlippe und ein mögliches Lächeln. Steif und konservativ wirkt mein Urgroßvater auf diesen Bildern, wie eine Statue seiner selbst. Deshalb fällt es mir schwer, mir vorzustellen, dass er um die Jahrhundertwende ein junger Mann voller Zukunftshunger war.

Zu dieser Zeit gehörte die Ortschaft Sartscha, die nächste Station unserer Reise, noch zum Königreich Ungarn, das wiederum zur Monarchie der Habsburger gehörte. Mein Urgroßvater, 1876 geboren, hatte eine kaufmännische Lehre absolviert und setzte nun auf die neuen Technologien, die vor noch nicht allzu langer Zeit erfunden worden waren und die die Welt erheblich kleiner und das Leben erheblich schneller machen sollten: die Telegrafie und die Telefonie. 1901 pachtete er die Poststation in Sartscha und verdiente mit den modernen Kommunikationsmitteln schnell gutes Geld. Er heiratete seine Frau Rosa, kaufte Land, baute ein Haus, in dessen Garten er Walnussbäume pflanzte, und schickte seine vier Söhne aufs Gymnasium.

Der Ausgang des Ersten Weltkriegs veränderte das Leben der Familie. Mit dem in Versailles verhandelten und 1920 geschlossenen Vertrag von Trianon musste der Kriegsverlierer Ungarn zwei Drittel seines Territoriums abgeben. Die Ortschaft Sartscha gehörte plötzlich zum neu entstandenen Königreich der Serben, Kroaten und Slowenen, das 1929 zum Königreich Jugoslawien wurde. Mein Urgroßvater konzentrierte sich fortan auf die Landwirtschaft, kaufte Land und einen Hof, verpachtete beides und sorgte dafür, dass seine Söhne im Ausland studierten. Sein Erstgeborener, Otto Loch, studierte Medizin an der Universität Leipzig und promovierte in Gynäkologie. Ernst Loch studierte Tiermedizin in Wien, machte seine Approbation in Zagreb und ließ sich als Tierarzt im Nachbardorf Setschan nieder. Der dritte Sohn, Ludwig, begann an der Ingenieurschule Mittweida bei Leipzig mit dem Studium des Maschinenbaus, kehrte aber nach einem Jahr zurück nach Jugoslawien und übernahm den landwirtschaftlichen Betrieb des Vaters. Und der jüngste der vier Brüder, mein Großvater Josef Loch, studierte Pharmazie in Zagreb, absolvierte seine Approbation und wurde schließlich Apotheker in Setschan.

Ich stelle mir eine wohlhabende, stolze Familie vor. Ein großes Haus (mit einem Wasserklosett und einer Klingel für die Dienstboten), der Vater geachtet im Dorf, in dem er mehr als zwanzig Jahre lang Postmeister gewesen war (damals ein hochrespektierter Beruf), die Mutter einer Lehrerfamilie entstammend, die vier Söhne an Universitäten ausgebildet.

Ja, sie gehörten zweifelsohne zu den »Herrischen« im Ort. Und vielleicht waren sie nicht nur wohlhabend und respektiert, sondern auch voller Hoffnungen für die Zukunft.

Doch nur zwei aus der Familie sollten den Krieg und

die Lager überleben: mein Urgroßvater und sein zweitjüngster Sohn Ludwig.

*

Diesmal sind wir auf uns alleine gestellt, es gibt keinen Herrn Stojkov vom Katasteramt, der uns wie in Modosch durch den Ort führt. Doch ich habe einen Dorfplan dabei, den ich im Haus der Donauschwaben in Sindelfingen gefunden habe – einen Dorfplan, der nach dem Krieg von geflüchteten Donauschwaben erstellt wurde, um die Erinnerung an eine versunkene Zeit auf Papier festzuhalten. Der Plan ist handgezeichnet, und sofort erkennt man auf ihm die typische schachbrettartige Ortsplanung der Banater Dörfer wieder. In der Hauptstraße, auf der Karte »Hauptgasse« genannt, ist die Kirche auf der zentralen Kreuzung eingezeichnet. Die Querstraßen zur Hauptgasse heißen »Scheuergasse«, »Bauerngasse«, »Dreiviertelgasse« und »Neugasse«. Am Rande des Dorfes ist eine Eisenbahnlinie eingetragen, die uns zur Orientierung dienen kann. Jedes Haus und jedes Grundstück sind mit einer Nummer und einem Familiennamen versehen. Das Haus mit dem Namen »Loch« liegt in der Hauptgasse – ein Hinweis auf den Status der Familie – und trägt die Nummer 94. Ich fühle mich wie auf einer historischen Schnitzeljagd.

Wir fahren ein ins Dorf, das auf Serbisch »Sutjeska« genannt wird. Wir sind noch in Serbien, aber die Grenze zu Rumänien ist nur ein paar Kilometer entfernt. Wie bereits in Modosch und Gakowa ist selbst auf der Hauptstraße kaum jemand unterwegs, der Ort ruht in einer Art Sommerschlaf. Dichtbelaubte Bäume und kahle Strommasten säumen die Wege. Der Asphalt, von der Augustsonne aufgeheizt, mit Rissen und ausgebleichten Straßenmarkierungen, franst an den Rändern aus; es gibt keine Bürgersteige, nach einem schmalen Erdstreifen beginnt direkt das Gras oder der typische Graben, der einst für das Abwasser genutzt wurde.

Die alten deutschen Ortschaften im Banat gleichen sich sehr. Und oft findet man entweder eine heruntergekommene alte katholische Kirche in der Mitte des Dorfs oder ein neugebautes, orthodoxes Gotteshaus, so wie hier in Sartscha. Direkt neben der Kirche steht ein Denkmal für die gefallenen Partisanen im Zweiten Weltkrieg, eine aus schweren Steinen gemauerte Wand, die einen großen roten Stern trägt.

Wir halten an einer Kreuzung. Ich steige aus, den alten Dorfplan in der Hand. Vier Männer – zwei junge, zwei alte – stehen gelangweilt am Straßenrand und rauchen. Wir beugen uns gemeinsam über die Karte. Die Männer können mir anhand des Dorfplans nicht genau sagen, auf welcher Kreuzung wir stehen. Ich frage nach den Eisenbahnschienen, aber sie scheinen mich trotz Übersetzung nicht zu verstehen. Dann zeigen sie in vier verschiedene Richtungen. Einer sagt, er kenne den Familiennamen, der auf dem Nachbargrundstück meines Urgroßvaters eingezeichnet ist, aber er glaube, das Haus sei längst abgerissen. Wir fahren wieder an den Ortsrand und beschließen, erst einmal die Bahngleise zu suchen, damit wir die Richtung auf der Karte bestimmen können, aus der wir kommen. Damit landen wir wieder in der Hauptstraße, irgendwo hier muss das Haus meines Urgroßvaters stehen.

Ich winke einem Bärtigen mit Nickelbrille auf einem Fahrrad zu, er hält neben uns an. Er zeigt auf ein Haus, doch es stellt sich als das falsche heraus. Es bleibt uns nichts anderes übrig, als die Häuser vom Beginn der Straße einzeln abzuzählen.

»Du gibst einfach nicht auf!«, ruft mir meine Mutter vom Hintersitz aus zu, in einer Mischung aus Genervtheit und Anerkennung. Wenn es nach ihr ginge, wären wir vermutlich längst weitergefahren.

Dann stehen wir vor einem Haus, das sich von den allermeisten anderen im Dorf unterscheidet, denn es wirkt wie neu. Das rote Dach ist perfekt gedeckt, die Giebel sind filigran ausgearbeitet, die Hauswand ist lachsfarben gestrichen. Die Hecke und der Vorgarten, in dem Rosen blühen, sind akkurat gepflegt, die Auffahrt wirkt wie gerade erst gepflastert. Selbst die Läden der fünf großen Fenster zur Straße hin, die allesamt heruntergelassen sind, scheinen, als seien sie erst kürzlich eingebaut worden. Die Haustür und das Einfahrtstor sind massiv und teuer. Die Gegensprechanlage ist mit einer Kamera ausgestattet. Das ganze Haus wirkt luxussaniert, und in der Einfahrt steht ein neuer BMW-Geländewagen. Keine Frage, hier wohnen wohlhabende Leute.

Wir parken auf der gegenüberliegenden Seite, steigen aus und begutachten das Haus. Irgendetwas stimmt hier nicht. Ich habe ein altes Foto des Hauses aus den Siebzigerjahren, auf dem ein heruntergekommenes, bröckelndes Gebäude zu sehen ist. Man erkennt es kaum wieder. Doch wir sind uns einig: Das muss es sein.

Wir klingeln. Schnell summt der Türöffner für das Tor zum Eingangsbereich. Doch es lässt sich nicht öffnen. Nach mehrmaligem Summen hören wir, wie die Haustür geöffnet wird und jemand heraustritt bis ans Tor.

»Wer ist da?«, fragt eine schroffe Frauenstimme direkt hinter dem Tor.

»Wir haben Gäste aus Deutschland«, antwortet Katarina und meint uns. »Hätten Sie kurz Zeit? Wir würden Ihnen das gerne erzählen.«

Die Tür öffnet sich einen Spalt. Wir sehen in das ausdruckslose runde Gesicht einer Frau um die sechzig. Sie ist stark geschminkt und trägt eine teuer aussehende, randlose Brille. Ihre Bluse scheint aus Seide. Katarina legt sehr viel Charme in ihre Stimme, als sie mich mit ihrem schönsten Lächeln übersetzt:

»Entschuldigen Sie die Störung. Wir kommen aus Deutschland. Und wir glauben, das war das Haus meines Urgroßvaters.«

»Ich kann jetzt nicht reden. Ich habe keine Zeit. Ich habe Gäste.« Der Ton der Frau ist unfreundlich. Sie wirkt genervt und gestresst. Schon will sie das Tor schließen, als Katarina flötet:

»Nur eine Minute bitte!«

»Ich habe keine Zeit.«

»Können wir später oder morgen wiederkommen?«

Die Frau schließt das Tor. Die Situation wird unangenehm. Schon im Gehen, hinter dem Tor, sagt sie erneut:

»Ich habe keine Zeit, ich habe Gäste vom Festival.«

»Können Sie uns wenigstens sagen, ob dies das Haus von Jakob Loch war? Die alte Poststation?«

»Ja, das ist richtig.«

»Oh, gut«, sagt Katarina, »können wir morgen wiederkommen?«

Doch die Frau hat sich bereits abgewandt. Wir hören, wie sich ihre Schritte hinter dem Tor entfernen und wie sie die Haustür zuschlägt. Wir sehen uns ratlos an.

»Wir versuchen es auf jeden Fall noch einmal«, sage ich zu Katarina. Sie nickt, meine Mutter winkt ab. Wir werden wiederkommen, das steht für mich fest. Wir werden mit dieser Frau sprechen.

*

Schon im Laufe des Tages waren uns die Reisebusse aus Rumänien aufgefallen. Sie hatten das verschlafene Dorf innerhalb weniger Stunden in einen wuselnden Jahrmarkt verwandelt. Nach und nach spuckten die Busse massenweise Männer in bunt bestickten Hemden und Westen, Frauen in trachtenartigen langen Kleidern und hochgestecktem Haar sowie Jugendliche mit Koffern und Musikinstrumenten aus. Auf dem Sportplatz des Dorfes war eine Bühne aufgebaut, Fernsehkameras und ein Satellitenwagen standen bereit. Hier würde heute Abend das größte rumänische Folklorefestival Nordserbiens stattfinden. Die Musik und die Tänze werden live im Fernsehen übertragen.

Die rumänische Kultur scheint uns im serbischen Sartscha quicklebendig. Noch heute gibt es im Dorf einen rumänischen und einen serbischen Teil, eine rumänische und eine serbische Kirche. Etwas weniger als ein Drittel der Einwohner sind Rumänen. Bis zur Grenze sind es nur ein paar Minuten. Die andere Minderheit, die den Ort über Jahrhunderte prägte, ist ausgelöscht. Den deutschen Friedhof, der auf unserer alten Karte noch eingezeichnet ist, finden wir nicht. Er existiert nicht mehr, wir stehen auf einer leeren Wiese. Und natürlich ist kein Straßenname mehr deutsch. Die frühere Hauptgasse heißt heute »Marschall-Tito-Straße«.

Wir setzen uns in ein Café an der Kirche und hoffen, mehr über die unfreundliche Frau im früheren Haus meines Urgroßvaters zu erfahren. An unserem Nebentisch sitzt Zoran Govedarica, ein stattlicher Mann Anfang sechzig, der mit großer Selbstverständlichkeit seinen Platz unter dem Sonnenschirm eingenommen und der Bedienung forsch ein paar Bestellungen zugerufen hat. Diese Selbstverständlichkeit kommt nicht von ungefähr, wie wir schnell von ihm erfahren. Denn seinem Sohn gehört das Café. Im Ort kennt er alle.

»Es wundert mich gar nicht, dass Marıka unfreundlich zu euch war«, sagt er und rückt näher. »Sie ist gestresst, weil sie die Hauptsponsorin des Festivals ist. Und gerade hat sie bestimmt ein paar bekannte rumänische Sänger zu Gast.«

»Sie scheint ziemlich wohlhabend zu sein«, sage ich.

Zoran lacht. »Sie ist die reichste Frau Rumäniens«, sagt er und wartet gespannt auf meine Reaktion.

»Was?«, frage ich. Ich schaue Katarina an, die unschlüssig mit den Schultern zuckt. Meine Mutter guckt ungläubig.

»Ihr gehörten einmal eintausend Apotheken in Rumänien.«

»Wie ist ihr Name?«

»Marika. Und ihr Mann war früher mal ein bekannter Rennfahrer.«

»Und sie hat das Haus gekauft?«

»Nicht nur dieses – mehrere. Sie stammt aus dem Ort. Aber wohnt in Bukarest.«

Ich will sofort alles wissen, doch halte mich mit meinen Fragen zurück, um ihn nicht misstrauisch zu machen. Stattdessen erzähle ich ihm unsere Geschichte und von unserer Reise. Er nickt meiner Mutter freundlich zu. Irgendwie komme ich auf den deutschen Friedhof zu sprechen, den wir nicht finden konnten.

»Es ist eine Schande, dass der deutsche Friedhof umgepflügt wurde«, sagt Zoran, »er war wunderschön.« Zoran stammt aus Sartscha, doch seine Eltern, wie er uns erzählt, stammen aus Herzegowina. Sie wurden nach Ende des Zweiten Weltkrieges hier angesiedelt und kamen nicht unbedingt freiwillig.

»Wieder eine Art und Weise, wie uns Tito verarscht hat«, sagt Zoran und möchte uns die Unterschiede zwischen Herzegowina und dem Banat verdeutlichen. »In Herzegowina gibt es Berge, im Banat nur flaches Land. Meine Eltern haben immer die Berge vermisst«, sagt er. Die Menschen in Herzegowina seien groß und stark, impulsiv und stolz. Im Banat ginge man es eher entspannt und langsam an, das merke man sogar an der Sprache. Im Banat galten die Menschen immer als häuslich, fleißig und ordentlich, die Herzegowiner seien für ihr Ungestüm bekannt. Das passe einfach nicht zusammen. Aber er lebe nun mal hier, sagte Zoran.

Wir zeigen ihm unseren alten deutschen Ortsplan von Sartscha. Er studiert ihn interessiert und sucht sein Haus. »Bei mir gegenüber kommen jedes Jahr die früheren deutschen Bewohner zu Besuch oder deren Nachfahren. Am Anfang waren sie immer ganz bewegt, weil im Garten noch der Maulbeerbaum stand, an den sie sich erinnern konnten.« Die Sehnsucht nach einer verlorenen Heimat kann er nachvollziehen, obwohl er seinen Geburtsort nie verlassen hat. Vielleicht, denke ich, bekam er dieses Gefühl von seinen Eltern in die Wiege gelegt.

Wir wollen los und bestellen die Rechnung.

»Ihr solltet auf das Festival gehen heute Abend«, sagt Zoran. »Marika ist sicher dort. Dann könnt ihr sie ansprechen.«

»Das machen wir«, sage ich.

»Und vergesst das mit der Rechnung. Ihr seid eingeladen«, sagt Zoran und drückt uns zum Abschied fest die Hand.

*

Auf den Beton des Sportplatzes haben sie eine Showbühne aufgebaut, sie ist mit Goldornamenten und Blumenbouquets geschmückt. Die Scheinwerfer funkeln in der Abenddämmerung. Gleich wird es dunkel sein, doch die Temperatur nimmt nicht ab, es sind immer noch fast 30 Grad. Eine aufgeregte Vorfreude liegt in der Luft, als die Zuschauer auf den Holzbänken und Tribünen Platz nehmen. Die Kameraleute auf den Podesten an den Seiten der Zuschauer proben letzte Bildeinstellungen und sprechen in ihre Kopfhörermikrofone. Ein Kamerakran bewegt sich über den Köpfen der Zuschauer. Die Moderatorin des Abends steht vorne, am Rande der Bühne, zupft an ihrem Kostüm und geht leise und zu sich selbst sprechend ihre Texte durch. Hinter der Bühne haben sich Tanzgruppen und Musikformationen versammelt, ihre Nervosität wenige Minuten vor Beginn der Show schwappt bis in den Zuschauerbereich hinein.

Wir sitzen mittendrin: meine Mutter, mein Bruder Claus, Katarina und ich – halb gespannt, halb belustigt. Dass wir an einem heißen Sommerabend Zuschauer einer wichtigen rumänischen Folkloreveranstaltung in einem kleinen nordserbischen Dorf sein würden, die live im Fernsehen übertragen wird, war nicht unbedingt Teil unseres Plans gewesen. Doch wir haben eine Mission: Wir wollen Marika, die Frau aus dem Haus meines Urgroßvaters, aufspüren.

Gleich beginnt die Show. Zum dritten Mal stehe ich auf, schlängle mich an der Seite entlang nach vorne, um mir die Zuschauer dort anzusehen. Wie ein Security-Mann stehe ich am Rand und gehe Gesicht für Gesicht die Gäste durch, die in der ersten Reihe sitzen. Es sind vor allem Männer in Anzug und Krawatte, wohl die Honoratioren des Dorfes, und ihre Frauen im Abendkleid. Doch von Frau Marika keine Spur.

Die Musik beginnt pünktlich um 20 Uhr, die Moderatorin begrüßt, die Tänzer legen los. Acht Paare in Formation wirbeln ihre Choreografie über die Bühne. Hinter ihnen spielt die Musikgruppe mit viel Trommeln und Flöten in irrem Tempo. Rumänische Volksmusik, das bemerkt selbst ein ungeübtes Ohr, vereint die Rhythmen und Melodien des Balkans und des Osmanischen Reiches. Was für uns in diesem Moment sehr fremd klingt, ist für alle anderen hier im Publikum ein Stück Heimat. Und ich ertappe mich dabei, dass ich nicht nur mit der Musik fremdle, sondern auch mit dem Gefühl, Heimat mit Musik und Tanz zu verbinden. Ich bin in Rheinland-Pfalz geboren und aufgewachsen, aber mir fällt kein einziges Lied ein, das in mir Heimatgefühle auslösen würde. Natürlich gibt es Songs und Bands, die mich an meine Schulzeit erinnern, aber das ist etwas anderes. Melodien und Rhythmen, die ich mit Trier und der Mosel, der Region, in der ich groß geworden bin, in Verbindung bringe, gibt es nicht in meinem emotionalen Koordinatensystem.

Wir bleiben nicht bis zum Ende des Konzerts, sondern schlängeln uns irgendwann durch die Reihen hinaus. Auf dem Weg zum Auto würden wir am Haus meines Urgroßvaters vorbeikommen. Aber klingeln können wir da jetzt nicht, denke ich. Wahrscheinlich verfolgt Frau Marika, als Sponsorin des Festivals, die Show im Fernsehen.

*

Ich glaube fest daran, dass es manchmal Minuten oder Sekunden sind, in denen sich der Fortgang der Dinge entscheidet. Dass es im Leben auch auf das richtige Timing und auf Glück ankommt. Wären wir beim Hinausgehen aus dem Konzert nicht noch kurz zwei, drei Minuten stehengeblieben, um zu hören, wie nach dem Ende eines Liedes die Liste der Sponsoren verlesen wurde, würden wir jetzt nicht genau in diesem Moment am Haus meines Urgroßvaters vorbeilaufen. Zuerst erkenne ich sie nicht im Dunkeln, von Weitem sehe ich nur, dass jemand vor dem Haus steht. Als wir näher kommen, sehe ich, dass es Frau Marika ist, die auf dem Bürgersteig freundlich zwei Gäste verabschiedet. Sie scheint viel entspannter als vorher, offenbar verläuft das Festival zu ihrer Zufriedenheit. Vielleicht ist ihre Arbeit jetzt, wo die Musik spielt, erledigt.

Ich gebe Katarina ein kurzes Zeichen, sie versteht sofort. Das ist unsere Chance.

»Frau Marika«, spricht Katarina sie freundlich an, »entschuldigen Sie, wir möchten Sie nicht stören, aber es ist wirklich wichtig.«

Diesmal wirkt sie nicht gehetzt, sie bleibt einen Moment bei uns stehen.

»Das ist Frau Rosi«, stellt Katarina meine Mutter vor. »Ihr Großvater lebte in Ihrem Haus.«

Meine Mutter tritt einen Schritt vor, etwas unsicher, was sie von der Situation halten soll. Sie geben sich die Hand. Wir stellen uns der Reihe nach vor und schütteln ihr die Hand. Wir alle lächeln sie betont freundlich an.

»Hätten Sie nicht fünf Minuten?«, fragt Katarina.

Sie winkt ab, aber nicht mehr so barsch wie am Nachmittag.

»Ich sponsere das Festival, mein Haus ist voller Gäste.«

»Kein Problem.«

»Ich habe jetzt wirklich keine Zeit.« Sie überlegt. Dann: »Wie lange bleiben Sie hier?«

»Nur bis morgen.«

»Dann kommen Sie morgen vorbei, vor 12 Uhr.«

»Um wie viel Uhr?«

»Kommen Sie um 11.«

»Danke«, sagen Katarina und ich fast gleichzeitig.

Frau Marika nickt uns zu – wir haben eine Vereinbarung getroffen. Sie dreht sich um und verschwindet im Haus.

*

Wir sind pünktlich und klingeln, und es dauert nicht lange, bis der Türöffner summt. Marika steht im Schatten einer kleinen Veranda, die zur Haustür führt, und erwartet uns. Mit einem kurzen Blick fällt mir der gepflegte Garten auf. Marika hat, genau wie gestern, sehr viel Schminke aufgelegt. Ihre gräulichen kurzen Haare glänzen, und sie trägt eine feine kurzärmlige Bluse, auf der zwei Elefanten zu sehen sind, die ihre Rüssel zusammenstecken. Die Frau, die jetzt im Haus meines Urgroßvaters wohnt, wirkt zurückhaltend, aber nicht mehr unfreundlich. Sie mustert uns, während wir die zwei Stufen zur Veranda hinaufsteigen. Erst jetzt sehe ich, dass sie große, weiße Filzpantoffeln an den Füßen trägt. Für uns stehen auch schon welche bereit. Unsere Schuhe müssen wir auf der Veranda ausziehen und dort stehen lassen.

Ich stelle mir vor, wie oft meine Mutter als kleines Kind auf dieser Veranda saß, mit baumelnden Beinen auf einem Sessel oder Schemel. Wie oft sie dieses Haus betreten hat; vielleicht wurde sie von ihrem Vater auf dem Arm hineingetragen und von den Großeltern begrüßt. Welche Familienfeste wurden hier gefeiert? Ich stelle mir vor, dass irgendwo in diesem Haus mein Urgroßvater mit großer Ernsthaftigkeit, gewissenhaft und streng, seinen Beruf als Postmeister ausgeübt hat. Und ich stelle mir vor, wie die vier Söhne meines Urgroßvaters, die angesichts der Magyarisierungspolitik im Königreich Ungarn oft mit der ungarischen Form ihres Namens gerufen wurden (Ernö für Ernst, Lajos für Ludwig und Josi für Josef – nur Otto wurde schlicht Otto genannt), und später ihre Kinder das Haus mit Leben gefüllt haben, wie sie durch die Räume gesaust und durch den Garten gerannt sind und in breitem Donauschwäbisch palavert haben. Ich stelle mir die Anrichte vor mit dem teuren Geschirr, die schweren Möbel, den Flügel und das Parkett, mit dem die Zimmer ausgelegt waren und das von den neuen Siedlern aus Bosnien, die nach dem Krieg kamen, im ersten Winter herausgerissen und verfeuert wurde.

Denkt meine Mutter auch daran? Malt sie sich, wie ich, aus, wie es früher hier gewesen sein könnte? Ich glaube nicht. Ich glaube, sie verbietet es sich, diesen Pfad der Erinnerung in ihrem Kopf einzuschlagen, verweigert sich ihrer Fantasie, um sich zu schützen. Sie ist interessiert, aber mehr am Heute und weniger am Gestern. Sie ist neugierig, wie es im Jahr 2017 im früheren Haus ihres Großvaters aussieht, nicht mehr und nicht weniger. Doch das Heute mit der Vergangenheit zu verknüpfen ist ihr wohl zu schmerzhaft. Sie ist interessiert, doch emotional involviert ist sie kaum. Sie erlaubt sich das nicht.

Wir treten ein, und mir wird sofort klar, warum wir mit Filzpantoffeln ausgestattet wurden: Der Boden ist aus feinstem Marmor. Schon mein erster Schritt in den Flur lässt mich staunen. Was ich sehe, habe ich nicht erwartet. Ich suche den Blick der anderen, meiner Mutter, meines Bruders und den Katarinas, und sehe bei allen denselben ungläubigen Gesichtsausdruck. Marika führt uns hinein, ganz die souveräne Gastgeberin, die an beeindruckte Besucher durchaus gewöhnt ist.

Mir fallen ad hoc zwei Gebäude ein, die so eingerichtet und möbliert sein könnten wie heute das Haus meines Urgroßvaters: das Schloss Versailles in Paris und der Trump Tower in New York – prunkvoll, opulent, gülden. Louis-quatorze-Stil, wohin man blickt. Allein im Flur: zwei gepolsterte Sessel mit geschwungenen vergoldeten Beinen, an denen Quasten angebracht sind. Dazu ein runder Beistelltisch, ebenfalls golden, mit Glasplatte und großer Lampe. Ihm gegenüber hängt ein prächtiges Spiegel-Ensemble, fein verziert, mit einem geschwungenen Wandtisch unter der Spiegelfläche, alles goldfarben, auf dem

Tisch eine wertvoll aussehende, filigran gearbeitete Vase. In der Ecke steht ebenfalls ein schmalrunder Tisch mit Vase und Blumen. An der Wand hängt ein Gemälde mit breitem goldenem Rahmen. Zwei massive Kommoden mit Marmorplatte und Vase sehe ich außerdem und an der Decke zwei edel aussehende Kronleuchter. Alles ist erleuchtet, die Kronleuchter glitzern, die Stehlampen brennen, auch das Gemälde hat eine eigene, schwungvoll gestaltete Leuchte; und parallel zum Stuck an der Decke wurden moderne Halogen-Leuchtpunkte eingelassen, die nun ebenfalls eingeschaltet sind, was den Marmorboden und alles Goldene im Raum wild funkeln lässt.

Vom Flur gehen linker Hand zwei Schlafzimmer ab, die ebenso üppig eingerichtet sind. Die Rollläden zur Straße hin sind heruntergelassen, kein Tageslicht dringt hier ein. Die Räume wirken wie die Zimmer eines russischen Luxushotels (oder so, wie ich mir eines vorstelle): barock, sündhaft teuer, sehr oligarchisch.

Marika führt uns stolz durch den Flur und die Zimmer und erläutert die Einrichtung und die Möbel und erzählt von sich. Sie sei hier, in Sartscha, aufgewachsen, als Teil der rumänischen Minderheit des Dorfes, wohne aber schon lange in Bukarest. Eigentlich sei sie nur ein-, zweimal im Jahr hier. Wir hätten Glück, sie überhaupt hier angetroffen zu haben. Vor fünfzig Jahren habe ihr Vater dieses Haus gekauft, und er habe ihr auch von der deutschen Familie erzählt, die das Haus vor dem Krieg besessen hatte.

»Ich weiß alles über die Familie«, sagt Frau Marika. »Die Söhne des Postmeisters waren Ärzte!«

»Ja, zwei von ihnen«, antworte ich.

»Und jetzt wohnt wieder ein Arzt in diesem Haus«, ruft sie erfreut und führt uns ins Wohnzimmer. Sie habe Medizin studiert, sagt sie.

Ihr Misstrauen und die schlechte Laune von gestern scheinen wie weggeblasen. Sie nimmt meine Mutter an die Hand und führt sie umher. Sie preist die gute Qualität der alten deutschen Häuser, die dicken Balken. Sie freue sich, sagt sie, endlich mal jemanden von der Familie kennenzulernen, der dieses Haus gehörte. Meine Mutter ist erst überwältigt, zurückhaltend, dann taut sie langsam auf. Auch im Wohnzimmer: prunkvolle Schränke, Vasen, Blumen, Gemälde, Sessel. Wir sollen uns an den riesigen Esstisch mit handgestickter Tischdecke setzen. An ihm stehen zehn Stühle mit roten Polstern, die mit goldenen Ornamenten verziert sind. Meine Mutter – darauf besteht Marika – soll sich ans Kopfende setzen und bekommt den Stuhl mit Armlehne. Angrenzend an den Essbereich ist eine geschwungene Bar, auf ihr zwei übergroße Whisky-Flaschen, Chivas Regal und Grant's, beide in Drehaufhängungen eingelassen, damit man sie leicht einschenken kann. Daneben eine sehr große Metaxa-Flasche. Auf der anderen Seite findet sich ein weiteres Esszimmer mit ausladendem Tisch und ebenfalls zehn Stühlen. Und die Küche erst: riesig, modern und luxuriös, sehr clean, kaum benutzt. Das einzig Persönliche, das ich bisher im ganzen Haus gesehen habe, ist ein gerahmtes Foto der Mutter von Marika auf einer Kommode.

Marika trippelt nun mehrfach zwischen Esstisch und Küche hin und her. Eben war noch eine Haushälterin da, aber jetzt ist sie allein im Haus. Sie stellt Walnüsse, Mozartkugeln, Rosinen und selbst gemachten Himbeersaft auf den Tisch. Und sie bietet uns türkischen Kaffee an. Während wir uns unterhalten – Marika spricht auf Serbisch und Katarina übersetzt für uns –, greift sie immer wieder nach der Hand meiner Mutter und lächelt. Sie wolle eigentlich gar nicht über sich sprechen, sagt sie und hört interessiert zu, als ich unsere Geschichte und die unserer Reise erzähle. Meine vielen Fragen machen sie ein wenig misstrauisch, das merke ich, trotzdem erzählt sie. Sie sei 65 Jahre alt, habe Psychologie und Medizin in Bukarest studiert. Sie habe einmal mehr als 1500 Apotheken besessen in Rumänien, diese aber an den Pharmakonzern Sandoz verkauft. Sie habe Medikamente in Slowenien gekauft und in Rumänien wieder verkauft, mit tausend Prozent Gewinn. Sie habe in generische Medikamente investiert, also in Kopien von Markenprodukten, deren Patent abgelaufen ist, und diese in der ganzen EU verkauft. »Nicht mal im Drogenhandel kannst du so viel Geld verdienen wie in der Pharmaindustrie«, sagt sie ernst. »Und egal, ob du große oder kleine Geschäfte machst, irgendwann stößt du immer auf eine Mafia. Aber alle in der Industrie wissen, wenn sie mit mir Geschäfte machen, ist es sicher.« Sie besitze mehr als hundert Immobilien in Bukarest, hier im Haus habe sie übrigens eine Fußbodenheizung einbauen lassen.

»Das heißt, Sie kennen sich nicht nur mit Medikamenten, sondern auch mit Immobilien aus?«, frage ich.

»Ich habe Ahnung davon, ein Chef zu sein«, antwortet Frau Marika ohne Anflug von Ironie. Als sie dieses Haus renovieren wollte, erzählt sie, sei es Sommer gewesen, und sie fand keine Arbeiter. Also habe sie einfach den doppelten Stundenlohn angeboten. »Ich rief den Betrieb an und sagte, zehn Euro die Stunde, und ihr beginnt morgen. Dann legte ich auf. Ich habe keine Zeit, ich will die Dinge schnell erledigen.«

Die Arbeiter kamen. Sie renovierten das alte Haus von Grund auf. Dann ließ sie es einrichten, mit Möbeln aus Italien und Rumänien. An einem handgeschnitzten Bett, sagt sie, wurde drei Jahre lang gearbeitet.

Ob wir den Garten sehen möchten, fragt sie dann.

Unser Besuch wird immer wundersamer. Denn nun

stehen wir in einem großen Park hinter dem Haus. Schnell wird klar, dass Marika nicht nur das Haus meines Urgroßvaters, sondern vier weitere alte deutsche Häuser gekauft hat – einen ganzen Block. Die Häuser liegen einander so gegenüber, dass ihre zusammengelegten Grundstücke zu einem Park verschmolzen sind. Während wir hindurchschlendern, ruft Marika mit ihrem Handy die Haushälterin zurück: Sie soll die Schlüssel zu den Häusern mitbringen.

Nach ein paar Minuten ist sie da. Jedes Haus hat eine eigene Einfahrt mit schweren, schmiedeeisernen Toren und ist ähnlich üppig eingerichtet: schwere Sofas und Kissen, Kommoden, Säulen, Tische, Tiffany-Lampen, alles luxuriös, pompös – und unbewohnt. Jedes Haus hat, neben der normalen Küche, auf der Veranda eine großzügige Sommerküche mit Grill und großen Tischen. Im Park, der von hohen Mauern umgeben ist, gibt es gepflasterte Wege, Pagoden, Brunnen, Laternen, Bäume und Sträucher.

»Mama, schau hier, Mama!«, so spricht Marika meine Mutter immer wieder enthusiastisch an, »ich habe Walnussbäume pflanzen lassen. Denn ich weiß, dass im Garten deines Großvaters Walnussbäume standen. Die Walnuss ist der König der Bäume, sie beschützt sich selbst. Die Deutschen wussten, was sie anpflanzten. Diese Bäume werden für immer bleiben.«

Meine Mutter lächelt und spricht nicht viel in diesen Momenten, wahrscheinlich ist sie einfach zu überwältigt von der Skurrilität der Situation.

»Als Kind war ich sicher hier«, hat sie im Wohnzimmer gesagt und ungläubig ihren Blick schweifen lassen. Vielleicht ist es gerade ihre Zurückhaltung, mit der sie die jetzige Besitzerin des Hauses für sich einnimmt. Meine Fragen sind es sicher nicht. Viel begeisterter als von mir ist Marika von meinem Bruder. Sie lacht über sein Lob und über seine Witze, und als sie erfährt, dass er noch nicht verheiratet ist, hält sie ihn an der Schulter und sagt: »Du musst hier heiraten, hier in meinem Haus. Wir haben Platz für alle. Und ich suche dir eine schöne rumänische Frau.«

Wir lachen, und Frau Marika besteht darauf, dass wir zum Mittagessen bleiben. Per Handy bestellt sie in knappem Ton das Essen. Dabei raucht sie und lässt die Asche auf die Verandafliesen fallen. Zurück im Wohnzimmer decken wir gemeinsam den Tisch. Sie drückt mir zwei Flaschen teuren mazedonischen Rotweins in die Hand und gibt mir den Öffner. Dann wird das Essen geliefert, von einem Restaurant im Dorf: mehrere Platten und Schüsseln mit Fleisch, Hähnchen, ein ganzer Fisch, Pommes frites, Reis, Kartoffeln, Salat.

Beim Essen sprechen wir über ihre Heimat, die früher auch die Heimat meines Urgroßvaters und meines Großvaters war. »Ich habe Immobilien in Florida«, sagt Marika, »aber ich mag es dort nicht. Immer wenn ich hier bin, hier, wo ich aufgewachsen bin, springt mein Herz. Es ist ein einzigartiges Gefühl. Ich fühle mich einfach gut, wenn ich den Staub des Dorfes einatme.«

Genau deshalb habe sie die Häuser gekauft, sagt sie – nicht nur für sich, sondern auch für das Dorf. Um etwas zu erhalten. Genau deshalb möchte sie in das Dorf investieren: um etwas Neues zu erschaffen. Sie hat mit ihrem Geld geholfen, die Kirchen renovieren zu lassen, erzählt sie, sowohl die rumänische als auch die serbische. Sie will Altenheime bauen, die wiederum Arbeitsplätze schaffen. Sie möchte in die Landwirtschaft investieren und dafür EU-Subventionen beantragen. Sie lässt rumänische Geschäftsleute per Chartermaschine hier nach Nordserbien einfliegen, um sie davon zu überzeugen, im Dorf zu investieren. Der ganze Landkreis solle davon profitieren, sagt sie. »Jedes Dorf braucht einen guten Priester, einen guten Arzt und einen guten Lehrer«, sagt sie. Sie möchte dafür sorgen, dass es dem Dorf schon in zwei, drei Jahren besser geht, sagt sie. Sie legt ihr Besteck weg, hebt ihre Hände in die Höhe und zeigt ihre unlackierten Fingernägel.

»Das sind Arbeiterhände«, sagt sie. »Niemand bleibt arm, der arbeiten will. Aber Geld macht keinen Charakter.« Sie brauche keinen Luxus, aber Komfort. Wichtig sei sowieso nur die Familie, sagt sie. Sie habe keine Kinder, weil sie immer von morgens bis abends gearbeitet habe. Ihr Mann, ein Rumäne, war Rennfahrer. Ihre Mutter lebe noch, hier in Sartscha, 17 Angestellte sorgten sich um sie. Sie, Marika, lasse sich das alles 100 000 US-Dollar im Monat kosten. Es klingt verrückt.

Und das Haus meines Urgroßvaters sei heute mit Kameras und Satellitenüberwachung gesichert. »Ich sehe damit jede Fliege an der Wand«, sagt Marika.

*

Wieder im Auto, sagen wir eine Weile lang nichts. Zu unwirklich scheinen die gerade erlebten Stunden. Wir haben uns herzlich verabschiedet, am späten Nachmittag, mussten zusagen, wiederzukommen. Die Hochzeit meines Bruders würde hier stattfinden, irgendwann, darauf bestand Marika lachend. Dann fuhren wir los.

»Irgendwie passen die Häuser nicht ins Dorf«, sagt meine Mutter. »Auf der einen Seite ist all dies bewundernswert. Aber es ist so außergewöhnlich, so übertrieben. Für wen macht sie das? Die Häuser scheinen wie Spielzeug für sie. Es wohnt ja niemand darin. Sie meint es gut, aber es gibt kein Leben in den Häusern.«

Wahrscheinlich haben die wenigsten Einwohner von Sartscha die fünf Häuser von Frau Marika und die Gärten hinter der Mauer von innen gesehen. Wahrscheinlich sprechen aber alle darüber. Marika scheint hin- und hergerissen zwischen ihrem Geld und ihrer Heimat. Und sie scheint zu wissen, dass sie nicht unbedingt beliebt ist bei allen. »Jeder kann mich so sehr hassen, wie er will«, hat sie gesagt, kurz bevor wir uns verabschiedeten. »Aber wenn ich sterbe, werden sie sagen, sie hat viel für uns getan.«

Nach ihrem Tod möchte sie in Sartscha begraben werden, auf dem rumänischen Friedhof des Dorfes, im Grab ihrer Eltern. So hat sie es in ihrem Testament verfügt.

Setschan

Es sind nur ein paar Kilometer bis nach Setschan, dem Geburtsort meiner Mutter. Wieder lenken wir unseren Wagen über die schnurgerade Landstraße, immer an den Feldern entlang. Der Horizont scheint endlos. Meine Mutter sieht aus dem Autofenster. »Diese Weite, sie beruhigt mich«, sagt sie.

Setschan, der Ort, den meine Mutter seit ihrer Flucht nie wiedergesehen hat, wirkt unscheinbar. Auch hier begegnet uns die typische rechtwinklige Dorfstruktur. Eine einzige Ampel regelt den mäßigen Verkehr an der Kreuzung der beiden Hauptstraßen. Eine orthodoxe Kirche gibt es im Ort, hinzu kommt ein verfallener Bahnhof und – immerhin – eine Tankstelle. Eine katholische Kirche gibt es nicht mehr, sie wurde in den Sechzigerjahren abgerissen, wie ich später erfahre. Die alten großen deutschen Häuser stehen auch hier noch, aus roten Ziegelsteinen gebaut, manche ziemlich heruntergekommen, manche weiß oder gelb verputzt. Ein paar hässliche Neubauten sehen wir auch. Gut 2000 Menschen wohnen in Sečanj, wie der Ort heute heißt. Nichts ist los auf den Straßen, träge liegt die Mittagshitze über dem Dorf. Niemand kommt einfach so hierher, es gibt hier nichts zu sehen.

Ist das die verlorene Heimat meiner Mutter? Hat sie sich das so vorgestellt? Habe ich es mir so vorgestellt?

Meine Mutter ist ganz still, als wir das Ortsschild Sečanj

passieren. Die Angst, enttäuscht zu werden, hatte sie ihr ganzes Leben davon abgehalten, an diesen Ort zurückzukehren. Und die Gewissheit, dass die Idylle dieses Ortes, von der sie seit ihrer Kindheit so viel gehört hatte, für immer verloren gegangen ist. Heute kommt sie ohne Erwartungen.

Das einzige Hotel hat schon bessere Zeiten gesehen. Auf dem Parkplatz haben wir uns mit Zoran Gaćinović verabredet. Er ist der Sekretär des Gemeinderats, ein Bär von einem Mann, in Jeans und T-Shirt, vielleicht Anfang fünfzig, mit grauen Locken, Riesenhänden und sanftmütigem Blick. Er war derjenige, der uns die Fotos vom Haus meiner Mutter geschickt hatte.

Zoran schüttelt uns enthusiastisch die Hand. Die meiner Mutter hält er etwas länger. Er sieht sie an und sagt: »Es tut mir leid – sind Sie enttäuscht? Nichts hier ist so schön wie früher.«

Meine Mutter lächelt und sagt nichts.

Zoran will uns zum Haus bringen, in dem meine Mutter geboren wurde. »Sie erwarten uns dort«, sagt er. Wir steigen in unsere Autos. Zoran fährt voraus.

*

Die deutsche Geschichte in Setschan beginnt im Jahr 1805, nachdem in den Jahrhunderten zuvor sowohl Ungarn, Türken als auch Serben in der Gegend am Fluss Temesch gelebt hatten und nachdem viele Landstriche der Region bereits von Deutschen besiedelt waren. Die Wiener Hofkammer, damals Österreichs zentrale Finanzbehörde, warb deutsche Siedler aus anderen Teilen des Banats an. Die Hürden, hier ein Fleckchen Land zu bekommen, waren hoch. Ein eigenes Fuhrwerk und landwirtschaftliche Geräte mussten die Siedler mitbringen.

Und genug Kapital, um sich ein Haus zu bauen oder eines von den 27 serbischen Familien zu kaufen, die nun umgesiedelt wurden. Im Jahr 1816 standen bereits 204 Häuser in Setschan, in dem zu diesem Zeitpunkt mehr als tausend Menschen lebten.

Das Wirtshaus wurde schon im Jahr 1813 aus gestampfter Erde erbaut (vier Zimmer, eine Küche und Speisekammer, ein Keller mit Platz für 200 Eimer Getränke), erst 1824 wurde die Pfarrgemeinde gegründet. Der Bau der Kirche begann noch mal fünf Jahre später, und 1837 wurde sie schließlich eingeweiht. Auch eine Schule wurde in diesen Jahren errichtet.

Die donauschwäbischen Bauern bauten Weizen, Mais, Gerste und Hafer an. Sie durchpflügten die schwere schwarze Erde des Banats mit dem Holzpflug, säten mit der Hand, mähten mit der Sense und ließen die Körner von Pferden austreten. Auch Tabak, Sonnenblumen, Sojabohnen, Zuckerrüben, Wein und Obst wuchs auf den Feldern. In den Ställen wurden Schweine und Rinder gehalten, manche züchteten auch Pferde. Der Arbeitstag begann vor Sonnenaufgang und endete nach Sonnenuntergang. Männer und Frauen erledigten unterschiedliche Tätigkeiten, ihre Rollen waren klar aufgeteilt. Die Feldarbeit, die Pflege des Weingartens, das Schneiden der Obstbäume, die Arbeiten im Pferdestall und die Schweinezucht – all dies war Männerarbeit. Die Frauen kümmerten sich um die Küche und um die Wäsche, pflegten die Blumen, pflanzten Gemüse, und auch der Kuh- und Hühnerstall war ihre Sache. Trotzdem halfen sie mit auf dem Feld und bei der Ernte.

Jahr für Jahr trieb die Bauern die Sorge um das Wetter um. Das gemäßigte kontinentale Klima bescherte der Region Setschan harte Winter mit niedrigen Temperaturen und heiße Sommer. In die Annalen der örtlichen Wetteraufzeichnung ging das Jahr 1841 ein, in dem es angeblich einen Monat lang 42 Grad warm war. Ein wenig Abkühlung versprachen die starken Winde, die manchmal über das flache Land brausten. Im Frühjahr regnete es hier mehr als anderswo, deshalb galt die Gegend um Setschan als einer der fruchtbarsten Landstriche des Banats. Doch wegen des Regens trat der Fluss Temesch regelmäßig über die Ufer und überschwemmte das Land. Es gab Wasserjahre und Trockenjahre, und immer bangten die Siedler um ihre Ernte.

Neben der Landwirtschaft entwickelten sich Handwerk und Handel in Setschan. Gemischtwarenhandlungen, ein Ledergeschäft, eine Porzellanmanufaktur, ein Eisenwarengeschäft und Holzhandlungen prägten das Ortsbild. Manche Waren wurden aus Wien oder Budapest geliefert. Die Schmiede, Schlosser, Schuhmacher, Töpfer, Seiler und Korbmacher des Ortes hatten sich auf die Kundenwünsche der Landbevölkerung eingerichtet. Eine Mühle, eine Ziegelei und eine Keramikfabrik bildeten eine winzige Industriesparte im Dorf. Setschan galt als wohlhabende Gemeinde in der Region.

Der Stolz des Dorfes war über viele Jahrzehnte der Bahnhof von Setschan, der 1889 eröffnet wurde. Die erste Strecke verband Setschan mit der Stadt Groß-Betschkerek (Zrenjanin), in den Jahren darauf auch mit anderen Orten. Zur Jahrhundertwende zählte man im Banat 14 Eisenbahnstrecken in einer Länge von insgesamt 720 Kilometern. Setschan war ein Knotenpunkt, zeitweise hielten hier zwanzig Personenzüge und mehrere Güterzüge täglich. Die Bauern konnten ihren Weizen nun direkt per Zug verschicken. Das Bahnhofsrestaurant wurde nicht nur Treffpunkt der Reisenden – deren Züge so terminiert waren, dass Umsteigende stets Zeit für eine Mahlzeit hatten –, auch die Einwohner von Setschan spazierten gerne zum

Bahnhof und setzen sich auf die Terrasse des Lokals und beobachteten die Reisenden oder trafen Bekannte.

Ich bin mir sicher, dass auch mein Großvater meine Großmutter ins Bahnhofsrestaurant ausführte. Vielleicht waren sie noch gar nicht verheiratet, sondern nur verliebt, vielleicht war es an einem Sonntag, vielleicht trug er Anzug und Krawatte und sie ein Sommerkleid. Ich sehe sie beide lachend auf der Terrasse sitzen und den Zügen und Reisenden hinterherschauen.

Das soziale Leben im Dorf richtete sich streng nach dem Kalender der Landwirtschaft und dem der katholischen Kirche. Weihnachten, Ostern und Pfingsten waren höchste Feiertage und wurden entsprechend begangen. In vielen deutschen Dörfern des Banats begeisterte man sich außerdem für Vereine – zum Beispiel gab es den örtlichen Bauernverein, den Schützenverein, den Gesangsverein oder die Blaskapelle, das Laientheater oder die freiwillige Feuerwehr.

Höhepunkt eines jeden Jahres war die Kirchweih, auf Donauschwäbisch »Kehrweih« genannt. Eigentlich sollte das mehrtägige Fest den Jahrestag der Weihe der örtlichen Kirche feiern, doch viele Gemeinden verlegten die Feierlichkeiten auf den Herbst, wenn auf den Feldern keine Arbeit mehr anstand. Für Gesprächsstoff im Dorf sorgte stets die Frage, welcher Bursche welches Mädchen zur Kirchweih ausführte. Die Auserwählte musste dann ihrem Burschen den »Hut putzen«. Diese Hüte wirken auf heutige Augen recht kurios, doch auf den alten Fotos werden sie von den jungen Männern mit viel Stolz getragen. Auf den Hut nähte die Frau einen 20 bis 25 Zentimeter hohen Wachsblumenstrauß und verzierte ihn mit Flittergold und -silber. An der Vorderseite wurde Rosmarin befestigt. Zwei lange Seitenbänder hingen links und rechts bis zur Hüfte hinab. Ein echter Kirchweihhut konnte auf diese Weise bis zu zwei Kilo wiegen. Mit Kirchweihbaum, Kirchweihumzug und Kirchweihtanz muss man sich diese mehrtägige Feier als rauschendes und opulentes Fest vorstellen, mit Gänse- und Kalbsbraten und Torten und Gebäck, Tanz und sicher auch viel Schnaps.

Ich habe kein Foto meines Großvaters mit einem Kirchweihhut gefunden, aber es gibt Bilder von ihm in bester Laune im Kreise seiner Freunde. Sie scheinen ausgelassen zu feiern, er hat eine Gitarre in der Hand, auf einem anderen Bild spielt er Akkordeon. Oft ist mein Großvater mit strahlendem Lachen zu sehen. Es sind Schnappschüsse aus einem scheinbar unbeschwerten Alltag, die noch kurz vor der Katastrophe entstanden sein müssen. Nach seinem Studium der Pharmazie und seinem Wehrdienst bei der jugoslawischen Armee hatte er sich in Setschan niedergelassen, geheiratet und in der Apotheke gearbeitet. Den Bildern zufolge war es eine glückliche kleine Welt. Man sieht ihn im Garten scherzen, er steht vor einem Gemüsebeet und hat noch seinen weißen Apothekerkittel an. Auf mehreren Bildern ist er mit seinen Kindern – meiner Mutter und meinem Onkel – zu sehen. Und auf einem Bild – auch dieses Foto ist wohl im Garten des Elternhauses meiner Mutter entstanden – sieht man meine Mutter mit skeptischem Blick neben einem Gartenzwerg stehen, dessen Zipfelmütze sie um einiges überragt.

*

Das Haus sieht größer aus als auf den Fotos, die wir per WhatsApp bekommen haben. Mit seiner langen Breitseite steht es am Straßenrand, ich zähle sieben Fenster und drei Türen. Es ist in drei Abschnitte unterteilt, die in verschiedenen Farben gestrichen wurden. Nur der rechte, rot gestrichene Teil scheint bewohnt. Von den Wänden bröckelt

Putz, am Fundament treten die roten Ziegel hervor. Zwei der Fensterscheiben im mittleren Teil sind eingeschlagen. Das ganze Haus wirkt baufällig.

Wir stehen davor und wissen, dass wir am Ziel unserer Reise sind. Hier wollten wir hin. Meine Mutter, mein Bruder und ich sprechen nicht viel in diesem ersten Moment.

»Erinnerst du dich an etwas?«, frage ich meine Mutter.

»Nein«, antwortet sie.

Sie geht die paar Schritte vor zur Hauswand. Die Risse im Putz sind nun deutlich zu erkennen, das Holz der Fensterrahmen wirkt bröselig. Der weiße, mittlere Teil mit den eingeschlagenen Fenstern könnte einmal ein Ladenlokal gewesen sein, jetzt wirkt er verwahrlost. War hier die Apotheke meines Großvaters? Die Glastür ist abgeschlossen. Meine Mutter tritt an die schmutzige Fensterscheibe und lugt hinein. Es gibt nicht viel zu sehen, es ist zu dunkel. Ein paar alte Möbel scheinen drinnen vergessen worden zu sein.

Ein paar Meter weiter links liegt der offene Haupteingang des Hauses. Wir treten ein und gehen durch einen geweißelten Hausflur direkt bis hinten durch in den Garten. Dort warten Vida Kovaćević und ihr Mann Dragan auf uns, zurückhaltend, neugierig, lächelnd. Seit mehr als dreißig Jahren wohnen sie hier, sie haben in diesem Haus ihre beiden Töchter großgezogen. Zoran stellt uns vor. Es fühlt sich nichts komisch an in diesem Moment. Der Garten wirkt überwuchert und gepflegt zugleich. Rechts ein Blumenbeet, links kraftvolle Farne und Sträucher und der Rasen, dem die Trockenheit zugesetzt hat. Zwei Bäume, einer davon ein Nussbaum, stehen in der Mitte des Gartens. Hinten sieht man ein blaues, aufblasbares Planschbecken für die fünf Enkelkinder.

Meine Mutter wirbelt umher, sieht sich alles an. Die alten Familienfotos, von denen ein paar hier im Garten gemacht worden sein müssen, haben wir jetzt leider gar nicht dabei.

Unter dem Nussbaum steht ein weißer Plastiktisch mit einer rot-weiß karierten Plastiktischdecke und grünen Plastikstühlen. Wir sollen uns doch setzen, fordert Dragan Kovaćević uns freundlich auf. Seine Frau bringt eine Kanne Kaffee und Tassen, er selber steht noch einmal auf und stellt eine Flasche Sliwowitz auf den Tisch. 1986, als sie eingezogen seien, erzählt er, hätten hier noch sieben Nussbäume gestanden. Jetzt sei nur noch einer übrig. Es hätten auch noch Apothekermöbel herumgestanden damals. Das Dach des Hauses sei immer noch gut, deutsche Qualität eben – so etwas haben wir hier schon öfter gehört.

Dragan hat bis zu seiner Rente als Maschinentechniker gearbeitet, seine Frau Vida war Buchhalterin in der Grundschule. Schnell sind wir bei der wirtschaftlichen Situation der Region. Außer Landwirtschaft gebe es hier, knapp hundert Kilometer nördlich von Belgrad, nicht viel. Gemüse und Früchte würden angebaut, erzählt Dragan, es gebe auch eine Kühlfirma, aber sonst nichts. Die Maschinenfabrik und die Ziegelei im Ort hätten längst zugemacht.

»Wenn die Deutschen geblieben wären und wir mit ihnen zusammengelebt hätten, wäre alles besser geworden. Das Leben hier wäre heute nicht so hart. Auch dieser Garten würde besser aussehen, als er es jetzt tut«, sagt Dragan und sieht sich um. Die Landwirtschaft könne mehr leisten, meint er. »Erzherzogin Maria Theresia hat das Land fruchtbar gemacht. Nach dem Krieg wurde all dies vergessen. Heute ist es nicht leicht, hier zu leben. Aber stellt euch mal vor, was hätte sein können!«

Der Kaffee ist stark und sämig. Der Sliwowitz brennt im Rachen. Das Lob auf die Deutschen von damals – das Lob auf die Donauschwaben – hören wir nicht zum ersten Mal. Auch nicht den Frust über die aktuelle wirtschaftliche und politische Situation in Serbien. Die Idylle des Damals wurde nicht nur von den vertriebenen Donauschwaben und ihren Nachkommen zelebriert, auch viele Serben sehnen sich heute offenbar nach früheren, tatsächlich oder vermeintlich besseren Zeiten und verbinden diese – zumindest hier im Banat – mit der damaligen deutschen Minderheit.

Wir erzählen unsere Geschichte und von unserer Reise. Meine Mutter sagt, sie habe kaum Erinnerungen an ihre Kindheit in diesem Haus. Dragan erzählt, sein Vater sei Soldat gewesen und von den Deutschen gefangen genommen worden. Später, nach 1945, wurde er in einem Lager eingesetzt, in dem die Donauschwaben festgehalten wurden. Meine Mutter fragt nicht nach. Dragan fährt fort: »Es ist nie unsere Schuld. Schuld sind stets die Mächtigen. Sie sind es, die alles durcheinanderbringen.«

Ob wir das Haus sehen möchten, fragt seine Frau Vida. Wir treten ein. Die Einrichtung ist einfach und funktional. Viel furniertes Holz, modern und günstig. Wir werfen einen Blick in die Küche, das Wohnzimmer, das Schlafzimmer. Alles ist bewohnt. Ich kann mir nicht vorstellen, wie es früher gewesen sein muss.

Meine Mutter geht an die Gardine und sieht auf die Straße. Sie steht im Gegenlicht. War das der Blick aus dem Fenster, mit dem ihre Eltern jeden Tag aufwachten? Wie sah es hier damals aus? Welche Möbel hatte die Familie? Wo stand der Flügel? Meine Mutter und ich sehen uns an. Es fällt uns schwer, eine Verbindung zum Damals herzustellen.

»Jetzt sind wir hier in diesem Haus. Hier bist du geboren und aufgewachsen. Und jetzt leben hier fremde Leute«, sage ich zu meiner Mutter. Ich komme mir vor wie ein schlechter Interviewer, der seinen Gesprächspartner fragt, was er fühlt. Aber genau das will ich von ihr wissen.

»Es macht mir nichts aus«, antwortet sie.

»Wirklich nicht?«

»Nein. Es ist so lange her. Vielleicht wäre es anders, wenn ich früher gekommen wäre, vor Jahren. Vielleicht hätte es mich dann mehr belastet. Aber jetzt habe ich keine Beziehung mehr dazu. Ich wünsche den Leuten hier, dass sie weiter friedlich leben können.«

Sie ist nicht überwältigt von Emotionen, nun in ihrem Elternhaus zu stehen. Warum fühlt es sich für sie so beiläufig an, hier zu sein? Bin ich enttäuscht, dass es kein großer Moment für sie ist? Meinem Bruder geht es wie mir. Es fällt uns unglaublich schwer, uns in die Vergangenheit einzufühlen. »Es wirkt alles wie Watte, nicht wirklich greifbar«, sagt er. Es fühlt sich einfach sehr weit weg an.

Ich erzähle Dragan später noch, dass mein Großvater Klavier spielte und einen Flügel in diesem Haus hatte. Noch vor dem Frühstück habe er sich immer ans Klavier gesetzt und gespielt.

»Findet heraus, wer damals der Sekretär der kommunistischen Partei im Ort war«, sagt Dragan abwinkend. »Er ist bestimmt derjenige, der sich nach dem Krieg den Flügel unter den Nagel gerissen hat.«

*

Meine Großeltern haben sich auf einer Hochzeit kennengelernt. Sie kamen aus Nachbardörfern – sie aus Modosch, er aus Sartscha – und trafen sich, als der Bruder meines Großvaters seine Braut Jolan vor den Altar führte. Meine Großmutter war mit Jolan (meine Großtante, mit der ich vor 25 Jahren in Kalifornien sprach) befreundet. Im Rausch des Hochzeitsfestes konnten sich die beiden jungen Frauen sicher nicht vorstellen, dass sie ein paar Jahre später beide früh ihre Ehemänner verlieren und mit ihren kleinen Kindern im jugoslawischen Lager ums Überleben kämpfen würden.

Meine Großmutter hatte bis zu ihrer Hochzeit im Jahr 1940 das Leben einer höheren Tochter gelebt. Ihre Mutter besaß die Mühle, sie spielte Geige und Tennis und nahm ihrem verstorbenen Vater übel, dass er nur ihren Bruder aufs Internat geschickt hatte. Die einzige Ausbildung, die sie nach der Schule erhielt, war ein halbes Jahr Unterricht bei einer Schneiderin im Dorf. Dass sie so gut nähen konnte, sicherte ihr später in Deutschland ein bescheidenes Einkommen.

Geheiratet wurde erst, nachdem mein Großvater Studium und Wehrdienst beendet hatte. Während seiner Zeit bei der jugoslawischen Armee schrieben sie sich Briefe, in denen sie sich einander ihrer Liebe versicherten und sich gegenseitig von ihrem Alltag erzählten. Dass ein paar seiner Briefe noch existierten, erfuhr ich von meiner Mutter erst kurz vor unserer Reise. Meine Großmutter hatte sie auf der Flucht in jenem kleinen Leinensäckchen transportiert, in dem sie auch die Familienfotografien mitgenommen hatte. Mein Onkel hatte sie bis kurz vor seinen Tod aufbewahrt und meiner Mutter übergegeben. Sie hatte einen Teil davon weggeworfen. Ich war darüber schockiert.

»Warum hast du die Briefe weggeworfen?«, fragte ich sie.

»Was soll ich damit?«, antwortete sie.

»Das weiß man doch nie. Jetzt hätten wir sie gebrauchen können.«

»Ja.«

»So etwas wirft man doch nicht weg.«

»Aber es ist vorbei.«

»Aber es stört doch auch nicht, sie aufzuheben.«

»Ja, aber dann liegen sie nur herum.«

»Na und? Viele Sachen liegen herum.« Ich war verärgert, auch wenn ich längst wusste, wie rigoros meine Mutter sein konnte.

»Es liegt viel herum, ja«, sagte sie nachdenklich.

»Gerade solche Briefe würde ich doch nicht wegwerfen.«

»Vielleicht hast du recht.«

»Hast du die Briefe gelesen?«

»Teilweise.«

»Was stand drin?«

»Was er so macht und dass er sich freut, wenn er zurückkommt. Und so weiter. Was man halt so schreibt. Ich habe nur zögerlich gelesen, nicht viel.«

»Und du kanntest die Briefe vorher nicht?«

»Ich wusste, dass es sie gibt. Aber ich habe sie mir nie angesehen.«

Die übrig gebliebenen Briefe habe ich alle gelesen. Mein Großvater schreibt meiner Großmutter, dass er sie vermisst. Er klagt über das Essen und seine Vorgesetzten und entschuldigt sich, dass er nicht öfter schreibt. Es sind keine poetischen Meisterwerke, keine romantischen Liebeserklärungen, nichts Filmreifes, sondern einfache Zeilen über Alltägliches. Wollte meine Mutter das idealisierte Bild ihres Vaters nicht durch auf Papier gebrachte Banalitäten zerstört sehen? Oder wollte sie den Abstand wahren, nicht in seine briefliche Gedankenwelt eintauchen, um sich selbst zu schützen? War es schmerzhaft für sie, nach Jahrzehnten plötzlich die Handschrift des verlorenen Vaters vor Augen zu haben?

Ein Jahr nach der Hochzeit, 1941, wurde meine Mutter Rosemarie geboren, ein Jahr später dann mein Onkel Kurt. Doch noch vor der Geburt meiner Mutter sollten sich die Dinge in Setschan für immer verändert haben.

Nach dem Einmarsch der Wehrmacht in Jugoslawien am 6. April 1941 dauerte es nur wenige Tage, bis Setschan die ersten deutschen Soldaten sah. An Ostern erreichte ein kleiner Stoßtrupp auf Motorrädern das Dorf und hielt in einem Getränkedepot. Ein Augenzeuge erinnert sich in seinen Aufzeichnungen sowohl daran, dass die Deutschen im Lokal »Bier her, Bier her, oder ich fall um« sangen, als auch daran, dass sie von der Setschaner Bevölkerung mit »hoffnungsvoller Freude« empfangen wurden.

Noch am selben Tag verließen die Soldaten Setschan über die Temeschbrücke und fuhren weiter nach Belgrad. Wenig später erreichte die SS-Division »Das Reich« den Ort und blieb mehrere Tage. Sie wurde in Häusern der deutschen Bevölkerung einquartiert. Für die Kinder des Dorfes, die auf den Fahrzeugen herumklettern durften, war das ein Abenteuer. Wurde die SS in Setschan auch von meinem Großvater freudig begrüßt? Gingen sie bei ihm in der Apotheke ein und aus? Half er ihnen bei kleinen Wehwehchen? Und bekam er mit, was in den folgenden Tagen geschah?

Heute sind die Ereignisse nicht mehr genau zu rekonstruieren. Sicher scheint, dass in den Apriltagen 1941 der Setschaner Peter Bohn, der als Ortskundiger einen deutschen Panzerwagen begleitet hatte, nach einem Unfall von jugoslawischen Partisanen gefangen genommen worden war. Sechs Wochen lang galt er als vermisst. Als man seine Leiche in einem Misthaufen vergraben fand, wies sie Anzeichen von Misshandlungen auf.

Offenbar noch vor dem Fund des Toten wollte die SS in Setschan ein Exempel statuieren. Sie ließ 17 Serben aus einem Nachbardorf festnehmen und verhörte sie im Gemeindehaus bei offenem Fenster. Kurz danach wurden sie von den deutschen Soldaten ans Ufer der Temesch geführt. Dort, neben dem Damm, wurden sie erschossen und an Ort und Stelle verscharrt.

Wenige Tage später zog die SS-Division aus Setschan

ab. Einige Wochen später wurde Peter Bohn unter großer Anteilnahme der Ortsbevölkerung in Setschan begraben. Sein Sarg war mit einer Hakenkreuzflagge bedeckt. Setschan wurde ihm zu Ehren zeitweise in Petersheim umbenannt. Eine Gruppe von Serben aus der Gegend schwor Rache an der deutschen Bevölkerung und wollte »Schwabenköpfe spalten«. Die Angehörigen der Erschossenen kamen regelmäßig an den Damm der Temesch, brachten Schüsseln mit Essen und stellten diese auf das Massengrab. Der Hass zwischen Serben und Donauschwaben war gesät.

*

Zoran, der sanfte Riese vom Gemeinderat, hat noch jemanden eingeladen: Momčilo Aćimović, einen pensionierten Kunsthistoriker, der an der Universität Belgrad gelehrt hat. Wir stehen vor dem Haus, als er ankommt. Er trägt Polohemd, Shorts und Adidas-Turnschuhe ohne Socken, hat einen grauen Dreitagebart und ein breites Lachen im Gesicht. Als er meine Mutter sieht, breitet er die Arme aus, umarmt sie dann aber doch nicht, sondern schüttelt ihr enthusiastisch die Hand. Mit ausladender Geste weist er auf die Hausfassade: »All dies war früher mal deins.« Wir lachen.

Momo, wie er von allen genannt wird, ist auch in diesem Haus aufgewachsen, ungefähr zwanzig Jahre später als meine Mutter. 1961 haben seine Eltern das Haus gekauft, erzählt er, da war er zehn Jahre alt. Nach dem Krieg war das Haus in vier Abschnitte aufgeteilt worden, seine Eltern erwarben einen davon. Er erinnert sich, dass es noch lange eine Apotheke gab im Haus. Sie hätten damals ohne fließendes Wasser gelebt, erzählt er, drei Häuser weiter stand ein Pumpbrunnen. Erst 1972 wurde das Gebäude an die Wasserleitung angeschlossen und Strom gab es nur bis 22 Uhr abends. Sein Vater war Postbote, seine Mutter Hausfrau; sie habe bis zu ihrem Tod im Jahr 2002 hier gewohnt.

»Lange Zeit hatten meine Eltern Angst, die deutschen Besitzer kämen zurück und wollten das Haus wiederhaben«, sagt er.

»Und heute?«, frage ich.

»Heute nicht mehr.« Er lacht laut.

»Wo genau war die Apotheke?«, fragt meine Mutter.

Momo zeigt auf den mittleren Gebäudeabschnitt mit den eingeworfenen Fenstern. Die Besitzverhältnisse dieses Teils des Hauses seien ungeklärt, erzählt Zoran.

Wir treten an die Fenster und spähen hinein. Es ist dunkel und sieht verwahrlost aus. Ohne dass meine Mutter es sagt, wissen alle, dass sie gerne eintreten würde.

»Gibt es einen Schlüssel?«, frage ich.

Zoran und Momo schütteln den Kopf.

»Schade«, sage ich, zucke mit den Schultern und sehe meine Mutter an. An der Tür betätige ich die Klinke. Die beiden Flügel der schmalen Doppeltür bestehen zu zwei Dritteln aus Glas, nur der Rahmen und der untere Bereich sind aus dünnem Metall. Die Tür ist verschlossen, lässt sich aber ein wenig nach innen drücken. Nun probiert es auch Zoran vom Gemeinderat, er rüttelt fester als ich. In meiner Erinnerung sah er sich kurz nach links und nach rechts um – aber wahrscheinlich tat er das gar nicht –, bevor er sich mit einem kurzen, aber harten Schulterstoß gegen die Tür stemmte.

Sie springt sofort auf. Alle sehen sich zufrieden an, meine Mutter lächelt ungläubig. Wir treten ein.

Drinnen begegnen uns viele Spinnweben. Der Boden ist aus rohem Beton, ein paar Metallregale stehen vor der bröckelnden Querwand. An der Decke sieht man ein kleines Stuckornament, halb abgebrochen, neben dem ein

Loch klafft, durch das man die Holzdielen der Zwischendecke sehen kann. Ein verrostetes Metallwaschbecken steht in der Ecke und vor dem hinteren Fenster ein massiver, alter Holzschreibtisch mit schweren Schubladen.

Meine Mutter inspiziert alles interessiert. In dieser verlassenen, verwahrlosten Szenerie fällt es mir leichter, mir vorzustellen, wie es früher gewesen sein könnte. Nichts Neues, Lebendiges und Jetztzeitiges hindert meine Fantasie. Ja, hier könnte mein Großvater gearbeitet haben. Vielleicht führte er auf diesem Schreibtisch die Bücher. Vielleicht standen dort an der Wand ein Tresen und ein großes Apothekerregal. Vielleicht bediente er hier seine Kunden. Vor meinem geistigen Auge entsteht eine historische Apothekenkulisse, in der ich mir meinen Großvater vorstellen kann.

»Ich kann es mir nicht vorstellen«, sagt meine Mutter. »Ich kann mir einfach nicht vorstellen, dass meine Eltern hier gelebt haben. Dass mein Vater hier gearbeitet hat.«

»Du lässt es nicht zu«, sage ich.

»Ich will es mir nicht ausmalen. Vielleicht würde es mich zu sehr bewegen.«

»Das hier könnte der Schreibtisch deines Vater gewesen sein.«

»Ja, könnte. Aber es ist siebzig Jahre her. Wer weiß, wer in dieser Zeit alles in diesem Haus gelebt hat.«

Momo lässt uns in seinen Wohnbereich ein, in den Teil, der ihm noch immer gehört. Er hat nicht viel verändert, seitdem seine Mutter gestorben ist. Er lebt nicht hier, niemand lebt hier, aber aufgegeben hat er das Haus noch nicht. Er hat alle Möbel stehen lassen. Die Räume sehen unbewohnt aus; nicht verwahrlost, aber vergessen und verstaubt. Alte schwere Holzmöbel, ein altes Sofa, ein ungemachtes Bett, ein Kachelofen in der Küche. Zeichnungen und gerahmte Bilder lehnen an den Wänden (ein Aquarell zeigt die berühmte Brücke von Mostar), eine Flügeltür ist mit bunten Glaskacheln verziert, die Türrahmen sind hoch und breit. War dies die Wohnung meiner Großeltern? Aus irgendeinem Grund scheint mir das wahrscheinlicher, als dass sie in der Wohnung nebenan gewohnt hätten. Ist hier meine Mutter als kleines Kind durch die Zimmer gestürmt?

Es ist ein Stochern in der Vergangenheit, von der niemand mehr erzählen kann. Als habe Momo meine Gedanken erraten, sagt er: »Ich fühle mich schuldig, dass ich meine Eltern nie über die Vergangenheit befragt habe. Vielleicht hätten sie noch etwas gewusst. Aber heute ist es genauso. Heute will ich über die Vergangenheit erzählen, aber die Jungen haben kein Interesse.«

Die Sprachlosigkeit der Generationen untereinander ist offenbar kein rein deutsches Phänomen.

*

Der 1. Oktober 1944 war ein Sonntag. Doch an diesem Tag ging in Setschan niemand zur Kirche. Es war der Tag, an dem – aus Sicht der Setschaner – die Katastrophe begann.

Schon in den Wochen zuvor hatte sich abgezeichnet, dass die deutsche Wehrmacht auf dem Balkan in der Defensive war. Ende August verbreitete sich im Dorf die Nachricht, dass Rumänien die Seiten gewechselt habe und nun aufseiten der Alliierten kämpfe. Anfang September gingen die Schulferien im Banat zu Ende, doch die Schule begann nicht. Es gab Gerüchte, dass die Volksdeutschen aus Jugoslawien »heim ins Reich« ausgesiedelt werden sollten.

Im Laufe des Monats zogen die ersten Flüchtlingstrecks mit Donauschwaben aus dem rumänischen Banat durch das Dorf und weiter Richtung Westen. Auf Pferdewagen hatten sie ihr Hab und Gut geschnürt. Auch in Setschan hielten sich die Menschen bereit, zu flüchten. Koffer und Kisten waren gepackt, die Einwohner wurden anhand von Listen auf Wagen verteilt. Alle bereiteten sich darauf vor, ihre Heimat zu verlassen – vorübergehend. Dass sie bald zurückkehren würden, stand für die meisten außer Frage.

Doch Mitte September titelte die Heimatzeitung der Volksgruppenführung mit der Schlagzeile: »Wir bleiben hier!« Was niemand wusste: Offenbar hatte Adolf Hitler persönlich angeordnet, dass die Banater Schwaben bleiben sollten. In den Archiven findet sich ein Brief vom 10. September 1944 – als Geheimsache deklariert – vom damaligen Höheren SS- und Polizeiführer für Serbien an Volksgruppenführer Josef Janko: »Es ist strikter Führerbefehl, dass die Volksgruppe im Banat bleibt. Sie müssen sofort entsprechend auf Ihre Amtswalter einwirken.« Egal, ob nun Hitler persönlich, ein ehrgeiziger SS-Führer oder die Führung der Volksgruppe die Flucht und Evakuierung aus dem serbischen Banat verhinderten, die Folgen waren fatal: Sie sollten weitaus größere Menschenverluste als Donauschwaben in anderen Teilen Jugoslawiens erleiden.

In Setschan organisierte sich in diesen Tagen der Heimatschutz. Im Schulgebäude hatten sich junge Männer versammelt, viele von ihnen zwischen 16 und 18 Jahre alt. Am Morgen des 30. September erfuhren die Einwohner von Setschan, dass die Rote Armee im benachbarten Modosch, wo die Mühle meiner Urgroßmutter stand, einmarschiert war. Daraufhin erhielt der Kommandeur des Heimatschutzes von Setschan, ein Reserveoberleutnant der Wehrmacht, von der Volksgruppenführung offenbar den Auftrag, sich nach Modosch zu begeben, um die Lage zu erkunden. Er fuhr mit ein paar seiner Männer auf einem Bauernwagen und wurde auf dem Weg von einem berittenem Rotarmisten niedergeschossen. Am Nachmittag desselben Tages erkundete ein anderer berittener Rotarmist den Weg vom naheliegenden Dorf Boka Richtung Setschan. Er gelangte bis auf die Brücke über die Temesch. Hinter dem Damm hatten sich deutsche Soldaten verschanzt, die den sowjetischen Soldaten vom Pferd schossen.

Die Nacht brach an, sie war kalt und nass. Ein Sturm tobte düster übers Land. In den Betten der Häuser lagen die Menschen voller Angst. Es muss eine der letzten Nächte gewesen sein, die die Familie meiner Mutter gemeinsam verbrachte. Im Dorf war es zunächst still, dann mischten sich Explosionen in den Sturm. Die verbliebenen Wehrmachtssoldaten sprengten vor ihrem Rückzug das Heizhaus des Dorfes, die Gleisanlagen des Bahnhofs sowie die Eisenbahnbrücke über der Temesch.

Der 1. Oktober 1944 begann mit Gewehrsalven, die vom Flussdamm über das Dorf geschossen wurden. Die Rote Armee hatte die Ortsgrenze erreicht und auf dem Damm ihre Maschinengewehre aufgebaut. Auch Kanonendonner war zu hören. Augenzeugen zufolge befanden sich an diesem Tag noch rund 200 Wehrmachtssoldaten in Setschan, die nun eilig Richtung Sartscha abzogen.

Die sowjetischen Hundertschaften marschierten ein. Sie müssen direkt an der Apotheke meines Großvaters vorbeigekommen sein, denn das Haus liegt auf der Hauptstraße, die von der Brücke kommt. Den ganzen Vormittag traute sich kaum ein Setschaner vor die Tür, zu groß war die Angst vor »den Russen«. Doch nicht nur wegen des erschossenen sowjetischen Reiters am Tag zuvor empfanden viele Setschaner zunehmende Panik. Der Setschaner Pfarrer Johannes Eusch notierte laut *Setschaner Rundbrief* in seinem Tagebuch: »Der Großteil meiner Gläubigen hat den Kopf verloren. Die 17 von der SS erschossenen Serben lasten wie ein Alptraum auf der Gemeinde.« Die Setschaner fürchtete die Rache der Roten Armee, und sie fürchteten die Rache der jugoslawischen Partisanen.

Es kam zu keinem Gefecht. Auch der Einmarsch der russischen Armee verlief in den ersten Stunden relativ ruhig. Am Nachmittag dann begannen die Plünderungen. Pferde und Wagen wurden beschlagnahmt. Die Anwohner wurden aufgefordert, ihre Radios und Waffen abzugeben. Männer bis zum Alter von siebzig Jahren wurden in Tag- und Nachtschichten verpflichtet, die Trümmer der Sprengungen am Bahnhof und im Heizhaus aufzuräumen. Offenbar zog der Großteil der sowjetischen Soldaten weiter, doch die Partisanen blieben.

Ab dem 4. Oktober wurden die ersten deutschstämmigen Männer in Setschan von den Partisanen festgenommen. Meist kamen sie nachts, um die Männer abzuholen. Irgendwann nahmen sie auch meinen Großvater mit. Ahnten meine Großeltern, dass es ein Abschied für immer war? Nahm mein Großvater seine Kinder noch einmal in den Arm, bevor er ging? Oder ließ er sie schlafen? Geschah die Festnahme laut und brutal? Oder sachlich und ernst?

Die Festgenommenen wurden erst ins Gemeindehaus gebracht. Im Dorf erzählte man sich von Misshandlungen. Pfarrer Eusch schrieb am 10. Oktober in sein Tagebuch: »Ich höre, daß sie den Kantor und die übrigen Gefangenen nach (Groß-)Betschkerek abgeführt haben.« Und: »Das Dorf bleibt langsam, aber sicher ohne einen einzigen Mann.« Etwas später notiert er: »Von den in die Lager verschleppten Männern schreckliche Nachrichten: die Kleider werden ihnen ausgezogen, sie werden geschlagen, angeblich haben sie mehrere schon zu Tode geprügelt, erschossen und mehrere sind auch schon gestorben.«

Auf der Farbkopie eines Namensregisters von Setschan, das ich im Archiv im Haus der Donauschwaben fand, wurde in der Zeile meines Großvaters nachträglich das

Sterbedatum nachgetragen. In schmaler Tintenschrift ist dort ein kleines Kreuz und das Jahr 1944 notiert. In einer Liste, die ein Chronist des Dorfes nach dem Krieg angefertigt hat, ist festgehalten, dass mein Großvater Josef Loch im Oktober 1944 gemeinsam mit rund dreißig anderen Männern im Lager Groß-Betschkerek umgekommen ist.

Ein anderer Augenzeuge schreibt: »Mit der Verhaftungswelle hat es dann bald auch bei uns begonnen. Zuerst kamen die Männer dran, die im öffentlichen Leben standen. Sie kamen alle nach Groß-Betschkerek ins Lager und wurden dort fast alle erschossen oder sonstwie bestialisch umgebracht.« Und dann zählt er ein paar Namen auf: »In Betschkerek wurden mein letzter Lehrer Johann Putz sowie die Landsleute Stefan Grassl, Nikolaus Koch, Nikolaus und Johann Klopp und der Apotheker Loch erschossen.«

Nach allem, was man sich in Setschan in diesen Oktobertagen 1944 erzählte, musste meine Großmutter geahnt haben, dass ihr Mann ermordet worden war. Von Oktober bis Dezember wurden in Setschan rund 180 Männer zwischen 16 und 60 Jahren festgenommen und in Lager gebracht, die meisten von ihnen nach Groß-Betschkerek. Die meisten kamen nie zurück. Vielleicht hatte meine Großmutter trotzdem monatelang gehofft. Vielleicht insgeheim sogar jahrelang – bis zu dem Moment am Fenster im Flüchtlingslager in Deutschland, als sie den Brief öffnete. Von wem der Brief war, was in ihm stand, ob es wirklich um den Tod meines Großvaters ging – wir werden es nie erfahren.

Monatelang wohnte sie wohl mit den Kindern noch im Haus. Nur stand mein Großvater nicht mehr hinter dem Tresen der Apotheke und saß nicht mehr singend am Flügel im Wohnzimmer. Stattdessen musste sie sich als junge Frau mit zwei kleinen Kindern vor russischen Soldaten und Partisanen fürchten, die sich nicht selten in den Häusern der Deutschen einquartierten und dort plünderten und vergewaltigten.

Eines blieb meiner Großmutter – vielleicht wegen ihrer Kinder – erspart: Sie wurde nicht in die Sowjetunion verschleppt und in ein Arbeitslager gesteckt. Denn Ende 1944 mussten mehr als hundert Frauen, Mädchen und Männer aus Setschan die Reise in den Osten antreten. In der Ukraine mussten sie in Steinbrüchen mit Pickel und Brechstangen arbeiten und in Sägewerken Baumstämme transportieren. Mehr als ein Dutzend von ihnen überlebte diese Schwerstarbeit nicht.

Die Mehrheit der verbliebenen deutschen Einwohner von Setschan wurde bis Jahresbeginn 1945 in Lager überführt. Nach den Notizen meiner Großmutter wurden sie und ihre Kinder erst am 20. April 1945 eingesperrt. Einen ärmeren Teil des Dorfes hatten die Partisanen zu einem Lager umfunktioniert. Ich gehe davon aus, dass auch in Setschan – wie in den Lagern danach – die Häuser zu Gefängniszellen umfunktioniert wurden, dass der Ortsteil von Wachen kontrolliert wurde und dass die Menschen bereits hier Hunger litten. Im September 1945 wurde die Familie meiner Mutter dann ins Lager Molidorf überführt.

Fast zeitgleich begann die Neubesiedlung des Banats, organisiert durch die kommunistische Partei Jugoslawiens. Ende September kamen die Sonderzüge mit den neuen Bewohnern an, nach zehntägiger beschwerlicher Anreise. Sie stammten vor allem aus Herzegowina, aus der Gegend um Mostar und Bileća. Sie sollten für ihre durch den Krieg zerstörten Häuser entschädigt oder für ihren Vaterlandseinsatz als Partisanen belohnt werden. Sie kamen aus den Bergen – manche hatten kleine Zwergkühe dabei – und sollten sich nun in der Ebene der Vojvodina ansiedeln. Zwar wurden sie in den ersten Tagen von den örtlichen

Serben jubelnd empfangen, mit Liedern und Volkstänzen, wie ein ehemaliger Partisan schreibt. Doch die Enttäuschung und das Heimweh waren schnell groß. Vom Ackerbau verstanden die meisten Herzegowiner wenig, denn zu Hause hatten sie nur Kühe, Schafe und Ziegen gehalten. Auch sie waren ihrer Heimat beraubt und mussten in der Fremde neu anfangen.

Die deutsche Geschichte von Setschan war 1945 nach rund 140 Jahren zu Ende. So gut wie alle Donauschwaben waren geflüchtet, vertrieben oder ermordet. Banater Heimatkundler gehen davon aus, dass von den 2100 Donauschwaben, die vor Kriegsbeginn in Setschan gelebt hatten, in den Kriegs- und Nachkriegsjahren zwischen 1941 und 1950 mehr als 560 gewaltsam ums Leben gekommen sind. Die meisten von ihnen durch Verhungern, Erschießungen und durch Seuchen in den Lagern.

*

Wir setzen uns an den Küchentisch. Momo stellt eine Flasche selbstgebrannten Schnaps darauf. Er erzählt von seinem Vater, der 1945 umgesiedelt wurde. Er musste seine Heimatstadt Mostar verlassen und kam ins Banat, als er dreißig Jahre alt war. Alle hier seien entwurzelt, nicht nur die Deutschen, die von hier vertrieben wurden. Auf den Festen im Banat werde heute noch viel Musik aus Herzegowina gespielt. »Das Dümmste der Welt ist, jemanden zu zwingen, seine Heimat zu verlassen«, sagt er.

»Hast du dich auch entwurzelt gefühlt, obwohl du hier geboren wurdest?«, frage ich.

»Ich bin später als Lehrer nach Bosnien gegangen und habe ein paar Jahre dort unterrichtet.« Auch eine Antwort.

Zum Abschied schenkt Momo uns vier Apothekerflaschen. Sie sind alt und schmutzig. Er habe sie im Keller gefunden, sagt Momo, und er sei sich sicher, dass sie aus der Zeit vor dem Krieg stammten. Es könne gut sein, meint er, dass sie in der Apotheke meines Großvaters standen.

Wir verabschieden uns. »Kommt bald wieder!«, ruft uns Momo noch zu.

Wir fahren zum Bahnhof, auf den die Setschaner einst so stolz waren. Doch hier kommen schon lange keine Züge mehr an. Das Gebäude ist verfallen, der Bahnsteig verwildert.

Wir fahren zum Friedhof, der in Kreuzform angelegt ist. Auf der linken Seite liegen die serbischen Toten, auf der rechten die deutschen, oben links ein paar Roma und Russen. Der deutsche Teil ist überwuchert von Efeu, viele der Grabsteine sind umgestoßen, das trockene Gras ist die einzige Bepflanzung. Seit siebzig Jahren hat sich niemand mehr um diese Gräber mit den deutschen Familiennamen gekümmert.

Meine Mutter geht still durch die Reihen, erkennt ein paar der Nachnamen.

»Es ist deprimierend«, sagt sie, »alles so verwildert.«

»Fast wie aus einer untergegangenen Zivilisation«, sagt mein Bruder.

Es ist nicht der erste verlassene deutsche Friedhof, den wir auf unserer Reise sehen. In mehreren serbischen Dörfern, die wir besucht haben, finden sich überwucherte, zugewachsene deutsche Gräber, die von niemandem mehr gepflegt werden. Die örtlichen Behörden fühlen sich nicht zuständig. Deutsche Gräber, das war in den vergangenen Jahrzehnten ungefähr das Letzte, dessen sich Bürgermeisterämter in Nordserbien annehmen wollten.

»Es ist halt niemand mehr da. Niemand mehr, der sich um die deutschen Gräber kümmert. Es ist traurig. Aber genau deshalb habe ich auch das Grab meiner Mutter in

Hauenstein aufgegeben. Weil ich und auch sonst niemand sich mehr kümmern konnte«, sagt meine Mutter.

Wir gehen die paar Schritte bis auf die gegenüberliegende Seite des Friedhofswegs zu den serbischen Gräbern. Viele Blumen wurden hier gepflanzt, die Grabsteine wirken in der Nachmittagssonne wie poliert. Fast auf jedem ist ein Porträtbild in den Marmor graviert. Alle serbischen Toten haben Gesichter. Von den deutschen kann man kaum mehr die Grabsteine entziffern.

Wir fahren zur Temesch, das kleine Flüsschen am Rande des Dorfes. Vom Haus meiner Mutter erreicht man es zu Fuß in nur wenigen Minuten. Hier sind die Dorfbewohner früher oft schwimmen gegangen, ich habe Fotos im Album meiner Mutter gesehen. Die Baumkronen hängen tief über dem Wasser und spiegeln sich auf seiner Oberfläche. Meine Mutter tritt auf den Steg, geht in die Knie und hält ihre Hand ins Wasser. Sie will nicht mitkommen auf den Damm, sie sei müde, sagt sie, und bleibt mit meinem Bruder auf dem Steg. Ich gehe alleine.

Der Damm steht zwischen den letzten Feldern des Dorfes und dem Fluss – links von mir ein trockenes Maisfeld, rechts das Wasser. Irgendwo hier wurden die 17 Serben von der SS erschossen. Etwas weiter vorne, unterhalb des Dammes, sehe ich Kinder und Jugendliche auf Handtüchern liegen; sie sind mit ihren Fahrrädern gekommen und springen ins Wasser. Ich gehe weiter und habe von hier einen guten Blick über das Dorf. Die Sonne steht schon tief und taucht alles in orangenes Licht. Alles ist orange, sogar meine Netzhaut, wenn ich die Augen schließe. Ich spüre die Hitze der Sonne auf meinen Augenlidern und weiß, dass unsere Reise zu Ende ist. Ich bleibe stehen, lasse die Augen geschlossen, atme den süßlichen Duft des Nachmittags ein und denke an früher. Ich denke, wie alles war und wie alles kam. Ich denke an das Glück und an das Leid der Familie meiner Mutter. Ich denke an meinen Großvater, den sie umgebracht haben, und an meine Großmutter, die ihre Kinder durch das Lager gebracht hat.

Später kaufen wir im Supermarkt noch Pralinen, Kinderschokolade und eine Flasche Wein und verabschieden uns noch einmal von Vida und Dragan, dem Ehepaar, das im Geburtshaus meiner Mutter wohnt. Es ist kurz nach sieben, und vom Garten sieht man, dass sich die Sonne schon in eine rote Kugel verwandelt hat.

»Die Kinderschokolade ist für eure Enkel«, sage ich.

»Auf dass ihr euch in diesem Haus weiter so wohl fühlt«, sagt meine Mutter.

»Im Banat gibt es immer noch einen Abschiedskaffee«, erklärt Dragan. Und danach sagen wir uns mit drei Küssen Auf Wiedersehen.

Ende einer Reise

Als hätten wir es bestellt, fahren wir direkt in den Sonnenuntergang hinein, als wir das Ortsschild passieren und Setschan verlassen. Am Himmel hängen Wolkenschlieren in tausend verschiedenen Rottönen, wie mit einem Pinsel ineinander vermalt. Wir fahren zurück auf der endlosen Landstraße Richtung Westen, erschöpft von all den Gesprächen und Eindrücken dieses letzten Tages. Als wir an einem frisch gepflügten Feld vorbeikommen, bitte ich meinen Bruder, anzuhalten. Ich gehe die paar Schritte mit meine Mutter auf das Feld, nur mit ihr, die anderen warten im Wagen.

Ich greife hinein in die Erde. Sie ist schwer und schwarz und trocken, etwas tiefer warm und feucht. Ich lasse sie zwischen meinen Fingern zerbröseln und gebe sie meiner Mutter.

»Die berühmte schwarze Erde des Banats«, sage ich. All die Tage haben wir sie aus dem Autofenster gesehen. Jetzt halten wir sie zum ersten Mal in der Hand. Sie riecht kernig. Es gibt ein serbisches Sprichwort: »Ein schwieriger Charakter ist so schwer wie schwarze Erde.« Es muss die Erde aus dem Banat gemeint sein.

Meine Mutter hält sie in der Hand: die Erde, die auch von ihren Vorfahren fruchtbar gemacht wurde. Sie sagt: »Es hat sieben Generationen gebraucht, um sich etwas Wohlstand aufzubauen. Dann kam der Krieg. Er hat alles zerstört.«

Wir zerreiben die Erde zwischen unseren Fingern.

»Ist hier deine Heimat?«, frage ich.

»Nein, das ist nicht meine Heimat. Ich bin hier geboren, aber es ist nicht meine Heimat. Es ist die Heimat meiner Eltern.«

»Hast du eine Heimat?«

Sie denkt nach.

»Nein, eigentlich nicht. Ich bin in Hauenstein aufgewachsen, aber auch dort war nie Heimat für mich. Wir gehörten ja nicht dazu.«

»Was wäre für dich denn Heimat?

»Heimat kannst du nur bei jemandem finden, der an diesem Ort aufgewachsen ist und dessen Eltern auch dort aufgewachsen sind. Bei jemandem, der wirklich dazugehört.«

»Und du gehörst nirgendwo richtig dazu?«

»Nein. Ich fühle mich entwurzelt. Wir waren vertrieben. Wir waren immer die Außenseiter. Ich habe diejenigen immer sehr beneidet, die zur Gemeinschaft gehörten. Aber das habe ich akzeptiert. Es war halt so.«

Auch die Region Trier ist für meine Mutter nie Heimat geworden, obwohl sie seit mehr als vierzig Jahren dort lebt. Nach Trier ist sie mit meinem Vater gezogen, als er dorthin versetzt wurde. Davor haben sie in Neustadt an der Weinstraße gewohnt, wo sie sich kennengelernt und geheiratet haben und wo ich geboren wurde. Mein Bruder kam in Trier auf die Welt. Meinen Eltern hat es immer gut dort gefallen. Aber Heimat? Mit dem Begriff könne sie wenig anfangen, meint meine Mutter.

Und sie könne nun, nach der Reise, besser verstehen, wie schwer es für ihre Mutter damals gewesen sein musste. Sie, die etwas hatte, was meine Mutter nie hatte: eine verlorene Heimat. Die etwas hatte, dem sie nachtrauern konnte: Freunde und Feste, Gerüche und Gerichte, Felder und Flüsse. Die aus der Ebene kam, mit großen Häusern, hohen Decken und breiten Straßen, und dann plötzlich im Pfälzer Wald landete mit seinen Bergen und Felsen, den engen Gassen in den Dörfern und den kleinen Häusern, um dort neu anzufangen. Ohne ihren Mann.

Die donauschwäbische Familie meiner Mutter ist heute in aller Welt verstreut. Ihr Bruder ging in die Schweiz, Tanten, Onkel, Cousins und Cousinen meiner Mutter wanderten in die USA, nach Südafrika, Argentinien oder nach Kanada aus. Viele von ihnen flüchteten gar nicht erst bis nach Deutschland, sondern blieben oft Jahre in Österreich und emigrierten von dort nach Übersee. Mit den meisten hält meine Mutter per Brief Kontakt, man schreibt sich zu Weihnachten. Manche von ihnen und ihre Nachfahren habe ich auf meinen Reisen besucht und kennengelernt.

Was ist mit mir? Bin auch ich heimatlos? Habe ich auch keine Wurzeln, weil meine Mutter keine hat? Mit dem Begriff Heimat tue auch ich mich schwer. Ich trage ihn nicht im Herzen. Nicht wie meine Frau Luiza, die Brasilianerin ist und leidenschaftliche Gefühle für ihre Heimatstadt Rio de Janeiro empfindet. Für sie ist Heimat etwas zutiefst Sinnliches, geprägt von Melodien und Rhythmen, Gedichten und Liedern, aber auch von Meer und tropischem Grün.

Mir will so etwas nicht gelingen. Trier, Berlin, Rio de Janeiro – diese Städte sind wichtige Stationen für mich, die mich gelegentlich auch sentimental werden lassen. Ich habe in diesen Städten viele Jahre lang gelebt und mich zu Hause gefühlt, ja, aber Heimat sind sie nicht. Es gibt keinen Ort, von dem ich nie weggehen könnte oder an dem ich unbedingt wieder leben will. Ich kenne es nicht anders.

Einen Moment lang denke ich zurück an diese unwahrscheinliche Reise. Für mich war jede Station eine Spurensuche, für meine Mutter eine Art Rückkehr, voller Begegnungen mit der Vergangenheit und mit den Menschen, die heute dort leben und uns herzlich empfangen haben.

Es war ein Abenteuer und ein emotionales Wagnis, das meine Mutter überhaupt nicht eingegangen wäre, hätte ich sie nicht dazu gedrängt. »Es hat mich nicht so belastet, wie ich vielleicht gedacht hätte«, sagt sie jetzt, als wir die Stationen unserer Reise Revue passieren lassen.

»Hast du gedacht, es würde schwieriger werden?«

»Vielleicht ja. Aber es hängt auch davon ab, wie viel ich zulasse.«

»Das kannst du einfach so kontrollieren?«

»Ja.« Sie lacht. »Ich sehe lieber das Positive. Was heute ist. Das andere ist halt vorbei. Es hat keinen Sinn, der Vergangenheit nachzutrauern. Es ist für mich auch nicht schwer, da ich kaum Erinnerungen an diese Zeit habe.«

»Findest du das nicht merkwürdig, dass du dich an nichts erinnerst? Bei der Flucht warst du immerhin fast sechs Jahre alt. Da erinnert man sich an Dinge.«

Sie überlegt.

»Ich weiß es nicht. Meine Erinnerung beginnt erst 1947 in Deutschland.«

»Vielleicht ist es ein automatischer Schutz, dass du alles verdrängt hast?«

»Ich weiß es nicht. Oder vielleicht habe ich irgendetwas gesehen, das mich schockiert hat.«

»Und dein Bruder? Konnte Kurt sich erinnern?«

»Ich glaube nicht. Aber ich weiß es nicht. Wir haben nie darüber gesprochen.«

»Ihr beide habt nie miteinander darüber geredet?«

»Nein.«

»Warum nicht?«

»Ich weiß es nicht.« Meine Mutter schaut auf die Felder. Wie immer komme ich bei ihr nicht weiter. Es ist, als gebe es eine Schranke in ihrem Kopf, eine Tresortür, die sich nicht öffnen lässt. Sie verschließt alles, was vor der Ankunft in Deutschland geschah. Meine Mutter hat noch nie in diesen Tresor geblickt, auch nicht auf dieser Reise. Sie weiß nicht, was sich hinter der Tür verbirgt, die sie fest verschlossen hält. Und sie will es auch nicht mehr wissen.

Unsere Reise war eine Reise in das Land ihrer Eltern, eine Reise zu ihren Wurzeln. Aber sie fand hier weder eine Heimat wieder, noch öffnete sie den Tresor zu ihren schlimmsten Erlebnissen. Verdrängen und Schweigen, das hat sie von ihrer Mutter gelernt, es liegt in der Familie. In so vielen Familien. Schweigen, um zu vergessen. Vergessen, um Geschehenes ungeschehen zu machen. Geschehenes ungeschehen machen, um weiterzuleben.

Natürlich denke ich nicht, dass das funktioniert. Man kann Geschehenes nicht ungeschehen machen. Aber manchmal glaube ich, dass meine Mutter damit in ihrem Leben so schlecht nicht gefahren ist.

Wie immer, wenn wir nachdenklich werden, lenkt meine Mutter das Gespräch auf ein anderes Thema.

»Ich danke euch für diese Reise«, sagt sie noch auf dem Feld und umarmt mich. »Ihr müsst mir nie wieder etwas schenken. Das war das größte Geschenk.«

*

Wir reisten getrennt in unser altes Leben zurück. Ein Fahrer fuhr Katarina und mich am nächsten Tag eineinhalb Stunden weiter Richtung Süden bis nach Belgrad. Wir überquerten die Donau, legten einen Halt im Zentrum ein und tranken noch etwas in einem Straßencafé. Wir fuhren vorbei an Regierungsgebäuden, an denen die Zerstörung durch die NATO-Luftschläge von 1999 noch immer zu sehen ist. Dann verabschiedeten wir uns am Flughafen. Wir umarmten uns. Ich flog über Wien zurück nach Berlin.

Mein Bruder und meine Mutter fuhren im Golf meiner Eltern zurück nach Deutschland. Bereits an der serbisch-ungarischen Grenze standen sie sechs Stunden im Stau. Um sie herum viele türkische und serbische Familien mit deutschen Kennzeichen, ebenfalls auf dem Weg nach Deutschland. Haben sie Urlaub in ihrer Heimat gemacht und fahren jetzt nach Hause? Nach einer Übernachtung in einem Autobahnhotel und insgesamt zwei Tagen Fahrt erreichten die beiden schließlich Trier. Die Apothekerfläschchen landeten bei meinen Eltern und blieben lange unausgepackt. Erst Monate später verteilten wir sie. Ich habe jetzt zwei bei mir in Berlin.

Epilog

Und dann stand ich vor dem Grab meines Onkels Kurt. Seine Urne ist auf einem kleinen Dorffriedhof in der Schweiz begraben, in dem Ort, in dem er mit seiner schweizerischen Frau Gabriele und seinen drei Töchtern, meinen Cousinen, gelebt hat. Und wo er 2012 an Krebs gestorben ist. Sein Grabstein ist aus grobem, rötlichem Naturstein. Er soll an die roten Sandsteinfelsen in der Pfalz erinnern, auf die er als Kind geklettert ist.

»Ob er wohl mitgefahren wäre nach Serbien?«, fragte ich meine Tante, seine Witwe.

Ich denke daran, dass er einmal da gewesen war, in Setschan, vor drei Jahrzehnten. Die Apotheke gab es noch. Er ist an ihr vorbeigefahren und hat nicht angehalten.

»Ich denke nicht«, sagte sie. Nie habe er darüber gesprochen, was in seiner Kindheit passiert sei. Sie glaube schon, dass er sich an einiges erinnern konnte, vielleicht an mehr als meine Mutter, sagte sie. Möglicherweise auch an die Flucht, aber vor allem an die schwere Zeit als Flüchtlingskind im Nachkriegsdeutschland. »Deine Mutter hat alles verdrängt, immer positiv nach vorne geschaut. Kurt hat immer nur zurückgeblickt und ist darüber bitter geworden.«

Ich glaube, dass das stimmt. Mein Onkel hat sich zeit seines Lebens betrogen gefühlt, ohne wohl genau zu wissen, um was. Er hatte das Gefühl, etwas verloren zu haben, das er nie besessen hatte.

Für meine Mutter zählte nur die Zukunft, sie malte sich aus, was sein könnte. Mein Onkel verfing sich in Vergangenheit und grübelte, was hätte sein können. Beide sind völlig unterschiedlich mit ihrem Flüchtlingsschicksal umgegangen. Darüber gesprochen hat keiner von beiden.

»Wo war für Kurt Heimat?«, fragte ich meine Tante. Sie überlegte.

»Er hatte keine Heimat. Er fühlte sich dort zu Hause, wo seine Familie ist: erst in der Pfalz, bei seiner Mutter und Großmutter, dann hier bei uns in der Schweiz. Aber er hatte keine Heimat. Und auch keine Wurzeln.«

Am Abend saßen wir noch lange beisammen auf dem Sofa im Wohnzimmer. Dort, wo ich immer bis spät mit meinem Onkel saß, wenn ich zu Besuch war und die anderen schon im Bett lagen. Wo wir dann immer noch die Flasche Rotwein ausgetrunken haben. Meine Tante und ich blätterten in dem dicken, alten Fotoalbum. Mein Onkel hat mehr Fotos aufbewahrt als meine Mutter, viele Bilder kenne ich nicht. Ich blätterte durch eine versunkene Schwarz-Weiß-Welt aus Familienfesten und Sonntagsausflügen der Banater Großfamilie und erkannte die wenigsten der dort abgebildeten fröhlichen Menschen wieder.

Ich blätterte weiter und stockte. Ich sah das Foto, das 1948 aufgenommen wurde und meine Mutter neben meinem Onkel zeigt. Ich kannte das Bild aus dem Album meiner Mutter. Beide tragen Strickjacken aus demselben Muster, die Haare streng gekämmt. Die Kinder wirken dort unglücklich, bedrückt, verletzt. Meinem Onkel steht der Trotz ins Gesicht geschrieben, meine Mutter hat ihren Mund verstockt zusammengekniffen, in ihren dunklen Kinderaugen spürt man eine unendliche Traurigkeit. Das Bild drückt für mich all den Schmerz aus, den sie erlebt hat.

Aber hier, im Album meines Onkels, gab es noch ein anderes Foto. Es ist dieselbe Situation, es sind dieselben

Strickjacken. Doch die beiden lächeln. So, als habe der Fotograf gerade einen lustigen Witz erzählt, die beiden aufgemuntert und ihr Lachen angeknipst. Jetzt wirken sie weder traurig noch verzagt. Meine Mutter schmunzelt verschmitzt und bekommt dabei süße Grübchen auf den Wangen. Ihr Bruder öffnet den Mund zu einem Lachen, man sieht seine Zahnlücken. Meine Mutter und mein Onkel, die beiden Flüchtlingskinder, strahlen nicht nur mit dem Mund, sondern auch mit ihren Augen. Leichtigkeit, für einen kurzen Moment. Alle Traurigkeit wirkt wie weggeblasen.

Und auf mich wirkt es so, als lachten sie mich direkt an. Als lachten sie nur für mich.

Dank

Man brauche ein ganzes Dorf, um ein Kind großzuziehen, heißt es. Das Gleiche gilt für das Schreiben eines Buches. Ohne die Hilfe vieler wäre *Mutters Flucht* nie entstanden.

Allen voran danke ich meiner Mutter Rosemarie Wunn und meinem Bruder Claus Wunn, meinen Reisegefährten und ersten Lesern. Ich bin glücklich und dankbar, mit euch gemeinsam diesen Weg beschritten zu haben. Und ich danke meinem Vater Ewald Wunn, der mich von Beginn an ermutigt hat, dieses Buch zu schreiben.

Ich danke meinem Agenten Matthias Landwehr, der nach nur wenigen Zeilen von dem Projekt überzeugt war, und seinem Kollegen Thomas Schmidt, der mit einer guten Idee das Buch in die richtige Richtung gelenkt hat.

Ich danke Christoph Steskal vom Ullstein-Verlag, der stil- und inhaltssicher diesen Text veredelt hat. Meiner Lektorin Tanja Ruzicska danke ich für ihre Akribie und ihren Scharfsinn.

Ich danke Henriette Mojem vom Haus der Donauschwaben, die mich mit offenen Armen empfangen und mit Informationen und Literatur versorgt hat. Bei Dr. Mathias Beer, dem Geschäftsführer und Stellvertretenden Leiter des Instituts für donauschwäbische Geschichte und Landeskunde (IdGL), bedanke ich mich ausdrücklich für den gründlichen historischen Faktencheck und wichtige Anregungen.

Ich danke Katarina Rasulic in Belgrad, István Sinkovicz in Budapest und Lina Vdovîi in Bukarest für ihre Recherchen und Begleitung.

Ich danke meinen Tanten Erna Kuhn in Los Angeles, Hilde Tielsch in Rastatt, Imelda Berger in Germersheim und Gabriele Loch bei Zürich für ihr Vertrauen und ihre Hilfe.

Ich danke Marc Clemens in Berlin und Sergio Telles Ribeiro in Rio de Janeiro, die mir Raum und Tisch zum Schreiben gegeben haben.

Ich danke Peter Frey für das grüne Licht und die Unterstützung.

Ich danke Katrin Helwich und Markus Wenniges – großartige Journalisten, Kollegen, Freunde – fürs Gegenlesen und für die konstruktive Kritik.

Und ich danke – aus der Tiefe meines Herzens – Luiza und Noah.

Literatur

Alexander, Robin: Die Getriebenen. Merkel und die Flüchtlingspolitik: Report aus dem Innern der Macht. München 2017.

Beer, Josef: Donauschwäbische Zeitgeschichte aus erster Hand. München 1987.

Beer, Mathias (Hg.): Das Heimatbuch. Geschichte, Methodik, Wirkung. Göttingen 2010.

Beer, Mathias: Die deutsche Nachkriegsgeschichte als Lagergeschichte. In: Flüchtlingslager im Nachkriegsdeutschland. Migration, Politik, Erinnerung. Herausgegeben von Henrik Bispinck und Katharina Hochmuth. Berlin 2014, S. 47–71.

Beer, Mathias: Flucht und Vertreibung der Deutschen. Voraussetzungen, Verlauf, Folgen. München 2011.

Beutner, Bärbel: Auf der Flucht geboren. Würzburg 2005.

Bode, Sabine: Die vergessene Generation. Die Kriegskinder brechen ihr Schweigen. Stuttgart 2004.

Bode, Sabine: Kriegsenkel. Die Erben der vergessenen Generation. Stuttgart 2009.

Burger, Josef: Heimatbuch der Gemeinde Modosch im Banat. Konstanz 1964.

Casagrande, Thomas: Die volksdeutsche SS-Division »Prinz Eugen«. Die Banater Schwaben und die nationalsozialistischen Kriegsverbrechen. Frankfurt am Main 2003.

Demmel, Walter G.: Münchener Vorstadtgeschichten. Allach-Untermenzing. München 2017.

Eck, Josef, und Hagel, Susanne: 140 Jahre Deutsch-Sartscha, Freiburg 1978.

Ernst, Andreas: Auf dem Damm und über den Zaun. In: *Neue Zürcher Zeitung*. Zürich 28.8.2015.

Gauß, Karl-Markus: Das kurze Glück der Donauschwaben. www.bpd.de (Bundeszentrale für Politische Bildung). 30.4.2013.

Grassl, Peter: Setschan. Eine Bilddokumentation. Esslingen 1980.

Hausleitner, Mariana: Die Donauschwaben 1868–1948. Ihre Rolle im rumänischen und serbischen Banat. Stuttgart 2014.

Hirsch, Helga: Schweres Gepäck. Flucht und Vertreibung als Lebensthema. Mit einem Vorwort von Olga Tokarczuk. Hamburg 2004.

Hopf, Hans: Flüchtlingskinder gestern und heute. Stuttgart 2017.

Janjetović, Zoran: Die Donauschwaben in der Vojvodina und der Nationalsozialismus. In: Der Einfluss von Faschismus und Nationalsozialismus auf Minderheiten in Ostmittel- und Südosteuropa. Herausgegeben von Mariana Hausleitner und Harald Roth. München 2006.

Leicht, Sebastian: Weg der Donauschwaben. Graphischer Zyklus. Passau 1983.

Leidensweg der Deutschen im kommunistischen Jugoslawien. Herausgegeben von der Landsmannschaft der Donauschwaben aus Jugoslawien. 4 Bände. München/Sindelfingen 1994, 1995 und 1997.

Lohre, Matthias: Das Erbe der Kriegsenkel. Was das Schweigen der Eltern mit uns macht. München/Gütersloh 2016.

Mandić, Slobodan (Hg.): Monographie Setschan. Zrenjanin 1987.

Meyer-Legrand, Ingrid: Die Kraft der Kriegsenkel. Wie Kriegsenkel heute ihr biographisches Erbe erkennen und nutzen. Berlin 2016.

Ohlbaum, Rudolf: Bericht über das Flüchtlingslager Allach II in München 1949. Nachdruck in: *Süddeutsche Zeitung*, 11./12. März 2017.

Peters, Meinolf: Das Trauma von Flucht und Vertreibung. Stuttgart 2018.

Prost-Pertschy, Rita: Das Heimweh der Simon Rita. Sersheim, 1994.

Riedinger, Alfred (Hg.): Setschaner Rundbrief. Diverse Ausgaben.

Das Schicksal der Deutschen in Jugoslawien (Dokumentation der Vertreibung der Deutschen aus Ostmitteleuropa Bd. 5). Bonn 1961.

Schödl, Günter (Hg.): Land an der Donau (Deutsche Geschichte im Osten Europas). Berlin 2002.

Schreiber, Daniel: Zuhause. Die Suche nach dem Ort, an dem wir leben wollen. München 2017.

Thiel, Josef Franz: Fremd – Zu Hause. Eine donauschwäbische Kindheit 1932–1947. Wien 2012.

Toutenuit, Ludwig: Setschan. Monographie einer deutschen Gemeinde im mittleren Banat. Freilassing 1962.

Trojanow, Ilija: Nach der Flucht. Frankfurt am Main 2017.

Wagner, Michael: Hauenstein und die deutsche Schuhindustrie. Ein historischer Überblick. Schriftenreihe des Museums für Schuhproduktion und Industriegeschichte Hauenstein. Hauenstein 1997.

Wehler, Hans-Ulrich: Nationalitätenpolitik in Jugoslawien. Die deutsche Minderheit 1918–1978. Göttingen 1980.

Wildmann, Georg (u. a.): Donauschwäbische Geschichte. 4 Bände. München 2010, 2015.

Wildmann, Georg (u. a.): Verbrechen an den Deutschen in Jugoslawien 1944–1948. Die Stationen eines Völkermords. München 2012.

Wüstel, Jens-Michael: Traumakinder. Warum der Krieg immer noch in unseren Seelen wirkt. Köln 2017.

Zitatnachweis

S. 65 f.: Süddeutsche Zeitung, 11./12. März 2017

S. 91: Bauer, Werner: 100 Jahre Purtschellerhaus. Sonneberg 2000, S. 54

S. 92: Bauer, S. 55

S. 98: Toutenuit, Ludwig: Setschan. Monographie einer deutschen Gemeinde im mittleren Banat. Freilassing 1962, S. 44

S. 113: Neue Zürcher Zeitung, 28. August 2015

S. 142: Janko, Sepp: Weg und Ende der deutschen Volksgruppe in Jugoslawien. Graz 1983, S. 209 f.

S. 147: Wildmann, Georg (u.a.): Verbrechen an den Deutschen in Jugoslawien 1944–1948. Die Stationen eines Völkermords. München 2012, S. 183

S. 162 f.: Beer, Josef u.a.: Leidensweg der Deutschen im kommunistischen Jugoslawien. Band I: Ortsberichte. München/Sindelfingen 1997, S. 188 f.

S. 163: Wildmann, 2012, S. 104

S. 167: Riedinger, Alfred (Hrsg.): Setschaner Rundbrief. März 1999, S. 21

S. 173: Riedinger, 1999, S. 23

S. 174: Riedinger, 1999, S. 23

S. 226: Riedinger, Alfred (Hrsg.): Setschaner Rundbrief. Juli 1995, S. 19

S. 231: Toutenuit, S. 43

S. 231: Janko, S. 254

S. 232: Riedinger, Alfred (Hrsg.): Setschaner Rundbrief, März 1991, S. 2

S. 233: Riedinger, 1991, S. 2 f.

S. 234: Riedinger, Alfred (Hrsg.): Setschaner Rundbrief, März 1993, S. 14